曼陀罗悬疑馆

给您最好看的原创悬疑小说

花陵渡

洛小宸　著

贵州出版集团
贵州人民出版社

图书在版编目（CIP）数据

花陵渡 / 洛小宸著. —贵阳：贵州人民出版社，2019.1

ISBN 978-7-221-15080-6

Ⅰ.①花…　Ⅱ.①洛…　Ⅲ.①长篇小说－中国－当代　Ⅳ.①I247.5

中国版本图书馆CIP数据核字（2019）第006714号

花陵渡

洛小宸 / 著

总 策 划　陈继光
责任编辑　陈继光
特约编辑　Echo
封面设计　源画设计
出版发行　贵州人民出版社（贵阳市观山湖区会展东路SOHO办公区A座）
印　　刷　环球东方（北京）印务有限公司
版　　次　2019年3月第 1 版
印　　次　2019年3月第 1 次
印　　张　21.5
字　　数　240千字
开　　本　710mm×1000mm　1/16
书　　号　ISBN 978-7-221-15080-6
定　　价　45.00元

花陵渡

目录

立春・金腰带

雨水·宿蝶枝

惊蛰·望鹊台

立春·金腰带

第一章 噩梦成真

你可曾梦过一个开满鲜花的渡口？那里鲜红如血，黯黑如夜；你可曾见过一个烟灰色的男子？他像雾一样迷蒙，也像雾一样潮湿。

你不必急于回答这些问题。毕竟时光那么漫长，每个人，只要还活着，就绝对绕不开一个叫花陵渡的地方。

以花为陵，以叶为渡。

以我为渡。

“你叫叶梓，是花陵渡中唯一的花艺师。我叫任生，是花陵渡的主人。”

某个洒满月光的午夜，大片大片怒放的鲜花中，一个一身白袍、满脸戏妆的男人散着长发，斜着身子，像一片轻盈的树叶那样飘过来，在我的耳边轻声说。

我沉默，似乎有生以来就这么沉默。我机械地转过头，看向那面像任生一样瘦长的落地镜，细细地打量着镜中的自己。

精致的五官，白皙的面容，宽大的骨架，修长的双腿……很新鲜也很陌生。这东西确实像人，而且是一个堪称俊朗的男人。但是，如果确实如此，我怎么会忘记自己是如何来到这里的？

我盯着自己左耳处那条淡金色的蛇形刺青，茫然而无奈地想。

叶梓？花艺师？

镜中人一身的烟灰色——挺括的烟灰色衬衫，心脏处晕染着一枝小小的迎春花；笔直的烟灰色长裤，一尘不染，一丝不乱；锐利的烟灰色花艺刀，斜斜地别在腰间，诠释出完美的弧度；硬朗的烟灰色皮鞋，颜色淡得就像清晨古刹中迷蒙的烟气。

我很难相信这是我自己，事实上，我根本不知道自己应该是什么样子。

我也不知道任生的话是真是假。

我只能感受到烟气。对，就是烟气。这里一直弥漫着奇怪的烟气。随着无处不在的烟气，异香若隐若现。举目四顾，这里似乎是家花店，却到处一副颓败景象，似乎很久都无人光顾。

整个空间里空荡荡的，只在北边摆着一个高大的柜子。柜子从上到下分成二十四个格子，每个格子里摆着一个女性人偶。

吹弹可破的肌肤，灵活有神的眼珠，漆黑如墨的头发，鲜艳精致的服饰……不管从哪个角度看，你都像被它们紧紧盯着一样，而你们确实呼吸着相同的空气，分享着相同的空间。也许，只要再多看一秒，它们就会重新拥有心跳和思维，释放出体内隐藏已久的生命。

它们很美，却也给人一种颓败的末世感，就像即将凋零的鲜花。

“这里的镇店之宝，以二十四节气为名。你要守护她们。”任生一手指向人偶，一手托着一摞叠得整整齐齐的衬衫，漫不经心地叮嘱我，“她们都很危险，除非睡觉，你一定要记得穿这些，一个节气穿一件，注意区分胸前的节气代表花，不然，她们很有可能弄死你……”

他说“弄死你”的时候，目光忽然变得很飘忽，没有一丝温度，似乎想起了一些尘封已久的过往。

衬衫的最上面躺着一个寒光闪闪的银戒，花纹弯弯曲曲，呈现出很奇特的纹路。最重要的是——它长得和任生手上那个一模一样。

“这戒指没什么用，但你不能不戴。”任生觉察到我的目光，眯了眯眼睛，轻描淡写地伸出右手小指，深邃而严肃地向我示意，“因为我在戴。”

于是我便戴。

于是他便离开。

时间一点一点过去，我终于明白“守护”的意义——每个节气到来的时候，有着相同名字的人偶都会苏醒，变得像真人一样大小，拥有真人一样的思维，像真人一样活动，拥有真人一样的人生。

而我要做的，真的就是守护她们。

没过多久，朔风千里，大雪漫天，店里依然无人光顾，任生也没有再出现过。随着他的离去，那些烟雾飞快地减少，我逐渐陷入一个奇怪的梦境。

梦境十分清晰，带着难以驱散的恐怖气息。其实醒来想想，那并不是一个能让人惊悚至此的画面，但身处其中的时候，你就是会觉得，你的脊背上好像爬了一条不断吐着芯子的蛇，从上到下，又凉又滑，而你的心脏被人从胸腔里猛然掏出，瞬间浸到冰水中，不得不缩成小小的一团。

每次都一样。

那来源于一个像任生一样苍白的女孩。她穿着旗袍，披着风衣。那旗袍极似鲜血刚刚干涸时的颜色，暗红，有点儿发紫。那风衣通体纯黑，看不出是什么材质，却光滑柔顺，似乎本就脱胎于黑夜。

她总是歪戴着一顶宽边的黑色蕾丝礼帽，将大半张脸遮得严严实实，只露出半个小巧白皙的鼻子和一张鲜红欲滴的小嘴。歪歪斜斜的帽檐上，一只浑身闪光的黑猫像人一样盘腿坐着，瞪着一绿一金的两只眼睛，直勾勾地盯着我。

女孩离我很近，不到一拳远的距离。她的呼吸很凉，若有若无。随着她胸脯的起伏，那些分散的气流从衬衫的开口处悄无声息地钻进我的皮肤，渗到体内，冰凉彻骨。

她的身高只到我的下巴，却给我一种很压迫的感觉，让我莫名地紧张。

每次她出现的时候，天上都会下雪。而她浑身上下湿乎乎，血淋淋。黑猫却一尘不染，干净非常。

大雪纷纷扬扬，是鲜艳的红色。直到很久之后，我才终于意识到，那根本不是雪，因为它们不具备六角的形状，更像某些细碎的花瓣。

每次和黑猫对视，我都觉得自己会跌到它的瞳孔里，那里深不见底。

至于那个女孩，我从来没有看过她完整的脸。

也许，她本来就没有完整的脸。

一天晚上，我仰面躺在床上，心里忽然冒出这样一个想法。

附近的教堂刚敲过午夜的钟声，立春还没回来。我有点儿担心。她本来只是起身喝水，不需要这么长时间。当然，让我担心的主要原因，还是因为最近附近发生了好几起案子。案情奇诡，唯一的相同点是——被害人心口的皮肤缺了十分整齐的一块，而现场都留下了一种不知名的水草，湿淋淋的，有点儿像荠菜。

根据伤口切面看，凶手的作案手法很娴熟，也许是个医生，就算不是，至少也应该很熟悉人体结构。警方已经排除了求财或者求色的可能，一致认定最大的可能是凶杀，可这说不通，因为缺皮并不致命，如果只是想杀人，根本没必要搞得这么麻烦。然而，在被害人中，确实只有少数人活了下来，其他的都死了。

于是陷入了僵局。

立春心口的皮……立春的皮肤很好。不只是心口，她全身的皮肤都很好。那是一种近似透明的白，白皙柔滑，香气袭人。

立春是二十四个人偶里的第一位，如迎春花般灿烂。她有着过腰的长发，头上戴着一个用迎春花做的花环。

随着那个梦境越来越频繁地出现，我的感觉也越来越不好，似乎这种守护的境界很快就会被打破。立春的感觉也类似。她最近总觉得自己被人跟踪。可是，她回头去看的时候，总是看不到人，只能看到隐隐的水雾。

算了，担心都是多余的。就算要出事，也不是现在。只要她还在花陵渡里，就绝对不可能遇到危险。这也是每到晚上，人偶们必须回到这里的原因。

这里的保护机制，强大到难以想象的程度。

想到这里，我稍微放松了些，吸了吸鼻子，长长地吐口气。

很快，我就意识到，放松才是多余的。

外面回荡起了一阵阵轻微的喘息，还有高跟鞋一步一步踩在地面上的声音。

谁?

立春从来没有穿高跟鞋的习惯。

我下意识地扭过头，瞟了一眼窗外。不知何时，外面下起了纷纷扬扬的大雪。

天气已经很暖和,外面的迎春花正在盛开,店里的迎春花也在盛开。

下雪，不可能。

红色的雪，更不可能。

我飞快地翻了个身，拉开被子，想要起身开灯。可是，刚坐起来，我就意外地撞到了一张人脸。

那来源于一个像任生一样苍白的女孩。她穿着旗袍，披着风衣。那旗袍极似鲜血刚刚干涸时的颜色，暗红，有点儿发紫。那风衣通体纯黑，看不出是什么材质，却光滑柔顺，似乎本就脱胎于黑夜。

她应该是很年轻的，她的身体发育得很好，将旗袍恰如其分地勾勒出青春的味道。

只是，这种青春，不是生命，而是死亡。

淡淡的黑暗中，黑猫目不转睛地和我对视。它的目光里有一种奇特的力量，似乎可以把我吸到它的瞳孔里。

那里深不见底。

这女孩绝对不是二十四个人偶里的一只。

她绝对来自更加黑暗的地方!

这绝对不是梦!

因为，她那只残缺不全的手上，正稳稳地挂着那个本该戴在立春头上的花环。

第二章 多出的人偶

我看看花环，又看看她，终于缩回了手，事已至此，开灯确实已经变得很没必要。

她却没有看我。

但我跟她走了。

那花环——她一定和立春有关。不过，我之所以想跟她走，好像不仅仅是因为立春。甚至，我的脑子里忽然蹦出这样一个想法。

立春的存在，其实也不是因为立春。

那是因为什么？

我已来不及再想。因为她没走两步，就忽然转过身，用最轻柔、最优雅的动作脱下黑色风衣，轻描淡写地甩向我，就像一个技艺高超的猎人在专心捕获她的猎物。

我没有躲。

我不想躲。

我没必要躲。

她极似深不见底的黑洞。任何人只要靠近她，就会迷茫，就会窒息。你的快乐，你的悲伤，你的平静……一切都会被她悄无声息地吸收再蒸发，直到连你自己都坚定不移地相信，它们确实没有存在过。就算你自己，也确实没有存在过。

腥风扬起，宏大的黑雾开始弥漫，深红色的液体完美地溅到墙上。不过几秒，那些被溅到的地方就变黑、发霉、脱落，显示出无法挽回的颓势，就像一栋百年老屋的墙壁。

可这影响不了我。

眼看黑雾即将把我吞噬，一阵裂帛之声骤然响起，将那件风衣轻而易举地隐匿在无边的黑暗中。

她讶异，我得意。

我向前伸手，试图触碰到她，可这根本就是徒劳，就像那件风衣碰不到我一样，她明明站在我的眼前，我的手却像伸进一桶深不见底的冰水，只能感受到麻木的寒冷。

不，不是冰水，那更像一团冷空气，因为我的手毫不费力地从她的身体里穿了过去。

一片虚空。

我讶异，她得意。

然后她向后退。

不是飘，也没有明显的移动，那感觉就像你通过镜头看她，而镜头突然向后推移一样。她忽然变得很远。她变得越远，就越充满感情，那感情来自一种浓到化不开的黑暗，却能勾起人们最原始的绝望和最纯粹的欲望。

每离我更远，她就更像阳光下的水滴，闪着耀眼的光，向前流着，流着。周围很黑，是那种让人不仅失去视觉，也失去听觉、嗅觉、触觉等一切感觉的黑。

穿过一段狭长空间，我们走进一间圆房子，里面摆着很多抽屉，有点儿像药房，由于空地上摆着透明仪器，又有点儿像化学实验室，而整个空间给人的感觉，像极了用于展览画作的画室。

这不属于花陵渡。

轰然一声响，空气中飘起木屑燃烧的香气，有点儿像龙涎香，却一点儿都不提神醒脑，吸得越多，越能进入一种深刻的迷幻。

花艺刀还在。

抽屉突然受到大力，全部整齐地弹出来。每个抽屉里都放着一块不规则的类似玻璃的碎片。不远处，一个黑袍人把另一个人压到高高的抽屉上，手里握着一道不断反光的利刃。

这很奇怪，因为这里没有明显的光源，除非光芒源自刀锋本身。

“我跟你走，我跟你走……”那个被胁迫的人不断地说着。

每说一句，他的眼角就会流出一点儿血液。

艳紫色的血液。

和那件旗袍相同的颜色。

我看不清他的脸，因为一种契约式的感觉——那女孩还在前面，我必须走。

之后，又是一阵黑暗的空旷。不知走了多久，前面终于出现一个类似办公室的地方，到处亮着珍珠白的光泽。微光，却让人发自心底地觉得光明与温暖。

然后我就看到了任生。

他的脸上依旧画满油彩，身上依旧穿着白袍，嘴角依旧带着不正经的笑。他半靠在宽大的实木办公桌上，像第一次见面那样，认真而悲悯地打量着我。

“你果然来了。”

女孩走到任生面前，还差几步的距离，停下了。

“怎么不问她是谁？”他眯着眼问我，“也不问立春去了哪里？”

“因为你会说。”

“是吗……”他像一只猫一样抬头看我。

“你一定会说。立春的花环在她手上，她和你有关。所以立春的消失也一定和你有关。并且你很想让我知道这是怎么回事。不然也就完全没必要让她带我来这里。”

“真强大的逻辑……”任生若有所思地点头，忽然跳起来，把那女孩推向我，眼睛里充满诱惑，“你觉得她怎么样……”

“她？”我魅惑地笑着，用力搂过那女孩，心中却没有一丝惬意。

她正在悄然发生变化。她的轮廓越来越清晰，脸色越来越红润，好像是由任生滋养的一样。幸亏任生的脸色向来苍白，身形向来瘦弱，我根本看不出他有没有因为这女孩变得越来越虚弱。

她到底是什么？

她的脸是什么样子？

我抬起手，想摘下她的帽子，仔细看看她的脸。但是，让我万万没想到的是，我刚举起手，那只蹲在帽檐上的黑猫就大叫着蹿下来，挥舞着锋利的爪子，在我的心口挠了结结实实的一下。

血很快涌出来，有点儿疼，有点儿痒。

“是她？还是它？”想到那些诡异的剥皮案，我后退两步，死死盯着任生，“她到底是什么？要干什么？或者说，你要干什么？”

“你想多了。她和外面那些事无关。那花环也不是立春的，而是她自己的。她是第二十五个人偶。她可以包含立春，也可以包含其他人偶，但她们不能同时出现。”任生语速很慢地解释着，似乎在解释一道艰深的难题。

“你既然有了二十四个人偶，为什么还要创造她？”

“她不是我创造的，其实，那二十四个人偶，也不是我创造的。而这个人偶，她比那些人偶都要特别，她不会轻易出现，当她出现的时候，很多事情都来不及了……所以，如果你可以快一点儿，一定要快一点儿。尤其在看到玫瑰的时候。”任生认真地看着我，认真地说着。

前所未有的认真。

原来这些人偶不是他做的，那是谁做的？来不及？为什么会来不及？最重要的是，花陵渡向来只卖二十四节气的代表花，玫瑰明明不在其中。既然如此，我又怎会看到玫瑰？

这些问题，我想问，却又觉得没必要问。

我是叶梓，我只负责守护人偶，其他事，都和我没关系。

“你说，叫她什么好？”任生见我没问什么，似乎很满意，可又有着那么一丝失落。他看看女孩，又看看我，似乎在询问，又似乎只是自言自语。

“她叫忆轩。”我脱口而出，连我自己也不知道为什么要这么说。

“是了，忆轩。”任生的目光里闪过一丝光亮，瞬间又黯淡下来，“那就是忆轩吧……”

她似乎很不喜欢这个名字，好像这让她想起了痛彻心扉的过往。当我说出那两个字的时候，她立刻疯了一样地冲向我，像一个真正的搏击高手那样对我出招。

招招致命。

我却早已没有命。

轻划刀锋，我伸出手掌，转了一个圆。凛冽的锋芒下，她身上的旗袍被一寸寸地割裂，升到空中，翻飞出美丽的几何图形。

快了，快到帽子了。

可这没用。她的脸就和她的身体一样，始终是个不可能被破解的谜。旗袍飞快地割裂，也飞快地恢复，就像从她身上又长出了一件，而且是一模一样的一件。

而且，永远不会停止。

像一个要命的循环，割裂，重生，割裂，重生，割裂，重生……我绝望地行动，绝望地被吸进去，可是我深陷其中，既无法控制自己也无法控制她，所有的东西都在按照莫名其妙却又颠扑不破的规律自动运行，我只是其中一个小小的螺丝钉。

螺丝钉是不该有感情的。

我为什么要有感情?

我的脑子很乱，我已经不知道它是不是还在。实际上，它在与不在，也没有什么太大的分别。

这时候，钟声响了。

远处教堂的钟声。

一切都消失了。

黑暗，任生，忆轩，办公室……一切都消失了。周围以肉眼可见的速度一点点地亮起来，直到与最炽烈的阳光没什么两样。

我发现自己依然躺在床上，所有的墙壁依旧雪白如新。床前也照例放着一朵新鲜的迎春花。

那是我和立春的约定。每天早上，她离开这里去工作前，都会在那里放一朵迎春花。

她的工作是做皮革制品，像皮带、皮包、手账之类的东西，私人订制。任生给她在市中心弄了个门店，专做那些中产和小资的生意。

如果迎春花还在，立春应该也在。

不过，最近一切都开始失常，一朵花并不能说明什么，尤其在这朵花本身都已失常的情况下。

本来，立春的迎春花像普通的迎春花一样，也是灿烂的金黄色，但是，从某一个清晨开始，那些花就不可避免地变了。

它们变得都像这朵花，只有尖端是黄色，靠近花蕊的地方，就像被滴上了一滴血，晕染出漂亮的红色、水红色、粉色。

那天清晨，她醒来之后，轻轻地蹙着眉，带着微微的困惑，轻声对我说，她最近总是梦见桃花。

“就是桃之夭夭，灼灼其华的桃花。”她特意补充了一句，好像怕我听不明白一样。

“这有什么？你现在和正常人没区别，正常人都会梦到很多东西，当然也包括桃花。”我漫不经心地安慰她。

“可是，可是……”她有点儿心神不宁，“我梦见自己变成了桃花。还有，我好像记得，有个人特别喜欢桃花……”

第三章 深夜来电

梦到桃花，梦到自己变成桃花，记得有人喜欢桃花……这些事，对于一个正常人来说，确实不是什么值得大惊小怪的事。但是，对于一个刚苏醒没多久的人偶来说，真的已经堪称奇怪。

所以，那天，她一离开，我马上联系了任生，把这件事讲给他听，只是，任生听了以后，反应却和我如出一辙——“这有什么？她现在是正常人，梦到这个有什么奇怪的？”

我欲言又止。任生敏锐地捕捉到了我的犹豫，似笑非笑地接上这样几句话。

“叶梓，你的职责是守护，不是拯救。该想的想，不该想的别想。记住，人各有命，人偶也各有命。”

我不想听废话，所以干脆地挂了电话，再也没联系过他。似乎是默契，自那以后，他也再没联系过我。

现在，我的手机竟然破天荒地振动起来！

陌生号码。

不是任生，会是谁？

接，还是不接？

我望着窗外冬日的阳光，耀眼，却比月光还冷。嗡嗡，嗡嗡，嗡嗡……振动声不绝于耳。听着烦人的振动声，我猛地站起身，把花艺刀和花枝狠狠地摔到地上。

这不像是我了。

我困惑地看向镜子。

以前，不管什么时候，我都会把自己控制得很好——温和，干净，无懈可击，一杯永远保持在三十七摄氏度的温水……一个烟灰色的人。

无处不在，又从不存在。

可是，现在，水温正在升高。烟灰色越来越不稳定，它是要淡化成白色？还是要深化成黑色？我不知道。我只隐约地觉得，这一切都源于忆轩。

自从见到她，我就毫不受控地变了。她像是早春月光一样的热源，我像河面上的坚冰，正在从内而外地融化。

我在复苏吗？难道任生在骗我，那第二十五个人偶，其实不是忆轩，而是我？

外面越来越暗，四周一片死寂，天上地下，似乎只剩下手机的振动声。

身旁很明亮，那源于无处不在的射灯。地上扔着很多迎春花。绚烂而沉默。胸口的伤痕还在，很疼，有点儿发紫。不像正常的发炎，更像是那件旗袍的归属。

没错，那件旗袍。

我的眼前浮现出那件旗袍，一件空空的衣服。我看见旗袍上的丝线变粗，里面流着微粒，每个微粒上都浮动着一小朵迎春花。

小小的、灿烂的、金黄的迎春花。

一遍，两遍，五遍，十遍，二十遍……手机依然振动。我弯下身，捡起花艺刀，掏出手机，恶狠狠地按下接听键。

射灯猛然灭了，黑暗悄然而至。很长一段沉默，然后，一个缥缈的声音响起。

“您好，请问是花陵渡吗？我想订一束玫瑰。”对面应该是个年轻男孩，声音里却透着与年龄不相称的沉稳。

“对不起，我们这里只有迎春，没有玫瑰。”我草草地说了一句，便想挂断。

“可是任生说有。”

“任生？”

“对，一位姓任的先生。”

“送到哪里？”

如果他不把任生说出来，我早挂电话了。可他说了。不仅如此，他还说了收花的地址，那正是立春小店的所在地。

“送花人写谁？”

“不用写名字。”

“好的。”我草草挂断电话，拨通了任生的号码。

没人接听，没人接听，一直没人接听。直到我打到第五遍，对面才响起了任生那慵懒阴冷的声音。

“找我啊？”

不难听出，他的呼吸很粗重，其间混合着隐隐的猫叫和女人的呻吟。我有些意外，我本以为他早已超越性别，脱离世俗，没想到竟是高估。可这又有什么意外？他做什么，怎么做，和我有什么关系？

“刚才有个男孩打电话订花，说是你推荐的。”我沉默了几秒，然后说。

“是啊。怎么了？”任生淡淡地笑着，“照他说的办。我在忙，你应该听出来了？忆轩在这儿。”

忆轩？

整个人都麻木了，心里突然被一种奇怪的感觉占据，一股血直冲到脑子里，让我的声音高了好几个度，也冷了好几个度。

“店里只卖二十四节气的代表花，现在立春，只有迎春花，去哪儿找玫瑰？”我强压怒气，不自觉地握紧拳头。

“别问我，问你自己。”

“你知不知道他要把花送给立春？”

“怎么？喜欢上立春了？”他的语气依旧。

啪的一声，手机划了一道长长的弧线，漂亮地摔到地上，四分五裂。

世界都安静了。

喜欢立春？我，喜欢立春？我看着镜子，镜中人紧皱着眉，薄薄的嘴唇抿成一条线，看起来很愤怒，却是毫无来由的愤怒。

也许，如果我没有听到“忆轩”两个字，情况会好得多。

还有任生。我再也不想看见他。他总那么不认真，总那么自以为是，总那么神神秘秘，总和忆轩在一起……他明明知道花陵渡里没有玫瑰，为什么要推荐那男孩来订花？他和那男孩是什么关系，那男孩和立春又是什么关系？

我很压抑。我不想按他说的做，但我还是出门了。我不知道自己为什么想一套，做一套，只是隐隐地觉得，我应该去做这件事，就像去执行一项神圣的使命。

其实要找玫瑰很容易。附近有很多花店，只要随便走进一家买一束就好。

我踏出花陵渡的时候，外面正在下雨夹雪，雪花和雨滴混合到一起，迅疾地打到地上。可是一点儿光都没有，好像整座城市都停电了。

原有的光怪陆离、五光十色都变得一团漆黑。

这么黑。花店都关门了。去哪儿找玫瑰?

不知名的鸟飞快地掠过天空，引来古树般茂盛的闪电和清脆凌厉的炸雷。那闪电像吸收了不知名的精华，近似癫狂地生长，分出数不清的枝丫。

开花。

迎春花。

天上有月亮，却是幽暗的绿色。它挂在闪电的顶端，泛着幽幽的光芒。

当闪电划过天空，我终于发现，原来闪电的末端，我的脚边，正躺了一大束鲜红如血的玫瑰花。只是，它似乎完全不属于这个世界，无论是雨水还是灰尘，一丝一毫都沾不到它。

心脏猛然狂跳起来，像见到了最不可能的事。我有些惊慌，我不知道这是怎么回事，我本来不可能有这么强烈的情绪。

这，到底是怎么了?

我闭上眼睛，尽量平稳呼吸，弯腰拿起玫瑰，低下头，细细地打量着。乍一看，每朵玫瑰都鲜艳欲滴，芬芳诱人。可所有的玫瑰集合在一起，像极了一个甜美的拥抱，也像极了一个罪恶的负担。

哪里来的玫瑰，已经不是很重要了。

重要的是，这些玫瑰，真的应该属于立春吗？

第四章 乌鸦与馄饨

天空被繁华万丈的闪电霸占，大地被齐膝深的雨水侵蚀。子归的手里紧紧抓着一个笔记本，像被悬在空中的皮影一样软弱无力，只被腰间那根金腰带拖着，踉踉跄跄地向前游走。

突然，他被卷进漩涡，没法放松，没法挣扎，没法呼救，就在他以为一切都完了的时候，忽然两眼一亮，一头砸到了大片大片的鲜花中。

与此同时，一扇又一扇的雨帘重新膨胀，凝结，迅速转化为轻盈冰冷的大雪。

大雪无声地落着，一片一片地沾到我的头上，渐渐堆成小小的一堆。

我没有拿伞。

来自天上的水很好，没必要遮遮掩掩。

我光明而安稳地穿行在高高矮矮的楼群中。因了绿色的月亮，楼群纷纷染上淡淡的荧光，除了这些光亮，一路上一片黑暗。这很不正常，如果只是停电，绝对无法夺走一座城市的光明。

一切都被一只看不见的手藏进了没有尽头的黑暗里，一切都像死了一样，好像它们本来早就已经死了。

我很少离开花陵渡，也几乎从不去立春的店里。我喜欢花陵渡，我喜欢静静地坐在里面，哪怕只是在阳光下静静地数灰尘。尽管我不知道这是为什么。至于立春，我们本来也保持着一定的距离。任生早就说过，我不应该和人偶有太多接触，否则，后果不堪设想。

可是，自从她的迎春花开始变色，我们的关系就近了许多，她会经常和我说话，似乎想起了什么，又似乎在寻求什么。

比如。

纸扎店和乌鸦。

“最近街角新开了一家纸扎店，门口没有招牌，店主不在店里，门却大开着，好像在等什么一样。”

立春的店面位于繁华的市中心，附近既没有医院也没有墓园，纸扎店开在那里干什么？

“自从多了那家店，每天下午 4 点 14 分，都会有大群大群的乌鸦准时飞来，在那家店的上空盘旋好一阵儿。乌鸦非常多，密密麻麻的，至少有好几百只，也许有一千只。乌鸦出现前，纸扎店里从来没有声音，它们一来，店里就像忽然被灌进生命一样，变得十分热闹，有好奇的人特意在那个时候去店里看过，却没见到一个人。”

这倒真的很奇怪。

只不过，现在，我遇到了更奇怪的事。

我已经来到立春所说的地方，站到了一个歪歪扭扭的十字路口上，从这个角度看过去，那条街道一览无余。

微弱的白光和迷蒙的绿光在黑暗中交织，映出了一条纯黑的河流。

乌鸦组成的河流。

死乌鸦。

冻死的乌鸦。

它们安静地躺在地上，保持着拥抱天空的姿态和无比整齐的队形。每行的数量都是固定的，每只与每只之间衔接得也很好，让人根本看不出它们之间还有空隙，就像被人精心摆过一样。

乌鸦想要拥抱天空，却被天空冻僵。

“真冷……”一种寒冷从心底泛出，我微微低下头，紧了紧怀里的玫瑰，想从花香里得到一丝温暖似的。

“是啊，真冷，还是来碗荠菜馄饨暖暖身子吧……”一个干瘪的声音像回声一样慢慢响起来，萦绕在整条街道上，似乎在我的耳边，又似乎来自十分遥远的地方。

荠菜馄饨？我的心猛然一动，不禁又想起了那些剥皮案——现场留下了荠菜一样的水草，而荠菜馄饨……乌鸦……纸扎店……

街上空无一人，三五米开外有光，微微泛绿的光。那源自两支巨大的白色蜡烛，惨白惨白的蜡烛。它们被摆在一张古老的雕花桌子上。

尽管雪在下，风在吹，火苗却很稳定。

桌子左边架着一口爬满铜绿的大锅，锅下噼噼啪啪地燃着木柴，散发出好闻的香气。锅里煮着馄饨，无声的雪花落进去，很快被高温蒸腾成有声的水汽。

锅后站着一个绿色的老太太。

绿色的绒线帽，绿色的老式衣裙，绿色的绣花鞋。

一般的老太太都很矮小，她比她们更矮更小，以至于她站在锅边的时候，只能露出一个窄小干瘪的头颅，就像一株刚钻出土壤就被风干了的植物，但她的腰不弯，背不驼，整个人反常地挺拔。她的头发很长，鼓鼓囊囊地从帽子里疯长出来，像某种愉快而放荡的鲜草，一直拖到满是雪花的地上，看上去有些杂乱，却并不碍眼。

那头发不是黑色，也不是白色，更不是花白，而是略带灰暗的绿色。

她的脸上布满锯齿状的皱纹，把本来还算端庄的五官挤到了一起。她的身后摆着三五张破旧的小桌子，桌旁没有人，每个座位边却都摆着满满一碗馄饨。

这老太太会是凶手吗？毕竟她看起来很不正常……如果她是凶手，立春会不会已经遭了毒手？我是不是来晚了？任生不是明明说过，在看到玫瑰的时候，能快一点儿就快一点儿吗？难道他是在暗示我这个？

暗示我……他有什么话不能明说？快一点儿，快一点儿？他和忆轩在办那事儿的时候，会不会也会笑着说快一点儿……

我为什么要听他的！

这一切和我有什么关系！

我真该坐下来吃碗馄饨。为什么不呢？这一切和我有什么关系？

除了忆轩，那些被害人，那个男孩，甚至立春、任生，他们都和我有什么关系？守护？去他妈的守护！

“先生，来碗荠菜馄饨暖暖身子吧……”老太太的声音又响起来，似乎洞悉了我的想法。她用浑浊而湿润的眼睛盯着我，手里拿着一个有些年头的大木勺，不断搅和着锅里的沸水，翻动着还没有煮熟的馄饨们。

“怎么卖？”我问。

“不要钱，花陵渡里的人不要钱……”老太太一把抓住我，咧嘴笑着，指向那些空无一人的桌子，有点儿逻辑混乱，又有点儿语无伦次，“他们都知道我纪老太太的馄饨好吃，好吃的馄饨不要钱……”

她的牙齿残缺不全，手劲却不小。考虑到没必要挣脱一个老太太，我只好找张桌子坐下。也正在这时，我才惊奇地发现，原来桌旁的每碗馄饨都在消耗，就像有人在吃一样，可是旁边明明一个人都没有。

她怎么会知道花陵渡的？这馄饨摊是怎么回事？

“啊，玫瑰，象征爱情的玫瑰……爱情，多么美好又残酷的爱情啊……”她忽然注意到我怀中的玫瑰，轻轻从里面抽出了一枝，看似随意地问道，“你说，如果一个人很爱另外一个人，爱到可以奉献一切包括自己的生命，而另一个人却只是因为一些莫名其妙的原因逃避这段感情，最终，他们会有什么样的结局呢？”

“我只想吃碗馄饨。”我放下玫瑰，冷静地看向她，“别的，都和我没关系。”

“呵呵，好，好……没错，都和你没关系。”她盯着我，忽然微微地笑起来，健步如飞地走向大锅，为我盛了满满一碗馄饨。

我却没有机会吃了。

因为前方忽然腾起一片宏伟的红色，似乎一场惨绝人寰的大火正在不可挽回地酝酿。一开始，它还很小，很暗，很快，它越来越大，越来越亮，终于填满了立春的整个小店，也为这略显幽暗的街角添了一抹凄美的亮色。

第五章 十年子归

这红色似乎蕴藏着某种强大的魔力。它刚刚映入我的眼帘，我便微微抖了一下，方才那些幽暗的想法随之一扫而空，似乎终于逃离了一场混沌的长梦。

我扔下筷子，揽起玫瑰，飞快地站起来，迅疾地跑向立春的小店。

死乌鸦踩上去的感觉很奇怪，可我不想再感觉。我要守护，对，我要守护。我怎么可能不想守护呢？

乌鸦们的后面，那片洁白的雪地上，一路上被密密地撒了血红的玫瑰花瓣，每处花瓣附近都映着一只歪歪斜斜的脚印。

这些脚印刚好通到立春的店里。

“该来的，逃不掉的……”寒风中依稀传来纪老太太的呢喃。

这如魔咒一样的声音让我的脚步更急，心也更乱，但是，直到我真正站到立春店前的时候，才终于发现，那红色和温度，不过只是虚惊一场。

那红色和火焰无关，而是玫瑰，大堆大堆的玫瑰；那温度和火灾无关，而是蜡烛，大大小小的蜡烛。

立春的店面不大，不过横十步，竖十步，平时看上去都有点儿挤。现在，这里不是挤，而是满。偌大的小店里，目力所及的地方都被填满了玫瑰，人站到外面，除了满眼血红，什么都看不到。

这么多玫瑰，都是那个男孩送来的？

天气并不寒冷，室内外温差不是很大，窗户上却满是水汽。大股大股的烟气与玫瑰的甜香混在一起，从窗缝和门缝里争先恐后地涌出来。

水汽是哪里来的？还有那专属于花陵渡的烟气。它只可能在花陵渡里出现，怎会出现在这里，而且，即便在花陵渡里，烟气也从来没有这么密集过。

这到底是怎么回事？

我没有再想下去，因为我听到了一个熟悉的声音。

那个订花的男孩。

他就在店里，正对立春忧伤地说着什么。立春的情绪很低落，只是简单地哦或者嗯。

我看着怀里的玫瑰，觉得自己简直就是个笑话。如果他自己可以来这里，并且已经带来了这么多玫瑰，为什么还要让我来送花？他到底想干什么？

“如果你当时没有和你叔叔走，事情根本不会变成这样！”忽然，男孩愤怒起来，随着他的愤怒，屋里的水汽又多了将近一倍。

立春有叔叔，一个人偶会有叔叔？

“十年了，你应该……”

“我应该？我应该什么？我应该变得成熟一点儿？我应该当一

切都没发生？如果你真这么想，可就让你失望了，你看，十年了，我的脸还是一点儿都没变！至于忘记，你根本不用让我忘记，我本来就不知道这十年都发生了什么。很奇怪吧？我的记忆整整空白了十年，可我敢保证，这世界上其他人的记忆，肯定都比我空白更久。有谁能记得自己经历过什么？有谁真的清楚自己怎么会变成现在这样？那些细节，那些最感人的东西，早就被人忘在脑后，随风而去，一文不值了！”

“我还记得。”立春的声音忧伤而坚定，“子归，那些阳光，那些鲜花，那些和你在一起的日子，我都记得，只是记得没有用，一切都回不去了……”

“回不去了？是真的回不去，还是你在找借口？你们总说身不由己，总说没有选择，实际上，是根本不想回去吧？就像当初他带你走的时候，你竟然连一句反对的话都没有。也许你当初说了什么，事情就会变得不一样。但你没说。你什么都没说。然后你走了，我呢？你知道我后来是怎么过的吗？你说你记得，但是你知道吗？”

“很多事，我不能说。以前不能说，现在也不能说。”立春很悲伤，人偶式的悲伤。

“你总是这样，你什么也不说，什么也不做。可我不是，永远也不可能是。就算你骗我，我还会义无反顾地去做。只要是你说的，我都会毫不犹豫地去做。你让我写日记，我就去写，你说只要我有金腰带，你就不会走。于是我都去做。我认认真真地写日记，认认真真地打比赛。可是结果又怎样？我就算拿到金腰带，你不还是走了吗？但是没关系，这不算什么，这都不算什么。你虽然头也不回地离我而去，我却可以当你一直存在。你走后，立春的时候，我还是像以前一样去野外采荠菜，我记得你最爱吃荠菜。后来，后来我还弄了一个手链，想哪天再见到你的时候送给你。”

“金腰带，你误会了……”

“没什么误会不误会，无所谓了。手链，你拿着。我最近走了很多地方，包括我们住过的老楼，也包括楼下的菜市场。那里和以前差不多，还是乱七八糟，可我走在那里的时候，竟然会想死在那里。我觉得那条街道很幸福，如果可以，我真希望可以变成它，上面开着各种各样的店铺，走过各种各样的人……有水吗？这里真闷，有水吗？”

“没水了。你一进来就不停地喝水，已经喝完一桶水了……”

“好吧，好吧，没水也好，真是太闷了。这么些年过去，我还是只想沾沾人气，只想告诉自己这世界其实很烟火，大家过得既平凡又幸福。可你不觉得这很不公平吗？他们都那么幸福，我呢？我的幸福又在哪里？在这个本子里吗？一个没有生命的本子里吗？”子归语速很快地说着，情绪有些迷乱。

“它，你还留着？”立春有点儿惊讶。

“是啊，我一直留着。因为这是你送我的。它没有生命，却承载了我的生命。我的记忆，我最珍贵的东西，我们的誓言，我们的约定……它们都在这里。尽管你们离我而去，尽管那些地方那些人都只剩了行尸走肉，但它们还在这里。有时候我想，你们都是凶手，你们亲手谋杀了过去的自己，你们被充斥着柴米油盐的生活死死夹住，无限怀念鸟语花香的自己，却没有胆子回去，只能站在原地怨天尤人。而我，我不一样，我不会杀掉自己，我不会放弃自己。我收集了一些东西，你看，快看！”

“天哪！原来都是你干的！一直跟着我的，是不是也是你？”立春惊叫着质问，“你到底想干什么？”

“算是吧，算是我干的。虽然中途遇到了一点儿小插曲，总算还是成功了。没错，也是我一直在跟踪你。但你要知道，我不想干什么，我从来都不想干什么，我只想和你在一起，她对我说，每个人的生命都是由别人的生命组成的，我觉得她很对。我也认为，想和你在一起，只有这个办法。”

“她是谁？什么办法？”

“她是谁并不重要，你要知道，我只想和你在一起。”

“可是，根本不需要任何办法，我们现在就可以在一起啊……”

“来不及了，我不是以前的我，你也不是以前的你，我们一旦错过，再也没法在一起了。没错，当重新看到你的瞬间，我差点儿真的以为，那些错过的时光，那些溜走的幸福，它们都可以回来。只要我稍微伸手，就能轻而易举地抓住它们。可是，十年，十年的时间，看起来好像什么都没变，实际什么都不在了。没错，你刚才说得没错，一切都回不去了，早就回不去了。”

“你……到底想做什么？”

“我不想做什么，我早就说过，我什么都不想做。我只是觉得，她很可笑，你很可笑，这世上的一切都很可笑，既然明知道根本回不去，为什么还非要回去呢？多可笑的事情，最可笑的是，在那个小插曲里，那个搞出小插曲的人，竟然还义正词严地告诉我，想要解决这件事，可以通过更好的办法。”

“那个人是谁？你到底在说什么？”

“那个人是谁，也不重要，重要的是，你要知道，我只想和你在一起。而且，我根本就不相信他。我怎么会相信他？他根本不值得被信任，从来不值得被信任。如果是别人说的，也许我还会相信，但是他说的，我怎么可能相信？你看，他果然食言了，他说好要送来所有的幽冥玫瑰，却还是少了一枝。是啊，她说得没错，还是这个办法最保险。”

“无论如何，没有人能回到过去，就算我肯帮你也不行。”

“不是，并不是。如果这样，我们就可以。你在怕死？是吗？你在怕死。她说过，这件事必须由你来做，你做完后，只要消失，仪式就能完成。只是我不忍心，我不想那么做。我可以让这世上的任何人消失，却无法看你消失。所以我才一直犹豫，所以我才一直跟着你。我很痛苦，直到后来，后来我终于想通了，我完全可以把选择权留给你。为什么不呢？好了，现在，你可以选择了。你可以做，也可以拒绝。无论如何，我只想知道你的选择。”

子归到底是谁？十年前，他和立春之间发生过什么？笔记本、金腰带、叔叔，荠菜、手链、幽冥玫瑰、仪式、消失……他给她看了什么？他让她做什么？

许久许久，房间里没了任何声音。

我刚要破门而入，胸口的伤忽然剧烈地疼了一下，紧接着，一个游戏人生的声音绵长地响起来。

“哟，还真有人在这儿听墙根啊？”

第六章 模糊的真相

我本想猛扑过去，一直打到他再也说不出话为止。任生，那个令人厌恶的人。可我还是克制住了自己，因为在任生开口的同时，我的背后猛然袭来一种熟悉的压迫感，这让我惊讶，也让我迷乱。

是了，就是她。

她站在任生身边，像另一个任生，又像是任生的一部分。你看着他们两个在一起，心里不会产生一丝一毫的违和感，尽管他们一个代表光明，一个倾向黑暗，但他们似乎本来就应该在一起，她天生就应该站在那个位置。

一切都是相同的颜色，相同的姿态。

她的肤色依旧苍白，身上依旧穿着旗袍，裹着风衣。她的帽檐还是压得很低，我看不见她的脸，那只黑猫还是安静地坐在帽檐上，瞪着一绿一金的两只眼睛，直勾勾地盯着我。

“有那么好看吗？”没等我继续想，任生三两步飘过来，脸上散着倏忽的寒凉，言语难得的简练，“眼睛拿开，玫瑰放下，跟我走。”

走吗？我的目光如尘埃般落上他的脸，他的目光却像深邃而闪光的井。他像之前一样化着戏妆，像之前一样带着微笑，好像一切真的那么自然而然，正如旭日东升，暮霭西沉，但那些细微的东西，最真实的东西，精确地混合到他的气质中，显露出略带慌乱又无可挽回的颓势。

他有些无奈，有些期待，有些手足无措，这肯定不是因为我或者忆轩。而一定是因为不受他控制，却不费吹灰之力就能控制他的东西。

但他不想让我知道，他横叼着一枝怒放的玫瑰，像极了那些专司勾引良家妇女的登徒浪子，和他的气质有点儿不搭。他是风尘中的文士，玫瑰显然过于西方，可是，如果不是玫瑰，又该是什么呢？

爱情，多么美好而残酷的爱情啊……

那玫瑰和我怀里的那些并无二致。这真的是幽冥玫瑰吗？子归嘴里的那个人，难道就是任生吗？

我看看玫瑰，看看任生，看看忆轩，又看看天空。也许是我的错觉，忆轩出现后，月亮的绿色似乎淡了许多，月亮开始恢复的同时，她的风衣上隐隐地现出了淡淡的绿色荧光，好像那些绿色本就来源于她。

“走吧，吃碗馄饨吧。”任生伸手拉我，“她做的馄饨不错，真不错。”

“你们很熟？”我忽然想起纪老太太说过的“花陵渡里的人不要钱”，不由得皱皱眉，不假思索地扔出一句。

“不熟，就是有点儿业务上的往来。”任生目光闪烁，偏过脸一笑，似乎故意回避着什么。

他会和卖馄饨的老太太有业务往来？算了吧！既然他不说，我也不用再理。不管怎样，一切都和我没关系，任生、忆轩，这反常的一切，到目前为止，都和我没关系。他们很合适，我也很合适。

现在，唯一和我有关系的，只是要及时把花送到。

“我得把花送到立春手上。”我往后退了退，语气中满满的疏离。

后面只剩窄窄的一条，不远处就是墙。室内还是死一般的寂静。由于想离任生远一点儿，我的后背不得不贴上冰冷坚硬的墙，这很不舒服，一股莫名的恼怒从我的心底升起，无限膨胀，一飞冲天。

任生却好像根本没发现我的变化。

“花？不用了，晚了。”他用两只手指夹着玫瑰花，轻轻敲上我的肩膀，神色前所未有的凝重，语气饱含着不可抗拒的威严，“现在，我只希望你管住自己，不要去碰那个笔记本。”

“为什么？”

“没有为什么。”他生硬地回绝，又冷着脸补上了富含芒刺的一句，“我就是为什么。”

“你？你算什么？你凭什么命令我？”一种无从找寻的愤怒瞬间占据我，让我上前几步，高高地举起怀中的玫瑰，大声质问道，“这玫瑰是你放在花陵渡门口的吧？这是幽冥玫瑰吧？”

“是。”

“子归是什么人？你为什么让他联系我？为什么让我来送花，现在又为什么要拦着我？你好像一直在促成这件事，又好像想破坏这件事？”

“没有为什么。我再说一遍。你的任务是守护，不是拯救。别越界。”

我看着他，我忽然感觉很累，我不想再多说一个字。怀着极大的失落与空虚，我的手一松，玫瑰四处飞散，纷纷落下，像一团迷蒙而让人窒息的空气。

它们落地的样子，极似喷涌而出，流了一地的鲜血。雪地很白，白得像崭新的亚麻布，花瓣接触到地面的时候，也像水落到亚麻布上一样，很快被吸收，连一片都没有剩下。

没关系，没关系，这和我没关系。我大言不惭地对自己说。没错，除了忆轩，其他都和我没关系。包括我质疑任生，包括我提出那些问题。

从那天晚上开始，甚至从更久以前开始，我的眼里就只有忆轩。

只有她，只有她，只有她。

我看着忆轩，我根本感受不到任生的存在，我甚至感受不到自己的存在。一看见忆轩，我浑身的感觉都复苏了。我感觉我身体里住着另外一个自己。一个和现在完全不同的自己。一个自由的、奔放的、大刀阔斧的自己。

我依稀记得，我好像找了她很长时间，我穿越时间的洪流，我蹚过历史的悲欢，我看见很多孩子出生，也看见很多老人死亡，她就在他们中间。可是在这个污浊的尘世里，每一世都有花，每一世都有月亮，但每一世都如镜中花、水中月。想见到她并不难，我也真的见到了她，但每一次，每一次我只能远远地看着，因为太早，或者太迟。

我忽然觉得很热，很压抑，很束缚，我开始解衬衫袖口的扣子，坚定而缓慢。我把袖子挽上去，挽到不能再挽。当皮肤接触到冰冷的空气，毛孔猛然收缩的时候，我终于尝到了无比的自由。

那是一种来自灵魂深处的自由。一种封印被解除了的自由。

我开始解衬衫领扣，我一把抓上去，扣子尖叫着掉落，久违的风钻进来，雪花落在我炽热的胸膛上，凉的，活泼的，自由的。

我靠近她，我大步走向她。大团大团的水汽蒸腾起来，把什么都挡住了。在氤氲的水汽里，我看见很多人，他们围着我，向我诉说什么，他们看着我，向我请求什么。我站在那里，我看见他们出生，他们生活，他们死亡，我看见他们不惜翻越万水千山来见我，却始终因为畏惧或距离，只能远远地站在那里，静静地望着。而悲伤，巨大的悲伤忽然如惊涛骇浪一般向我涌来，山崩地裂，万劫不复。

任生的瞳孔剧烈地收缩。他上前两步，像一张巨大的白帆，坚定不移地挡到忆轩前面，想伸手抓住我，但这没用。我像一把锋利的神兵，一直向前，硬生生把他撞到旁边。力度之大，几乎让他跌坐在地上。

玫瑰，雪花，冻土，浮冰。

一步，一步，又一步。

任生盯着我，眼里闪过一丝慌乱却又夹杂一丝欣喜。仅仅一瞬，他的瞳孔被很多种情绪包围，打散，连带着他的思绪。

他微微皱眉，仰天大笑，然后冲上来，一把抓住我的衣领，脱下白袍，让它随风扬起，紧贴到我身上，用尽全身力气抱住我，像抱住他毕生的希望。

“叶梓！你是叶梓！”

“叶梓，你不是别人，你是叶梓！”

第七章 白绿之战

我能听见任生急切地叫着我的名字，但我知道那不是我。或者说，那不是真的我。只是，有了白袍的存在，一切似乎都在飞速地回归。我能感到我的温度正在降低，我能感到我还在不由自主地涣散，却已经在难以挽回地聚合。

“走吧，去吃馄饨吧……”就在这时，忆轩说话了。

这是我第一次听她说话。至少在我现在的记忆里是第一次。她的声音很甜美也很苍凉，就像傲立在雪山之巅的玫瑰，尽情地沐浴着清晨东方那万丈的晨光。

她的声音可以创造一个世界，她的笑容可以拂去所有阴霾。她明明来自黑暗，却比太阳还要光明。

“对啊，去吃馄饨啊……”心底忽然响起一个声音，好像成了她的回声，并且心甘情愿。好像她说的每一个字都是对的，好像她的每一个语气都是圣旨。好像她就是我存在的意义和所有的价值。

却不应该了。

风越来越大，雪却小了很多。我闭了闭眼睛，试图赶走乱七八糟的想法，然后重新站直身体，用感情把自己填充得像一杆标枪，就像什么都没发生过一样，安静地和他们走向馄饨摊。

“三碗馄饨。”任生冷冰冰地看了纪老太太一眼。

我看着任生。这是我第一次看见不穿白袍的任生。我惊讶地发现，他其实并不瘦弱，他长得修长而坚实，就像一棵健康的树木。

他的装束竟然和我一模一样。烟灰色衬衫，烟灰色长裤，烟灰色皮鞋……如果他的脸上没有油彩，看起来一定很清爽，很俊美。

原来，一直以来，他比我多的，只是这么一件白袍。

“啊，玫瑰，象征爱情的玫瑰……爱情，多么美好又残酷的爱情啊……还是来不及了吧……”纪老太太盯着任生手里的玫瑰，语气里满是幸灾乐祸，“你说，如果一个人很爱另外一个人，爱到可以奉献一切包括自己的生命，而另一个人却只是因为一些莫名其妙的原因逃避这段感情，最终，他们会有什么样的结局呢？”

这本是她问过我的问题，我无法回答。

任生却回答得干干脆脆：“他们会在一起。”

纪老太太笑了，笑得很满意。然后她低下头，开始一言不发地盛馄饨。任生愤怒地看着她，咬牙切齿又无可奈何，似乎那个答案不是出自他的本意，似乎他曾经掉进她的陷阱，直到现在都还没有爬出来一样。

“花陵渡里的人不要钱是吧？”纪老太太刚盛好馄饨，任生忽然像想起了什么一样，神采奕奕地对她说，“那就一直做吧，你做多少，我就吃多少。”

“你这是要我的命，但是没关系。你帮过我。因为这个，我可以不要钱，也可以不要命。”纪老太太说着，拿过一把闪闪发光的大剪刀，毫不留情地撩起头发，把剪刀伸到发根处，作势要剪。“一命换一命，我还你。”

“够干脆，可都晚了……你这个狡猾的老荠菜精。”任生迅疾地夺过剪刀，拎大玩偶一样把她拎起来，放到旁边的一个座位上。他好像真的很愤怒，但对着这样一个老太太，他又好像无论如何都愤怒不起来。

纪老太太竟然也任由他拎。

忆轩本来站在不远处，见任生把纪老太太放下，终于像明确了什么一样，慢慢走到那张桌子旁，坐到纪老太太对面。

我也走过去，本来我想挨着纪老太太坐，但是，还没等我坐下，任生就伸出手，故作自然地把我推到忆轩身边，以一种绝对无法反抗的力度。与此同时，几乎令人毫无觉察，忆轩的头往下低了低，一滴液体滑下来，落到破旧的木桌上，滴答一声轻响。

少了忆轩，任生的身影忽然显得很孤单，但他明明很安心，似乎从一开始就很清楚，他喜欢她，拥有她，却终将失去她，出让她。

刚才，他说纪老太太是荠菜精……我盯着碗里的馄饨，若有所思。任生没必要说假话，而如果这是真的，她很有可能就是剥皮案的凶手。现场留下的那些水草，不是很像荠菜吗……可是，荠菜又不是水草，更何况，她一个荠菜精要那些皮干什么？

任生丝毫不关心这些，他只是专心地眯着眼，慢慢扫视其他桌子。凡是他目光所及之处，碗里马上归于平静，周围的温度也上升不少。

“何必呢……”纪老太太终于显出一丝不忍。

“要变天了，这些游魂必须离开。”任生的态度前所未有地强硬，语气也前所未有地担忧，“平时你干什么都行，但今天我保不了你，你最好规矩一点儿。”

“游魂？”我疑惑地看向任生。

“是啊，她酷爱帮助游魂，简直可以为之奉献一切。白天她在纸扎店里给它们做东西用，晚上用自己的头发，也就是荠菜叶子给它们做馄饨吃。真是很无私，因为荠菜精如果没了叶子就会死，而有时候她需要招待很多游魂。刚才她说我要她的命，也是因为我要吃掉她所有的叶子。没办法，我太生气了。至于一命换一命，你不用多想，是这老婆子发疯。”

原来那是她的头发……我顿时对那些馄饨一点儿兴趣都没有了。可任生为什么会生气？因为纪老太太打乱了他的安排？他在安排什么，为了什么？

“我是不是发疯，你清楚。我要什么，你也清楚。”纪老太太反唇相讥，“不然你怎么会帮我开纸扎店，让我守着子归，还派乌鸦守护我们？你不惜违反规定给我们这么多好处，还不是想终止我们的计划？”

“对。但是没有人应该被伤害，只要他是人，或者暂时是人。如果你们只是取皮，我也许还可以睁一只眼闭一只眼，但你们杀了人，还是和子归息息相关的人。那是罪恶。带着这种罪恶，子归不可能回到过去，只会走向毁灭。我想帮他，我想帮你们，用另外的方式，但你不信我，你一直不信，如果你稍稍相信我，没有拦叶梓，也没有偷那枝花，一切便都成了。”

这么说，剥皮案的凶手就是子归和纪老太太。他们的计划被任生发现，也被任生阻拦……这就是子归说的那个“小插曲”。子归给立春看的东西，也一定是几块人皮。

“没有人应该被伤害？当初如果不是因为你，他们会落得如此下场？现在，你竟然还说什么伤害？真正的幸福是在一起，哪怕是伤害，也要在一起。只要在一起，那伤害自然也是对的。”

“你很偏执。”任生迅速地下了定论，“而且从不相信。”

“我偏执？你又好到哪里去？难道你觉得所有的事情都可以弥补？你觉得你只要偷来幽冥玫瑰，一切都可以被解决？算了吧。我知道你在愤怒什么，你以为是我搅了你的局，但你要清楚，幽冥玫瑰生效的前提是相信。一直以来，都不是我不信，是人不信。那些人，那些你从我们手里救了的人，他们相信你吗？而子归，他更是绝对不会相信你。”

“我知道人是什么样子，但子归不一样，他不可能……我已经……”任生紧紧地皱着眉。

因为任生？子归和立春，与任生是什么关系？幽冥玫瑰？相信？子归不一样？他为什么不一样？

“没有什么不可能。”纪老太太含糊地说着，却似乎在阐释一个颠扑不破的真理，“更何况，偷幽冥玫瑰是多大的罪名，她是多强大……不用说子归，不用说我，连你都对抗不了她。她可以熄灭一座城市的光明，也可以毫不费力地终结你的乌鸦，在她面前，你保不了我，也保不住你自己。现在，她很快就要来了吧？”

“是，但我从来没想过要瞒住她。我只是觉得，我可以解决这一切。我只是觉得，这一切应该被我解决。”

“你解决不了。”

“是，但我依然觉得，在能做什么的时候，还是应该去做点儿什么。”

“一切都是无用功。该来的，躲不了：该走的，留不住。”

第八章 人偶的选择

任生没再说什么，他好像已经无话可说，又好像觉得已经没必要说。他似乎藏着什么东西，那东西能让他稳操胜券也让他迷茫。纪老太太也一样。

忆轩一如既往地无话，于是周围竟然陷入一种难得的安静。

我，关于立春和子归，关于这诡异的一切，自然有很多疑问，可我不想问他们。我明显感到他们在故意瞒着我什么。这让我觉得自己和那些人偶没区别，甚至更为可笑。

操纵我的人，除了任生，不会再有别人。

但他为什么要这么做?

一夜，纪老太太的话没有实现。该来的没有来——我们在那里一直坐到夜色退去，光明重生，“她”始终没有出现。我不知道这是为什么，但我知道，他们也不知道。从任生困惑的表现看，这已经可以构成意外。

该走的，应该也没有走。尽管烛光和玫瑰都消失殆尽，立春的小店里重归漆黑，可那种挥之不去的感觉依然存在。

立春和子归怎么样了？立春最后选择了什么？我很想知道答案，又觉得这其实没什么关系。

一个提线木偶，连自己都搞不清楚，又有什么资格插手别人的事呢……

“回去吧，天马上亮了。”眼看纪老太太消失在街道的尽头，任生怅然若失地叹口气，转向我，目光里满是凝重，“切记，千万不要碰那个笔记本。”

本来我以为他会和我一起回去，事情是明摆着的。子归、纪老太太、剥皮案……我觉得过不了多久就会出事，还是大事。也许是明天，也许就是下一秒。到时候，立春，守护，一切的一切都会被打破。

也许，是无法挽回的地步。

但任生好像一点儿都不担心这些。

他竟然就那样带着忆轩走了。

三秒前，我还在想要不要把子归的那些话告诉他，尤其是子归让立春自己选择的事。

但他走了。

他就这么走了。

天亮的时候，雪停了，空气反常地浑浊，是雾还是霾？不知道，无所谓。

不管怎样，花陵渡里永远都是干干净净的，立春也永远都是干干净净的。

我再次看到立春的时候，她正站在窗前，微微仰头，好像虔诚的教徒正在接受阳光的洗礼。听到我的脚步声后，她才猛然回过神，略显僵硬地转过身来。

我忽然意识到，她很有可能就这样在那里站了一夜，自从告别子归以后。

一定是告别了的。至少，子归现在不在这里。

他去了哪里？他还会去哪里？

今天的阳光刚刚来到世间，是一种接近透明的苍白色。初升的阳光都是这样。我清楚它们就像清楚我自己。

此时此刻，它们透过清澈的玻璃，刚好照到立春的脸上。一夜之间，她的脸竟然变成了那种单薄无比的白，与阳光相得益彰。

她的眼下有阴影，很重，但这不能挡住她浑身散发出的光彩。这光彩和她原来的不一样，这是一种崇高的光彩，一种从绝望中凝练的欢快。

我略带担心地看了一眼床头。果然，今天没有迎春花。

红色的，黄色的，都没有。

“没什么要和我说的吗？”她斜靠在窗台上，像极了一只疲惫的兔子，“我知道你昨晚就在外面，子归说的。”

我沉默，我确实没什么好说。我既没必要向她解释昨晚的事，也没必要过问她最后的选择，于是沉默自然最好。

“子归是一个人，一个美好的人。他的名字很有意思，对吧？很简单的两个字，出于《诗经》。也正是因为这个，他一直特别喜欢桃花。本来，我早就把那些事都忘得干干净净了，可是，昨天晚上，当我重新看到子归的一瞬间，我竟然什么都想起来了……”

子归？子归？之子于归？我忽然想起她之前的话——“我梦见自己变成了桃花。就是桃之夭夭，灼灼其华的桃花。我不知道这是怎么了，但我好像记得，有个人特别喜欢桃花……”

桃花，应该是红色、水红色、粉色。而立春那些花之所以会变化，难道就是因为这个？迎春花本应通体黄色，它们却只有尖端是黄色，靠近花蕊的地方像被滴上了血，晕染出漂亮的红色、水红色、粉色。

难道这一切早就被设定好了？桃花本就可以代表子归，子归又特别喜欢桃花，立春梦见自己变成桃花……我似乎看到一些真相，却无论如何都看不清、摸不着。

只有一点是可以确定的，一定有一种看不见的力量让他们必须重逢。

如果真的是这样，忆轩呢？那困扰我的无限循环的梦境，是不是也意味着——故人重逢？而他们、我们，最终会有一个什么样的结局？

“桃花，桃花，桃花，桃花……”立春忽然开始重复这两个字，然后她开始笑，无比幸福地笑。她开始转圈，疯狂地转圈。

越来越快，越来越快……她的衣裙翻飞起来，像一卷即将走向末路的卫生纸。

“够了。”我无奈地看着她，“夜晚很长，应该足够你做出选择了吧？既然已经选择了，现在这一切，也就没必要了。”

“选择？”立春悲愤地笑着，脚步终于慢下来，无力地倒在我怀里，像一只被寒流冻僵，却依然苟延残喘的蝴蝶，“叶梓，你可真像那些神灵，那些罪恶又圣洁的神灵。他们高高在上，他们光芒万丈，他们总为我们设置难题，然后故作大度地让我们选择，没有人知道，他们只是想看我们绝望地堕落罢了……”

我？神灵？

我忽然想起那些乌鸦。任生的乌鸦。

乌鸦拥抱天空，却被天空冻僵。

立春呢？

我俯身看她，像真正的神灵一样。但我很清楚，我不想看她堕落，我只想看她重生。

这并没有持续多久，因为她又开始癫狂。

清脆又厚重的撞击声。一串手链和一本笔记被她从怀中掏出，狠狠砸到地上。

我不得不注意它们。

子归送她的手链，子归留下的笔记本。

那手链是用薄片穿成的，看起来像金属又像玉石，可应该都不是。因为就算在没有阳光的地方，它也能反射出七彩的光泽。那本笔记明显带着时间的痕迹，也许是八年，也许是十年。它有着漂亮的皮革封面，里面的纸大部分发皱，封面上隐约爬着几道绿色的痕迹，就像被吸干水分的水草。

“选择？为什么我总要选择？以前，是任生让我选择；现在，连他也让我选择？谁能告诉我，我该怎么选择？”立春挣开我，用血红的眼睛瞪着我，大声地质问也大声地控诉，“叶梓，你不觉得这荒唐吗？子归竟然会认为我怕死。没错，我确实怕死，我甚至连沉睡都怕，我总会贪婪地想，如果我不仅生活在立春里，而是生活在一整年里，那该多好！可他又怎么知道，只要他能和我在一起，我情愿死，我情愿永远沉睡！”

爱情，人偶的爱情，纪老太太的问题，也许设置错了。

不仅他爱她，她也爱他。

他们能在一起吗？

“叶梓，这世界多不公平啊……我这样爱他，像爱自己的生命；我这样爱他，胜过爱自己的生命！但是，只要我不说，他就以为这一切都不存在！我何尝不想说，但我怎么说？我能告诉他，当时我也不想离开？我能告诉他，当时任生之所以要离开，是因为他被子归的母亲爱上，而任生不想破坏他们的家庭？我能告诉他，其实他爱上的根本不是人，而是一只人偶？我不能说，我什么都不能说。而只要我不说，他就什么都不知道！什么都不知道！”

立春跪倒在地，痛哭失声。

人偶式的痛哭。

“其实，其实他不知道也好。知道了又有什么用？就像现在，他以为把选择权留给我，就是对我最大的原谅，他以为只要我帮他把那些皮缝到一起，再奉献出自己，一切便都成了。其实，这根本就是笑话！就算我肯帮他，任生也绝对不可能允许这种事发生！就像当初他不可能让我留在那里。只要任生存在一天，这件事就不可能成功！可我能把这一切都告诉子归吗？就算告诉他，他又能做什么？和任生比起来，他比一粒尘埃又要高大多少？还不如什么都不知道的好，什么都不知道的好……”

任生，任生，处处都有任生。纪老太太说得果然不错，当初如果不是因为他，立春和子归早就在一起了。可是，如果他真的不想让他们在一起，又何必冒险去偷幽冥玫瑰？难道只是为了阻止子归和纪老太太的原计划，想用另一种方法唤回子归？

一切都晚了。

子归，已经不是那个相信爱与光明的子归了。

任生，他如此洞悉生命，难道会不明白这一点吗？

第九章　十年

我看向立春，她无助地坐在那里，好像整个人都成了绝望的化身。她那么绝望，好像宁愿融化在空气中，好像宁愿永远消失。很久很久，她不再说一个字，眼泪却更加汹涌而出。

眼泪，那些悲伤的液体，它们源于心上，流在身上，铺到地上。它们纯净得就像高山上的湖泊，没有一点儿盐分或者杂质。

湖泊中闪耀着星星点点的光芒，金黄色、粉红色。湖泊中回荡着轻松愉快的笑声，立春的笑声，子归的笑声。

“小妹妹，你就是我们的新邻居吗？”

“是呀。”

“你的花环真好看，像阳光一样。”

“谢谢。你的衬衫也很好看。”

“你叫什么？”

“立春。你呢？”

“子归。”

“好奇怪的名字。”

“我也觉得奇怪，不过，这是我爸爸给我起的。他说，这是之子于归的意思。”

“之子于归是什么意思？”

“我也不知道……”男孩歪着脑袋，想了好久，终于说了一个随口编出的答案，“不过，我觉得，大概就是我们的意思吧。”

大概就是我们的意思吧……很多话，如果不懂，也便无忌；如果懂了，也便缄默。而无论懂与不懂，时光都会如大风般呼啸而来也呼啸而去。在这浩大的时间的风里，立春和子归渐渐发芽，渐渐开花……渐渐变得健康而茂盛。

他再也不会对她说出那句话，只是偷偷把它刻在心里，默默陪她看阳光下的迎春花，也默默忍受她每年漫长的离去。

“看呀，我最喜欢的迎春花开了。我叔叔任生总说，我是它们的化身。”

“他一定在骗你，你是人，怎么可能是花的化身？就算是，也应该是桃花。”

“为什么？”

子归低下头，轻轻地笑了笑，什么也没有说。

“因为我喜欢桃花。”他本来想说却没说。

他很清楚，自己是喜欢立春的，但他从来都不清楚，立春到底喜不喜欢自己。和立春在一起的时候，他觉得前所未有的幸福，这幸福那么完美，却又那么虚幻，这幸福像画卷一样将他包裹其中，让他快乐，也让他迷茫。

是啊，多么完美，多么虚幻，他们的关系一直很好，他们从来没有吵过架，哪怕只是一点儿小别扭也不曾有。

但是，始终哪里不对。

如果立春真的喜欢他，为什么每年都要离开很久，只有在立春的时节才会出现？

“我也不知道，也许只因为我是立春吧。”每当子归问起这些的时候，立春总是这样回答。

“可是，你不在，我觉得自己的生命缺了一块。”他本来想说却没说。是啊，生命，自己的生命，立春真的在乎吗？她又真的看不出来吗？

怎么可能？如果看不出来，她为什么要送他一本日记？

“你可以把你想对我说的话写在里面，等我回来，就能看到了。我们在一起的时候，也可以一起写。”

子归听从了，虽然他一点儿都不喜欢写东西，但那是立春让他做的，所以他当然要听从。而他也惊奇地发现，每当夜深人静，自己坐在桌前，想到立春的时候，思绪就像汹涌的洪水那样一发不可收拾。这洪水不仅是洪水，还带来漫天的大雪，于是他的文字像渐渐堆积的雪片那样，飞快地盖满纸张，吞没世界。

本来，他以为自己能写几句都是奇迹，没想到每天都会写很多页，很多很多页。那些单薄的纸片上，每一页都印着立春；那个小小的天地间，每一处都藏着立春。开心的立春，忧伤的立春，生气的立春……立春的声音，立春的笑容，立春的花环……子归写得越来越多，越来越多。一本，一本，又一本……他把它们摆到床前，整整齐齐地摞起来，像盖一座城堡，又像在做一个茧。

立春不在的时候，任生通常也不在。不过，总比立春在的时候出现的次数多。这么多年，任生怎么放心把立春自己扔在家里？他消失的时候，都是去哪里了？子归很想知道，但是，每次只要他稍一提起，无论任生还是立春，就都会马上岔开话题。

讳莫如深。

至少还有讳。

立春不在的时候，每天每夜，每分每秒，子归都在想念立春。这种想念像一种奇怪的毒药，让人痛苦也让人快乐，因为在毒发的时候，它竟然会让人强烈地回味起它那迷人的甜美。

就像那一夜的雷声。

立春害怕打雷。子归也不见得不怕。怎么会不怕呢？春雷的确是骇人的。可是，每当想到那天晚上的时候，他就觉得，春雷就算再可怕，终归也是美好的。

那天晚上，是立春刚搬来那年。那年的天气很差，几十年来，这里从来都没有过那么差的天气，明明寒气依然料峭，却从立春开始，一连大半个月，每天都铅云蔽日，每天都阴雨连绵。

大大小小的雨随着铅灰的颜色以各种各样的姿态落到人间，就像天神在释放一场永不间断的哭泣。

这个世界上真的有天神吗？天神会哭泣吗？天神为什么会哭泣？子归不知道，他只知道，那天晚上，雨忽然变得很大，前所未有的大。雨点打在玻璃上，凶猛极了，雷声更是一个接着一个，炸得震耳欲聋。

子归自小害怕雷声，那天，他吃过晚饭，特意找来棉球，紧紧塞住耳朵，打算早早睡觉，但是，就在一切都准备好了的时候，他忽然想起，立春一定还是一个人在家。

每次打雷，立春都会吓得发抖，像一片在寒风中瑟缩的枯叶。现在，她怎么能一个人在家？子归走到窗前，偷偷揭开厚重的窗帘，像揭开另一个世界的一角。

外面还在电闪雷鸣，子归的心里也在电闪雷鸣。

他很害怕，立春一定更害怕。与立春相比，自己的害怕算什么呢？它们甚至根本不应该存在——他可是要保护立春的呀！

子归收回目光，放下窗帘，像放下自己的一切犹豫和担忧。他从耳朵里取出棉球，决然地扔进垃圾桶，然后穿好衣服，绕过熟睡的父母，偷偷跑到立春家里，神圣得像履行一项终身的使命。

确实，有他在，立春安心得多。一开始，他们还有一句没一句地聊着天，后来，她竟然睡着了，在连片的炸雷中。

闪电和雨声依旧，她却满足地蜷成一团，香香的，软软的，像一只柔顺的小鹿，更像一个易碎的瓷器。

他却再也睡不着，不是因为雷声，而是因为他们在黑暗与光亮中的对话。

“你会离开我吗？”

“不会。”

“永远不会吗？”

“不是。”

“那要怎么样呢？”

“如果你拿到金腰带，我就会永远和你在一起。”

金腰带是什么？是搏击界的最高荣耀。子归很清楚，但是，他反复看着熟睡的立春，又反复看着自己清瘦的双手，单薄的肩膀……着实文弱得可怕。

一个白净斯文的书生，如何能变成气吞山河的武将？

可又如何不能？

从小到大，子归想要达到的目标，怎么可能达不到？

只可惜，年少的他还不知道，也许，他的达到，根本不是达到。

南辕北辙，一世蹉跎。

一年立春，两年立春……五年立春。在无尽的汗水与伤痛中，子归终于冲破由生而来的厚茧，硬生生逼自己换了一副外壳。他终于告别瘦弱，告别优柔，转而拥有坚毅的面容，结实的骨量，虬曲的筋肉。重要的，最重要的，是他的内心，那颗火热而纯净的心，依然像原来一样，一丝一毫都没有变化。

这，够了吗？

这，还不够吗？

又是一年立春，子归拿着金腰带兴冲冲地去找立春。然而，门一开，他立刻就呆住了。

屋里一片凌乱，就像刚被炸过一样。立春和任生正在收拾行李。确切地说，是立春自己在收拾行李。子归看着立春，想说什么，却又不知道该说什么。在时光的无垠的洪流中，立春早已从当年的小女孩变成了一个光彩照人的少女。只是，她的头上还是戴着迎春花做的花环，那上面带着晶莹璀璨的水珠，很新鲜，很耀眼。她的外表已经和现在没什么两样，神情却低落得吓人。

任生，那所谓的立春的叔叔，正虚弱地半靠在沙发上，费力地呼吸着，他的脸色苍白如纸，身上的白袍也沾了很多血。但子归看不到，因为那些血是淡淡的绿色，而不是鲜艳的红色。所以，他只能认为，任生的衣服上沾了一些颜料之类的东西。不过，是血还是颜料，这本就无所谓，他真正的目标是立春。

“你们要搬走了？”

“嗯。”

“去哪里？”

“不知道。”

“你记下，这是我爸的手机号码……”

“不用了。”

“那……你是要给我写信吗？现在很少有人写信了……”

“不是，都没必要了。”

“为什么？”

“你以后不会再见到我了，但是，你一定要留着这个日记本。”

“我不要！”

子归愤怒地一扬手，立春下意识一躲，那个日记本像一只坠落的飞鸟般，从阳台大开的窗户飞出去，坠下去。

子归一声冷笑，大步离开。他自然没注意到立春头上的花环，那些金黄色的花瓣，随着他的离去，就像冬日的枯蝶一样纷纷凋落。

他去了哪里？他又躲进了自己的茧，空空竖起两只耳朵，哀伤地听着外面。很快，门外响起搬东西的声音；很快，门外又安静了。

该怎么办呢？该怎么办呢？子归不知道，就在这种无穷无尽的迷茫中，他忽然发现，自己已经把所有的本子摆满一地，划起火柴。

又怎么扔得下去？

一根，又一根，一盒，又一盒，硝烟弥漫，他却如眼盲的将军，尽听得满耳杀伐，却根本不知敌人身处何方。她为什么突然要走？她为什么连联系都不再和自己联系？夕阳的余晖点亮世界，却熄灭了子归的希望。

最后一根火柴燃尽，灰烬沉默着掉落，末世的火光最后一次跳动，给他疼痛也让他清醒。面对突如其来的高温，子归的手蓦地一抖。

她走了，她真的走了，她说要留着日记本，要留着日记本……他像触电一样跳起来，把地上的本子捡起来，按原样摆好，大步冲到楼下，疯了似的寻找那个不到一小时前还被自己弃如敝屣的本子。

春风和煦，草坪中开满了迎春花，金黄的迎春花，绚烂的迎春花，但是，这次见到它们的时候，子归的心猛地一沉。

是自己的眼睛出了毛病吗？为什么所有的迎春花都变成了绝望的黑色？

“其实，金腰带是迎春花的别名，迎春花的花语是相爱到永远。我让他拿金腰带，就是想告诉他——只要他说，想和我相爱到永远，我就会决心永远陪着他，人偶本来不该和人相爱，因为这种爱情不会有结果，但是，那时候，我真的已经下定决心，只要他说，想和我相爱到永远，我就会永远陪着他，哪怕要反抗任生，哪怕要反抗全世界，我也要永远陪着他，但他没有说，始终没有说……”立春把手伸进衣袋，哭着说着，说着哭着。

那是皮。

一片，一片，又一片……她把它们摆到地上，围上那本日记，整整齐齐地排起来，像盖一座城堡，又像在做一个茧。

我没有问立春为什么她不对子归说得直接一点儿，我知道她不能说。

她是人偶，她不能说。

而她不说，子归便不知道，一直到现在也不知道。

人偶，躲闪，扭曲，始作俑者……这一切应该怪谁，难道不是很明确了吗？我的嘴角泛起一丝冷笑，目光稳稳地落到那几块皮上。失去了血肉的滋养，它们已经开始枯萎，但这逃不过我的眼睛。每块皮上，都被画上了几道淡淡的油彩。这很明显，不需要怎么努力就可以看出来。

任生，那个谜一样神秘，谜一样罪恶的人。

油彩难道不是来源于他？这代表什么？他为什么不让我碰日记本？如果真是出于好意，他为什么不说清楚原因？他是不是还想阻止他们？我的思绪像吸了水的海绵般膨胀起来。这让我的手张开，向前，越来越伸向日记本。

无比坚定。

腐蚀，强大的。

指尖触碰到封面，一瞬，日记本尖叫起来，化成一片一片，就像一直被泡在水里一样。

丑陋的，腐朽的。

我一惊，却有一种解脱了的轻松感。

立春也是。

“不知道为什么，我忽然想去野外走走。”她盯着已经荡然无存的日记本，若有所思地笑着说。

第十章 毁灭还是重生

我沉静地看着她，看着她的笑容也看着她的哀伤。那笑容很幸福，那哀伤也很幸福，她现在明明不该这么幸福。我的眼前蓦然浮现出一道又一道巨大而冰冷的深渊，黑色的，红色的，金色的，旋转的深渊。它们活跃地运动着，不断上浮，下沉，交织，终于在她脸上凝固成最后的笑容。

我伸出手，想抓住她的胳膊，却被她灵巧而小心地躲开。我放下手，听任心中深藏已久的东西破裂，一种冒着寒气的东西黏稠地流出来，悄悄地覆盖细碎的裂纹，轻而易举地灼伤我。

我知道，一切都无法挽回了。

最后一抹金色从眼前消失，让我更加慌乱也更加迷惘。她走了，她去野外了，但我拦不住她。我无论如何都拦不住她。我早知道我拦不住她，我根本没想到任生竟然不跟我回来，但任生一点儿都不在乎，他忽然好像什么都不在乎。

他不是很在意那些人偶吗？如果他真的不在意，为什么还要让我守护她们？如果他在意，为什么还要那样做？他让我守护，守护的意义到底是什么？

现在，到底是什么情况？

我该怎么办？

除了去找任生，我还能怎么办？

而任生，他在哪里？

我除了知道他叫任生，是花陵渡的主人，还知道什么？我甚至不知道他靠什么维生，平时住在什么地方。

我该怎么联系他？

对，忆轩，还有忆轩，他把她带走了，他为什么要和她形影不离？她到底是什么？她和任生是什么关系？和我又是什么关系？

剥皮案的凶手是不是任生？如果不是，那些皮上面为什么会有油彩？如果是，他要皮干什么？

立春给我呈现的是事实吗？或者，那只是立春见到的事实？甚至，当初，任生为什么要带立春住到那里？因为花陵渡还不存在吗？花陵渡存在的意义是什么？后来，他又为什么非要带立春离开？真的只是像立春说的那样，是因为一场荒唐的爱恋？

这根本不像任生的作风。

任生不会逃避感情，也不会认为逃避是一种成全。他应该很清楚那是对一个女人最大的伤害，也是对那两个年轻人最大的伤害。他怎么可能那么做？他不是应该随时都清醒，都理性，都能解决一切吗？

我忽然被自己吓了一跳。我怎么会这么想当然？我怎么可能比信任我自己还要信任他？我不是应该很厌恶他吗？我不是希望他永远不要出现在我眼前吗？

可是，他当得起我的信任吗？他真的那么清醒，那么无所不能吗？在馄饨摊上，他不是已经在忆轩不愿意的情况下，毫不犹豫地把她推到了我身边？

这一切都是为什么？任生和忆轩，他们又在哪里？

答案就在他们那里，一定在。

深藏在内心的潜能忽然被激发，让我自己都没想到。这是一种预知危险的本能，一种必须自救的感觉。

立春和子归已经如此，我和忆轩呢？又会有什么样的结果？

怎么办？怎么办？

我站到镜子前，看着一脸迷乱的自己，终于想起那些一直纠缠我的黑色梦境，正是在那些梦境里，我不断见到忆轩，也终于在一个奇怪的空间里见到任生。

但是，那些事之所以会发生，都有赖于一个很重要的前提。

睡觉。

于是我走到床前，像一具尸体那样，面无表情地躺到床上。现在的我看起来很整齐，现在的四周也比太平间还要安静，但我就是睡不着。我甚至再也无法说服自己闭上眼睛。因为我很清楚，只要我一闭上眼睛，就会沉入深不见底的黑暗，似乎再也醒不过来，如果是以前，我会喜欢这种感觉，但现在，我不能醒不过来。

我，不，能，醒，不，过，来。

可是我能干什么？我又能干什么？

他叫任生，是花陵渡的主人；我叫叶梓，是花陵渡里唯一的花艺师。他叫任生，是花陵渡的主人；我叫叶梓，是花陵渡里唯一的花艺师。他叫任生，是花陵渡的主人；我叫叶梓，是花陵渡里唯一的花艺师……

他是任生！任生是花陵渡的主人！

他是花陵渡的主人！

就像洞悉了世间最深的秘密，我突然开始笑，开心地笑，邪恶地笑。我笑着站起身，笑着离开床，笑着环视周围的一切。花朵，墙壁，人偶，空旷的空间……好极了，简直没有什么可以比这更好。

既然花陵渡是他的，如果我毁了它，他就一定会立刻出现吧?

我拔出花艺刀。冷硬的，精致的，光芒四射的。在稀薄的阳光下，它完全没有觉察到我的意思，竟然像往常一样凌厉，甚至比往常还要凌厉。

这样的它，足以代表一个庞大的句号，也足以带我走向终极的荣耀。我握着刀，抬起胳膊，指向镜子。它像任生一样瘦长，从一开始我就注意到了这一点。这真让人讨厌。哪里都是任生，哪里都是。

光起。

刀落。

镜子沉默着炸裂，惶惶然与彼此分离，又被坚硬的地面分割，被迫走向永恒的漂泊。仅一眨眼的时间，耳边尽是破碎之声。

很短。

这声音很短。

因为这破碎很短。

很奇怪，在我全力的攻击下，它竟然只碎了一少半，剩下的那些，未等掉落，便被蓦然出现的一缕蓝光穿针引线般重新织到一起，挂到原处，光洁如新。

腿上突然传来一种剧烈的烧灼感，清脆的疼痛如寒风般从天而降，似乎我就是这面镜子，我的血肉、筋骨，都和这面镜子一起被瞬间冷冻又瞬间打碎。

很快。

这动作很快。

因为。

我不知道因为什么。我也来不及做出任何反应。颤抖，冷汗，呼吸，惊叫……什么都没有。电光石火之间，我只顾得上低头，惊讶地发现——我的腿从膝盖以下，竟然化成了一缕浓烟。

如果我真的把它完全打碎，我整个人也会变成一团浓烟吧？我想着这一点，心里却死一般地平静。浓烟？浓烟也好。无论如何，我都不能停下来，哪怕我消失，这也要继续下去。

我要见到任生，我要问出一切，我要确保忆轩的安全。

执念一经产生，化解就是难事。在我固执地想要挽回什么的时候，似乎把这一点忘得干干净净——忆轩本来就是安全的。在任生那里，她不可能不安全，也许，或者，事实也已经证明了，只有当靠近我的时候，她才会更不安全。

可是，如果不是为了这个，又是为了什么？

自然是如此的。

我却没有机会再出刀。

因为那蓝光游了过来。

它像柔媚的鞭子，又像妖艳的水蛇，在修复好镜子后，轻轻游近我，顺滑地舞动在我的周身。

我忽然什么都看不见。我还站在原地，我的眼睛也没有问题，可我的周围忽然漆黑一片，也空旷一片，渐渐地，地上开始泛起白光。

来自天空的，微弱的白光。

天空是微微拱起的半圆形，处处流着蓝黑色的光泽，像万金织就的绸缎，偶尔点缀着明亮的星尘，像无意洒就的碎钻。

深邃的天空里存在着各种各样的生命。人、动物、植物……它们只是一些闪闪发光的线条，却自由而快乐地流动着。它们奔跑，生长，欢笑，悲伤，它们时而乘风而行，时而漫如飘雪，时而从一头钻进黑暗又从另一头钻出来。

“真好看，是吧？就像你的花艺刀一样。”

忽然，耳边响起一个女人的声音。那声音很奇特，它明明五彩斑斓，浸润着世界上最饱满的欲望，却又像透明的空气，仔细看去，满眼虚妄。

第十一章 兄弟

她的气息如夏日清瀑般泻出，与声音一同灌入我的耳中，很快浸透皮肉，麻醉骨血，安静地流遍四肢百骸。那力量不温暖也不寒冷，似乎是种错觉，又似乎与我源于一体。

我转过头，疑惑地看向她。她不高不矮，不胖不瘦，不大不小……任你扫遍全身上下，无论如何也找不出任何一项不合比例的地方。

她是无比标准的存在。这标准很精美也很苛刻，像被强盛的力量故意塑造，像……那二十四个人偶。

对，就是人偶。

但她绝不是人偶。她的光彩和灵魂绝不是人偶可以拥有的。我看不清她穿了什么，她的身上在发光，淡黑色和珍珠白混合而成的光泽。

纯粹的黑和纯粹的白，绝不是没有原则的灰。

她看起来有点儿眼熟，可我想不起来我们是不是真的见过，在哪里见过。

“这些，都是我的。”

她一声浅笑，轻柔地伸出纤细洁白的手指，放任略长的指甲一点一点游过我的身体。

“刀，我的；衣服，我的；蛇，我的。”

她好像拥有一种力量，那不压迫也不强大，却能让人心甘情愿地放弃一切，彻底臣服。

很快，这力量爬上我的耳朵。而那条金蛇，那条蛇形刺青在感受到这种力量之后，竟然温驯地游走起来，顺滑地缠到她的手指上，乖巧地低着头，像在进行一场圣洁的朝拜。

她却司空见惯，不做停留。于是，随着手指的离去，金蛇又恭顺地扭着身子爬回原位，重新变回死气沉沉的刺青。

活死人，肉白骨，生死无妄，生死本妄……她竟拥有如此旺盛的生命力。她到底是谁？

我不解，但我不惊讶。我早已隐约觉得，任生不可能是那个站在最后的人。他顾忌太多，思虑也太多，那不是一个真正强大的人该有的样子，但我又不愿相信。他怎么可能会受制于人？他怎么可能有所畏惧？他做的一切，怎么可能不是出于自愿？

现在，这一切在我眼前发生了。

怎么可能是真的？那些，明明都是任生给我的，怎么会是她的？

“你不是任生。”

“我当然不是。”

“你才是花陵渡真正的主人？”

“不是，也算是。从某种程度上来说，我是任生的主人。”

“不可能。”

我脱口而出，又很快觉得这几个字简直无比幼稚。不可能？为什么不可能？她有骗我的必要吗？她明明是比任生更高的存在。

可这又能说明什么？我只和任生有关系。我很清楚，这世上纷繁复杂，等级森严，每个人必须找到属于自己的位置也该认清这个位置，但这和我有什么关系？诚然，我是任生的花艺师，她是任生的主人，可只凭这个，就能代表——她是我的主人？

我能想到，以她的能力，足以号令众生，逆转生死，只可惜，我不是众生，也不是生死。

我是叶梓。

“怎么不可能？”

如响尾蛇一样，她的手指飞快地溜下我的脸，精准迅猛地扼住我的咽喉。不知何时，她的手中多了一个不断反光的利刃。那张精美到堪称虚假的面容也挂上了一种淡淡的、苍白的微笑。

这很奇怪，因为这里没有明显的光源，除非光芒源自刀锋本身。

是了。

难道，她，是他？

我在跟忆轩见任生时，路遇的那个黑袍人？

那是个男人，虽然我当时没有看清他的脸，但我很确定他是个男人，而眼前这个明明是女人，而且身形和声音都对不上，唯一相同的，就是那把奇怪的刀。

那把刀，只要看了一眼，一辈子都忘不掉。

这女人深谙此道。在扼住咽喉这方面，她的力道控制得相当好。她用的力量刚好让我不能反抗，不能顺利呼吸，却又不至于窒息。

其实这没什么，如果那只黑猫没有跳出来，我绝对可以沉默到地老天荒，海枯石烂。

可是那只黑猫跳了出来。

它浑身闪光，一尘不染，干净非常，它的两只眼睛，一只是绿色，一只是金色，目光里含着奇特的力量。

它从黑暗中跳出来，愉快地扭着猫步走近，无比亲昵地蹭着她。如果它没有这么做，我差点儿以为这是忆轩的那只黑猫。

是，还是不是？

如果它不是那只黑猫，为什么会和那只黑猫长得一模一样？如果它是那只黑猫，怎会突然变得如此热情？或者说，谄媚？

于是我不得不重新开口。

"这是不是忆轩的猫？忆轩在哪里？我是不是在哪里见过你？你到底是男是女？"

"这么多问题，先回答哪个好呢……看来，你对自己够绝，当真什么都忘了。"她微微仰头看我，脸上依然带笑，只是这笑和任生差不多，看起来灿烂，实际毫无温度。

"男？女？那不是对人类才有的限制吗？对你和任生，还有我来说，这些不是早不存在了吗？你想看的哪副样子，我做不出来？所以，男，或者女，又有什么分别？"

话音未落，一个高大英武的黑袍人出现在我面前，和我那次看到的一模一样。而只一眨眼的时间，她又变了回来。

"其他问题，去问任生吧。他是你哥，他什么都知道，但他一直在矛盾，一直在犹豫。很久以前，他的优柔就毁了他也毁了你，再多一次机会，他也不会把握住。他不敢面对，不敢承受，又不敢逃避，不敢躲开，多么不爽快的人，哦，不对，是神。所以你看，就算是神又能怎么样？”

任生是我哥？很久以前？毁了我们？神？她在说什么？如果任生真是我哥，为什么要处心积虑地控制我？这一切的背后到底藏着什么？我不知道，可我想反驳她。我想说，如果没有忆轩，我一定会和任生一样矛盾，一样软弱。

我们始终不想揭开那早就存在的真相，也不想去解决那一直摆在那里的问题。

倒真是亲兄弟。

两个人，一家店，一场戏。

任生如戏，戏如任生。

我突然明白他为什么总化戏妆。因为这一切都是戏，一场自编自导自演的戏。我也突然明白他为什么叫自己任生，他一定不叫任生，那不会是神的名字，他真正的名字是什么？还有我，我真正的名字是什么？他为什么叫我叶梓？

似乎终于找到了自己的归属，我忽然变得无比沉静。

“我是想找他，但我找不到他。我本来想，只要毁了花陵渡，他就会出现，但出现的是你。”

“他会来的。”

“为什么？”

“为了幽冥玫瑰。”她毫不在意地看向天空，“幽冥玫瑰源自幽冥，无缘世间，如若强取，必致罪责。”

“能不能代受？”

“都不问是什么罪责，就这么急切地想要代人受过？”

“他不是别人。”

“真是兄弟情深，但我帮不了你。”好像早就料到我会这么说，她的目光落到我身上，似在无奈，似在悲悯，“因为罪责不源于我，源于玫瑰本身。”

“但你说他会来。”

“是，他会来，因为他受不住罪责，无论神还是人，都不可能受住那种罪责。而这天上地下，只有我可以帮他消除罪责。”

“你未免太自信。”

“我当然有理由自信——那玫瑰来自幽冥极恶之地，每一片花瓣都由无数血泪凝成。它们生于血腥残暴，长于哀嚎悲声，养于千种邪恶，见于万般残酷，只有见到那些误入极恶之地的灵魂，它们才会释放光明、爱和救赎，以便将它们带离。如果将它们用于活人，效果更好，但是千百年来，它们从未在人间出现过。如果把它们强制带离幽冥，一定会遭到强烈的反噬，承受无限罪责。”

“可是，他只是为了子归，就把它们带到了人间……”

“你真的这么认为？”她淡淡一笑，拉起我的手，摘下那枚戒指，呈现在我眼前，“你全身上下都拜我所赐，只有这戒指并非出自我手。是任生，是他亲手做了两个戒指，以加强你们兄弟的同心。一直到现在，他还以为我不知道他这些违规的小把戏，却不承想，我何必让他觉得我知道？你们兄弟原本光芒万丈，如今落得如此，我何必落井下石，赶尽杀绝？”

“违规？光芒？赶尽杀绝？”

“说得够多了。”她收起戒指，重新望向天空，“看啊，月亮还没有出现。按照约定，他只会在有月亮的夜晚见我，现在看来，他该失约了。今夜没有月亮，他也不得不出现。不过，严格来说，这也不算失约，月亮一定被他藏起来了。他还是胆子太小，可是，话说回来，无论是谁，在经历那些事之后，胆子都不会多大……所以，上次出事后，很长一段时间内，他都不可能让你再见她……”

“的确说得够多了。”

亮白色的光芒闪起，一条不足一米宽的小路陡然从远方延伸到她的脚下，上面走着一袭白袍、满脸戏妆的任生。

他的脚步明明像之前一样飘，走得却前所未有的安静，前所未有的平和，就像正在走向一场闹剧的终结。

我看着他，却无论如何看不出所谓“罪责”的痕迹，我只是觉得，那条小路，好像是由银白色的鹅卵石铺成的。

可又怎么会只是鹅卵石?

第十二章 不可说

“幽冥玫瑰消失的时候，你就该来找我……”任生轻快地眨眼，嘴角含笑，浅浅地看向我身旁的女人，“铭澜，你迟到了。”

“是吗？”铭澜随意应了一句，瞬间摆出冷若冰霜、高高在上的态度，和刚才简直判若两人，“我什么时候找你，竟然需要你提醒了？”

任生看看她，又看看我，眼角掠过一丝担忧。

“你在担心什么？”铭澜笑问任生，像一只猫对它的猎物，“是啊，你怎么会不担心？你那么怕……你想唤醒他，又不想唤醒他的全部。任生，你要得未免太多。我早就说过，想要达到你的目的，没有别的办法。而人偶，那些人偶……就算你用自己的生命滋养她们，就算你绞尽脑汁自编自导自演，如果叶梓真的情愿永世沉沦，也终归没有任何用处。你很清楚，他真正在乎的是什么……”

“是，但是不能。是，但是不能。是，但是不能……”任生的目光一下子涣散起来，不由自主地往后退，往后退，一种含混的声音从他的喉咙里发出来，像野兽绝望的嘶吼与呜咽，但他依然在努力控制自己。他不能表现出来。那是软弱，那是耻辱。

但他控制不了铭澜。他无法让她住口。她是高高在上的存在。她可以不费吹灰之力打散他，摧毁他，而他丝毫没有还手之力。

纪老太太没有说错。

“她是多强大……不用说子归，不用说我，连你都对抗不了她。在她面前，你保不住我，也保不住你自己。”

他确实已经保不住他自己。

他像掉进了严酷的冰窖，每根骨头每条神经每滴血液都被彻底冻住。他绝望地伸出手，用力抓向身上的白袍。我可以听见骨节互相摩擦，指甲划过纤维。那感觉很奇怪，一方面他紧紧地裹着它，一方面又想马上撕掉。他使出全身力气努力冲破束缚，又调动全身思维拼命阻止自己，就像左手和右手在打一场事关生死的架，却无论如何势均力敌，不知所以。

一溃千里。

“真纠结，是吧？真痛苦，是吧？毕竟这人间太过龌龊，这染缸万般疯狂，可你竟然还是为了一些只有你认为很重要的东西，甘愿去偷幽冥玫瑰，我是不是告诉过你，我那里的任何东西，你都可以动，只有幽冥玫瑰不行？”

“是。”任生咬着牙，扭着身子，像一个濒临崩溃的人偶，“但我是为了……”

“对，来啊，说出来。”铭澜的脸上浮现出甜美的笑容，就像夏夜忽然绽放的甜美而幽静的睡莲，“够了，早就够了。说出来。

快说出来。你到底是为了什么才甘愿当跳梁小丑？你到底是为了什么才甘愿承受罪责？叶梓，你最爱的弟弟，到现在还觉得你是为了那个子归呢……殊不知，在你眼里，在那些神明眼里，那些渺小而卑微的凡人，到底算什么？”

“失态了……”在铭澜充满诱惑的声音中，任生忽然直起身子，像溺水重生的人那样，大口大口地喘着气。但是，随着粗重的气息，一种温和重新浸润到他的目光中，一抹微笑也重新爬上他的嘴角，“我不能说。”

“真的不说？”

“真的不说。”

“还受得住？”

“还受得住。”任生粲然一笑，脸色却难看得吓人。

“演技真差。”铭澜上前两步，芊芊玉手捏上任生的下巴，“这种脾气，就算努力掩饰，又能藏住多少？就算强迫自己缄默，又能撑到何时？你明知道该如何结束。本来就没有必要开始的事，何必把自己逼得那么辛苦？”

“手拿开。”任生的态度忽然也变冷，就像一杯只有零度的冰水化合物。

令人惊讶，铭澜似乎听从了他的话，可哪里又很不对。她悲悯地看着任生，温柔地把手移开，却一直向下滑，向下滑，滑上那宽阔的肩膀，摸过那坚实的手臂……停留在又窄又细的袖口边缘。

随着她的动作，任生的眼中突然闪过一丝慌乱，他轻微皱眉，想挣脱铭澜，却终归是一场徒劳。她只需两根手指，轻轻一拉，一转，那袖口便像白纸般裂开，带着清脆的裂帛之声。

一声大叫，像被火苗烫到一样，那只黑猫飞快地蹿到广袤的黑暗中，再也不见踪影。

任生尽管还在故作镇定，神色却忽然变得僵硬无比。

他不再躲闪，却依然下意识地遮掩。微茫的白光中，他左边那条小臂上，纷纷杂杂，细细碎碎，远远看去，就像被白蚁蛀过的朽木，到处散落着皮肉碎屑，隐隐混合淡青色的虬曲的血管和浅绿色的丰富的血液，那感觉就像，那已经不是一条手臂，而只是被裹上厚厚一层肉馅的白骨。

但这明明是被精心排列过的肉馅。因为接近手肘的地方，粗略地缝着几排细致的针脚，蜈蚣般蜿蜒而下，一直缠到手腕上。中间这段区域内，透过肉馅状的躯体，由这些针脚为连接，上上下下，深深浅浅，埋着一连串闪闪发亮的银环。

确实很亮，亮得晃眼。铭澜微眯了眼睛，细细地打量着。那些银环千姿百态，各有千秋。有的刚好勒到骨头上，有的松松地浮在皮肉外，有的则里面一半，外面一半。细细看来，倒是很像古代的某种护臂。

血悠闲地流下来，滴答滴答。银环互相碰撞，叮当叮当。任生紧紧握拳，默默抵抗铭澜的目光，好像那目光是来自幽冥深处的无妄之火，只要沾上小小一缕，他整个人就会立即灰飞烟灭。由于过度用力，盘踞在皮肉上的血管剧烈地颤抖起来，血也流得多了些，快了些，但他竟然在笑，那种发自内心的笑。

那种终于解脱了的笑。

“这罪责倒是新奇。”铭澜神情依旧，“怎么？不想让我看？”

“确实不想。”

“既然如此，又何必来？”她有意无意地说着，将握在手里的戒指随意往地上一丢，微微颔首，“跪。”

“你提醒了我。”任生看看铭澜，又看看我，像完全没有听见她的话一样，微微弯下腰，伸出右手，从地上捡起戒指，抓过我的手，谨慎地把它戴到原处，轻笑着责备，“怎么这么不小心。不是早就和你说过，一定要随时戴着吗？”

我不知道说什么，我看着眼前这个我已经不知道应该怎么形容的人。他是我哥？他真的是我哥？哥？他到底瞒着我什么？他为什么不能告诉我？如果我是他弟弟，他何必对我如此？他害怕伤害我？他难道真的不知道，这种遮遮掩掩，朦朦胧胧，才是对我真正的伤害？

我想了很多，却不知道该说什么。什么好像都该说，可说什么好像都没有一点儿用处。我本来想问他的那些问题，我本来想知道的那些真相，在他面前，忽然好像变得一点儿都不重要了。

他是我哥。

我突然多了一个哥。

我只能记住这些，除此之外，什么都不重要了。

所幸他也并不奢望我的回答。他现在好像只是在完成一件必然要完成的计划。这整个过程中，他一直很小心，也很贴心。

那戒指依旧闪着寒光，光洁如新，里里外外没有染上一滴血，就像什么都没发生过。

这无情的戒指，竟然对一切视而不见。

盯着它的光芒，我的心中忽然浮起几片厌恶。这厌恶像腐烂池塘中又滑又黏的浮萍，尽管被大雨拍得七零八落，浮浮沉沉，却让人无论如何都没法忽略它们的存在。

任生却自如得多。他目不转睛地看了我几秒，然后如释重负般转身，继续面对铭澜，说着那些没有内容却满含意义的话。

“没错，我本不该来。那么，现在，就送我离去吧。毕竟，能终结在你的星光里，也算莫大的幸运。”

铭澜神色一凛。虽然只有那么一瞬，却能让任何人都感受到她那勉强压制的，排山倒海般的愤怒。那是十分可怕的愤怒，如果世界会毁灭，一定是毁灭在这种愤怒之下的。我担忧地想。但她竟然努力地克制着，比任生更加坚忍的克制。她不再开口，不再说一个字，只是须臾弹指间，任生便被一股大力所控，结结实实地跪到了那些银白色的鹅卵石上。

确切地说，是砸。

任生一定是不想的。因为他一直在挣扎，一直在反抗。自从被迫完成这个姿势，他就开始调动全身所有可以用于活动的肌肉，可以具备感知的神经，妄图用已经并不坚固的骨骼为自己撑起一个不一样的明天，一个自己愿意走向的却是完全没有希望的结局。

也许连他自己都不知道，他到底愿不愿意来见她。也许就这样结束了也很好，可是，真的可以就这样结束吗？

他不愿去想这个问题。他只想再看她一眼，只想还清自己欠下的债。

第十三章 成全

还债。

可是，这种债，又是怎么才能够还清的?

他不能说，也不能想，但他要做。无论最后得到什么结果，他都要做。不能想，也不能说。只是做。

他罪恶又圣洁地跪在鹅卵石上，其实那是铭澜早就为他准备好的良药。它们可以治愈他，而她无疑也想治愈他。

天上地下，红尘世间，只有铭澜可以真正感受他的感受，快乐他的快乐，悲伤他的悲伤，畅快他的畅快，迷惘他的迷惘。她的确懂他。她知道他不愿在弟弟面前屈膝，哪怕在四周无人的时候，他对她屈膝过无数次，可他无论如何不愿在弟弟面前屈膝。

她知道他在重视什么，也愿意去理解这种重视。他也知道她别无选择，如果他不跪，就无法被治愈。因为她是幽冥的主人，而幽冥玫瑰属于幽冥。他如果想被治愈，就一定要承认她是主人。但他不想这样。他不想让铭澜看见他现在的样子，更不想让弟弟看见他现在的样子。

他是大哥，他可以解决一切，他怎么能以这种面目示人？

这就是铭澜最大的悲悯，她只压了他单膝而不是双膝。这是对他莫大的照顾。尽管那些鹅卵石真是够硬。他的膝盖很疼，他的手臂也很疼，他全身都很疼。那是一种能让人燃烧也能让人疯狂的疼。

那是幽冥玫瑰派给他的罪责。

但他没有被它征服，对一个长久沉浸在痛苦中的人来说，疼痛不可能代表痛苦，只可能代表释放。他承担罪责，感受痛苦，没有再吐露一个字，脑中却是前所未有的迷乱。他知道铭澜在做什么，但他还是要坚持那些他一直坚持的东西。

这几乎是没有任何悬念的事情。一次，两次，三次……他起不来，她不可能放他起来。哪怕他气喘吁吁，血流如注，她也不可能放他起来。

她要他，活着。

她给他，未来。

“我让这座城市陷入黑暗，是因为它的光明只是来源于你；我消灭那些用于守护的乌鸦，是因为它们本就来源于我，最重要的是，你竟然企图用我给你的东西来对抗我。”

“那不是对抗，而是捍卫，有些东西不容践踏。谁都一样，你，也一样。”

“不容践踏？任生，它们真的不容践踏吗？包括你自己，真的不容践踏吗？如果真的是，把人偶和装束还给我，你就可以自由。告诉我，你真的期待得到这种自由吗……”铭澜轻声地说着，半蹲下身，怀着满满的同情和满满的诱惑，作势要解开任生身上那件白袍。

我惊讶地看着自己。烟灰色衬衫，烟灰色长裤，烟灰色皮鞋……这些装束，原来都是束缚。

原来，我那天晚上，是想摆脱这种束缚。

这真相，直到现在我才知道，可任生应该早就知道。既然如此，他为什么还要坚持？我仅仅窥见自己的一角，就已经感到通体透彻的自由。如果完全放开自我，那该是怎样的美好？

任生，感受过吗？

任生，他为什么不想感受？

任生，真正的任生，会是什么样子？

"不！"任生像一条落入网中的鱼那样挣扎，挣扎得越厉害，血也流得更多。可他已经疯了。他什么都不在乎。他捍卫着那件白袍，就像基督在捍卫最后的荆棘。至于错过了什么，付出了什么，牺牲了什么，他一点儿都不在乎。

他低下头，不管不顾地缩成一团，像初生婴儿那样抱紧自己，坚定地看着铭澜，近似疯狂地笑着。那让人从心底产生一种诡异的错觉——似乎那件白袍马上就会和他融为一体，在他身上生根，发芽，开出一朵黑色的绝美的花。

但它没有。它自然没有。它忽然自动卷曲，自动折叠，像一朵迅疾而来的积雨云，又像一朵被海风吹皱了的白牡丹。

你相信一个东方的神会长出翅膀吗？

你能想象一个白衣飘飘的文士多了一双翅膀，是一种多么奇怪的场景吗？

我不信，我也不能想象。

但是，一对没有羽毛，却白如玉石的翅膀，确实从任生的背后生生地长出来，一路破肉裂骨，清晰可闻。它很快变大，很快变薄，最终接近透明，像两扇绝世的琉璃，放射着璀璨的光芒。而那鲜血终于变身为疯狂的波浪，大范围地四处奔流。它们从任生的后背上飞快地涌出来，像猛然爆发的火山喷薄出的不同程度的绿色岩浆，滚烫的岩浆。

从嫩绿、浅绿、正绿，一直到墨绿，最后接近于黑。

那么多，那么多的绿，将琉璃鲜艳地上色，直到晶莹剔透，一世模糊。

一地。

一地的绿色。

一地的蔓延的绿色。

“你对自己也够绝，只可惜，事到如今，无论你怎么做，也只是徒增痛苦，就算你用掉所有的人偶，就算你甘愿永远放弃自由，只要没有她，也根本无法唤醒他。你分不开他们，以前不能，现在也不能。”铭澜盯着任生，表情迷蒙而残酷，“就算你宁愿和它融为一体，也不能。”

“我，我，我……”任生努力地说着，却终归失去继续说下去的力气。铭澜也没有再听，她皱着眉，轻轻地挥手，似乎早已看惯而厌倦这悲伤的境遇。

她决绝地转向我，一扫冷酷的表情，像一尊温和的神那样看我：“叶梓，你真的没有想过？如果他确实想救子归，为什么不干脆自己去送花？如果他明知你对忆轩的感情，为什么故意让你误会他们的关系？如果他真的只想唤醒你，为什么在看到你失控，也就是苏醒后，他既欣喜又担忧？”

故意误会？难道他和忆轩之间什么都没有？我狂喜而迷惑。我想说话，却没有说话。

我确实没有想过这些问题。

铭澜也没有等我的回答。今晚的一切都很奇怪，任生，铭澜，他们都在向我提问题，却都不想听到我的回答，似乎这都是安排好的，无论我怎么回答，都不会影响事情最后的走向，仿佛在宽阔的时间的河里，我的这些想法，这些做法，根本连一朵最微小的浪花都算不上。

“他在等你苏醒。他做的一切都是在等你苏醒。包括开花陵渡，包括养人偶，包括偷幽冥玫瑰……立春、子归……只是微不足道的凡人和人偶。对他来说，任何人，都不会比你更重要。”

我？

“你和人偶之间存在奇特的联系，如果人偶在生效前毁灭，你也会严重受损。他一直很担心这个，最近发生的事让他更担心。于是他终于采纳我的建议，开始让忆轩出现。他制造那些梦境，把它们呈现给你，他故意让你误会他和忆轩……都是想让你尽快苏醒。他本来不想让你见她，因为你们的恩怨实在复杂……”

生效前？难道这就是他不和我回花陵渡的原因？难道那时立春已经生效？所以他才会不在乎她接下来会怎么样？

最近的事？最近发生了什么？苏醒？和忆轩的恩怨？我因何陷入混沌？我和任生，和忆轩，到底是什么关系？

“不，不要再说了……不要……”似乎听到了世间最可怕的事情，任生重新被灌满力量，像回光返照一样，他的声音回荡在空旷的空间里，大得震耳。

“真的不要？”

“不要。”

“你真以为自己是殉道者吗？”铭澜大步走过去，一路狠狠踏上任生的脊背，用力将他踩倒在地。

任生，他反抗着倒在地上。他的脸摩擦着粗糙的鹅卵石，微微渗出血迹，那弄花了他脸上原本漂亮的油彩，也让他本来清秀的脸上平添了狰狞之色。

真不好。

像一条阴冷的毒蛇，我蓦然挥刀，沉默着向铭澜出手。事到如今，我不会再考虑任何后果。

我也疯了。

之前，我确实很温和，但眼前的一切让我没法再温和。

她不该这样对他。无论如何都不该。

哥哥，弟弟，这是我刚刚认识到的东西，但我并不重视。伦理和血缘，这根本就无所谓。哪怕之前不知道我和任生的关系，我也从来不忍看他如此。现在，我知道他是神，我也能想到神的弟弟应该也是神，这能说明什么？

神有血缘和伦理吗？我本来就不知道，又何必考虑这些。我必须要做点什么，哪怕这点什么完全不是什么。

如果她真的必须这样对他，而我太过卑微和渺小，完全无法制止她，那至少，让我也受任生受过的一切便好。

是啊，我无法制止她，她是远胜于我的存在。我不知道之前是什么样子，但至少，她是现在的我无论如何也无法战胜的，而我真是没有想到，在她面前，我是如此弱小，我竟然弱小到，非但无法反抗，而且连感受任生都无法去感受。

“别多管闲事。”她轻轻化解我的刀，语声低沉如浓重的大雾，“那是他该受的。没错，我是要为他减轻幽冥玫瑰的罪责，但这不代表我不会追究他别的责任。他很喜欢逞能，叶梓，你不是很想知道——那些皮上为什么会有他的油彩吗？现在我就告诉你。那是他向我发出的讯号，明目张胆的讯号。纪老太太和子归干的那件事，本来充满罪孽，那些皮就是罪孽的证据。这笔罪孽本来该被记到他们头上，但任生，这个爱逞能的罪神，他竟然把自己的印记打到那些皮上，他竟然想让我把这笔账算到他头上。而既然他都已经这么不在乎自己，我又何必想太多？算便算，没关系，我成全他。”

果然是他。

一直都是他。

鼻息间弥漫起强烈的香气，这香气让我无比熟悉，也让我全身麻木而寒冷。

花陵渡里的香气。

从未出现过的浓度，比立春的店里还要浓上几百上千倍，闻起来却不刺激，也不会让人觉得哪怕有一丁点儿的不舒服，反而像一群洁白柔软的云，可以让人忘却一切黑暗和悲伤，深深地陷入终极的光明与宁静。

任生，那个该死的戏子，他的全身都被笼罩在冲天的大火里，那大火不是红色，也不是黄色，更不是蓝色，而是耀眼的亮白色。大火燃烧着他，就像一个贯彻天地的亮白的盖子，密不透风，无懈可击，却是绝对的困境。

我不知道这是铭澜做的，所谓的给他的惩罚，还是他自愿的，想阻拦铭澜继续说下去的手段。无论为什么，我真的不想看到这一幕。

那香气，那香气竟来源于他的肉体。

原来，原来他一直在燃烧自己。

火里响起噼噼啪啪的声音，就像纪老太太锅下的木柴。随着火焰越来越大，弯曲的藤蔓从火中曲折地爬出来，油绿油绿的，仿佛终极的高温给予它们的不是毁灭，而是新生。

胸口的伤剧烈地疼起来。我能感到自己在快速地后退，像被一种巨大的力量强硬地吸离。我隐约听到他们还在说着什么，却再也听不清。

铭澜如何减轻任生的罪责？大火要烧到什么时候？任生还会幸存下来吗？这些问题如同一团纠缠在一起的蚯蚓，不停引诱着我这条已经没有任何希望的鱼。

鱼会想明白这些复杂的问题吗？

我又该怎样存在下去？

或者，我还要再存在下去吗？

第十四章 生死轮转

一滴。

一滴。

又一滴。

滴答滴答。

很多滴。

无边无际的混沌中，不计其数的水珠排着整齐的队伍，带着万丈的荣光，一队接一队从空中降落。它们微笑着撞上我的皮肤，粉碎着飞溅，然后上升，然后再次下降，最终汇聚成一条又一条稀疏的、绿色的、略显黏稠的小溪，缓慢而坚定地流经我的身体，正如一场无休无止的谜。

刹那间，所有的感觉猛然回归。触觉、视觉、听觉、嗅觉、味觉……一个接着一个，我好像重新活了过来。虽然我很确定我没有死过，但当那股力量将我拉离的时候，我确实失掉了全部的感觉。

我终于又看到任生，终于有些不一样的任生。他脸上的戏妆已被补好，后背的翅膀也已消失，这几乎让我在一瞬间错误地认为——星空、铭澜，那所有令人迷乱的一切，都不过是一场虚幻的梦境。

可是，任生的那件白袍，明明已经彻底变成斑驳的绿色。

他披着那件斑驳的白袍，站在我面前，手里拿着一支粗大的毛笔，认真而空洞地看着我。毛笔上面没有墨汁，而是沾着黏稠的绿色液体。

那是——他的血？我吓了一跳，试图起身。直到这时，我才意识到自己被放在一张宽大的桌子上，身旁铺着大幅的宣纸。那上面端端正正地写着字，笔画全无粗细之分，乍一看很难受，很拙劣，细看起来却别有韵味，就仿佛大浪之后，去尽铅华的人生。

目力所及之处，灰白色的雾气肆意地弥漫，显得他的脸有点儿模糊，显得那些冰墙也有点儿模糊。冰墙立在他身后，明明又高又厚，却看不见高度，也算不出厚度，由于没有光源，它们虽然棱角分明，却无丝毫闪光，只像巨大的幽灵一样阴冷地立在那里，向四周释放着彻骨的寒冷。

靠着冰墙，摆着一排又一排的酒坛，每个酒坛的盖子上都插着一枝鲜红如血的玫瑰。每朵玫瑰都鲜艳欲滴，芬芳诱人。这玫瑰一点儿都不甜蜜，也不轻快，你看着它们，只能不由自主地想到罪恶与黑暗。

幽冥玫瑰？

它们不是只能生长在幽冥的极恶之地吗？难道这里就是极恶之地？

“要来喝酒吗？”任生见我坐起来，快速地瞥了我一眼，然后放好毛笔，把手伸给我，像任何一个彬彬有礼的大哥。只是那手修长瘦削，骨节分明，一尘不染，白得发光，仿佛根本不属于这世间。

是啊，我不禁为自己这种想法失笑，他是神，他本来就不属于这世间。实际上，属不属于这世间又有什么关系？只要和他在一起，一切又有什么关系？

就算这里真的是极恶之地，又有什么关系？没错，我不清楚他和铭澜的恩怨，不知道铭澜的话是真是假，也不知道那场大火是怎么回事，事情到底是怎么结束的。但这又有什么关系？

一看到他还活生生地站在我面前，我就马上忘却了所有的问题。

我跳下桌子，却差点儿摔倒。我不由得低头看去——淡绿色的草地浓密而柔软，上面到处糊着潮湿黏重的黑色淤泥，与终年沉睡在塘底的并无二致，所幸无味。

这是难得的沃土，却让人没来由地恶心。我看向任生，想问他这是怎么回事，但他手里不知何时多了一个杯子，他凝视着那个透彻的杯子，看都不看我一眼。那类似天主教的圣杯，可又不完全是。看材质，很有可能是用整块水晶雕成的，但我不确定，因为在暗淡的空气中，那杯子通体闪着淡淡的荧光。

葡萄美酒夜光杯，我忽然想到这本来很美好却已被众人搞得很烂俗的诗句。这杯子是不是夜光杯？我不知道，我只知道，那杯中的酒，那浓烈的鲜红液体，绝对不可能包含任何葡萄的成分。

任生还是不看我，只是把杯子递给我，然后一言不发地向前走。而我竟然自然地接过杯，不假思索地跟他走。

前进的每一步都很困难。尽管这淤泥不会悄无声息地把人吞没，里面却好像藏着无数鲜活的蚯蚓和蛇。它们一层一层地爬在你的鞋底，缠上你的脚踝，让你费尽力气也难以挪动一步。

可这并不是真正的沼泽，就连不远处的那处水域也不是。原谅我只能用“水域”这个词去形容那里，因为那只是一处浑浊深邃、广阔无垠的死水。它不是湖，不是池塘，更不是海。

它真的不属于任何世间已经存在的方式。

远远看去，它没有任何颜色，一望无际的水面上，不计其数的乌鸦不断地盘旋，和我那晚在街道上看到的那些乌鸦一模一样。也许这只是我的错觉，乌鸦还会有什么样子呢？但我就是坚信，它们真的是同根同源，不可分割。

它们都是任生的乌鸦。

我们一直向前走，一直向前走。终于，我得以目睹那水域中无比绚烂的颜色和那些沉浮在水域中，近似尸体的人。

那的确应该是人。

白嫩的、肿胀的、完整的肢体。婴儿，孩童，少年，青年，中年，老年……它们孤单地漂浮着，对周围的一切视而不见，似乎以为这偌大的空间只属于自己。

可是，它们又好像和真正的人不太一样，因为它们非但不具备任何生命体征，躯体上反而生长着巨大而凌乱的根须。这些根须相互缠绕，把一具肢体紧紧地包住，也把它们之间松散地连接起来。

我惊讶地盯着其中一丛根须，从那凌乱的缝隙中，一根弯曲的绿茎正在悄悄伸出水面，眨眼间便长出一片叶子，那叶子一开始是透明的，后来渐渐变绿……当它即将变成纯黑的时候，被根须包裹着的那个人无声无息地消失了。

“喜欢吗？”任生停在清冷的水边，微笑着转头问我。

那笑容诡异，却暗含着至高无上的权力。

“它们是……人？”

“是，也不是。严格来说，它们是代表人类形体的符号。它们生于这里，长于这里，成熟后，也就是长出叶子后，它们会去找铭澜确定自己代表的那个灵魂，然后，那个灵魂便会转世为人。在人间，那灵魂会受到各种各样的损耗，在铭澜那里，它们也会受到相同的损耗。当那个灵魂重新回到幽冥的时候，它们也会回到这里，进行一次或长或短的修复。如此生生不息，生死轮转。”

如此生生不息，生死轮转，就是生命，才是生命……我沉默着想，果然肮脏，果然不堪。

“我知道你在想什么，但这个种类就是如此，是啊，很肮脏，很不堪。是啊，你甚至从来都不想让它们存在下去，在这一点上，我们的确不同。可又能怎样？神之所以会被人玷污，都是因为自愿。若是不愿，事情无论如何也不会成。”

我认真地听着，却完全无法认同他的看法。这让我有些厌烦。我厌烦他的朦胧，厌烦他的软弱，厌烦他无所不能的容忍度。让我更加厌烦的是，他说的都是真话吗？他真的可以容忍那些肮脏和不堪吗？恐怕也不能吧？不然，他为什么对任何人、任何事都那么嘲讽呢？

铭澜不是明明说过……

殊不知，在你眼里，在那些神明眼里，那些渺小而卑微的凡人，到底算什么？

是啊，到底算什么？

可是，如果真的不算什么，他又为什么要为他们牺牲那么多？

我忽然想起立春，我忽然特别想她。在任生眼里，她也像那些半死不活的肢体一样吗？怎么会？可又怎么不会？在那些神明眼里，人尚且不算什么，人偶又能算什么？

“十年前到底是怎么回事？立春现在在哪里？”我猛然抬头，

直截了当地问。

“立春？你问立春？”任生继续笑着，朦胧地笑着，“她无处可寻，却又无处不在……”

他转过身，面向那些冰墙，微微地挥手。很快，一群模糊的人影向我们拥来。那些纯洁又柔和的身影，那些如鲜花般明丽的少女……一开始，她们只是如烟雾般从冰墙中拥出，一步一步，向我们款款而来。越靠近我们，她们便变得越大，也便越清晰而真实，直到温软如玉，活色生香。

一，二，三，二十四……二十四个少女，二十四个人偶。

一个二十四，两个二十四，三个二十四……很多个二十四，很多个人偶。

我们被无数的人偶包围，清新的，浓烈的，快乐的，悲伤的……她们以二十四为单位，一刻不停地从冰墙中拥出来，拥出来。这些人偶……这是真的人偶吗？铭澜不是说，人偶是由她造出来的吗？

“任生，你到底想干什么？”我皱眉问他。

我拼命在掩饰自己的紧张，却已掩饰不住。那些人偶虽然面貌清秀，身段婀娜，看起来非但与常人无异，反而堪称绝世美人，但真的是太多了，太多了……她们从四面八方走来，像花海一样紧紧簇拥着我，让我喘不过气，可她们竟然还在冲我微笑，这让我深深地觉得，自己就像爬行在庞大花谷中的一只微不足道的昆虫。

“我不想干什么。”任生轻描淡写地回复，忽而像想起什么似的笑着问我，“反倒是你，时至今日，依然不肯叫我一声哥吗？”

是啊，我为什么还要叫他任生？那明明不是他的名字。我下意识地张嘴，想要叫他一声，却始终吐不出那个字。那明明很轻松，却好像有千斤重。最重要的是，我的身体里好像潜藏着一股力量，那力量在对抗他，那力量甚至想要不顾一切地摧毁他，而我完全无法控制这种力量。

这是怎么了？

“算了，也好，称呼便只是称呼。”他有些落寞地笑，脸上旋即又爬上那种玩世与嘲讽，“现在，我来解答你的问题。不过，你首先需要知道，立春，其实早就不是立春了。”

我没有问为什么，身边的场景已经让我明白了很多事。不计其数的人偶，酒坛上的幽冥玫瑰……我开始想起铭澜，她真是犯了个大错误，只是不知道这错误是否致命。

任生自然是知道的，事实上，致命与否，当然完全取决于他。可是，如果他真的已经这么强大，当初为什么还要花大代价向铭澜借人偶？为什么还要去偷幽冥玫瑰？

他明明都有。

关于这一点，任生的解释是这样的。

“我刚来世间的时候，出了一点儿变故，几乎损失了全部能力，需要休养很长时间，可时间不等人，我必须马上有所行动。”

“什么行动？”

“她一定对你说过，幽冥玫瑰的设立，是为了拯救误入极恶之地的灵魂，但她一定没对你说过，第一个误入极恶之地的灵魂，就是我。”

“所以，她设立幽冥玫瑰是为了拯救你，但你为什么会去那里？”

“记不得了。”任生一笑，分明在掩饰什么，却又在显露什么，“其实，记得还是记不得，到了今天，都已经无所谓了。你只需要清楚，我和幽冥玫瑰之间渊源颇深，因为这种渊源，只要我愿意付出一些东西，想要创造它们，一点儿都不难。”

“既然如此，你为什么还要去偷她的？”

“因为我不能让她知道我有了幽冥玫瑰。时机还没成熟，我的胜算很低。”

“什么时机？什么胜算？”

“那都是以后的事了，以后的事，谁都说不准。我们还是讲讲当年吧。”任生巧妙地避开了我的问题，只向我展示了神秘的一角，“当时，我的第一个行动计划，就是去极恶之地，我的第二个行动计划，就是向铭澜借人偶。这两个计划，执行起来虽然都不太容易，好在最后我都圆满地完成了，唯一的缺憾就是，在这个过程中，我被损耗太多，无力控制人偶，不得不靠铭澜为我补充能量。可是，每次靠近她的时候，我都会感到无比虚弱。她像一张庞大而柔软的网，一旦陷入，就会销蚀掉你的一切，在她的世界里，你什么都不需要考虑，只需要展露出需求和欲望，无论你展现什么，她都可以轻而易举地满足你。真幸福啊，确实，真幸福。但这让我感到虚弱，也确实让我日渐虚弱。我知道自己不该这么沉迷，可我抵抗不了。尽管我知道，如果再这样下去，迟早都会出问题。而立春，就是那个问题。”

“你们之间发生了什么？”

“难道你从来都没有怀疑过，为什么我那么认真地告诉你，只有穿上衬衫，你才能和人偶很好地相处？”

她们都很危险，你一定要记得穿这些，不然，她们很有可能弄死你……

难道，那不只是令人厌恶的束缚，还是一种别出心裁的保护？

第十五章 真假十年

我是神，光芒万丈的神。

不要问我叫什么，来自哪里，职责是什么。我早已忘了这些，确切地说，自从那件事发生后，我便什么都不想再记得。

带着无穷无尽的遗憾和悔恨，带着毁天灭地的气魄和能力，我从神的国度坠落，又从魂的国度途经，最终降临到人的国度。

我为自己起了新名字，任生。我的身旁跟着铭澜的第一个人偶，立春。

那年的雪下得格外大，大得让人惶恐。这很不正常，我本不该惶恐。没有人比我更熟悉四时的变化，也没有人比我更能界定明亮或晦暗，可是，在终于得知弟弟下落的时候，在契约终于生效的时候，我第一次惶恐地发现，灰色的天竟然能下出白色的雪，我也第一次惶恐地发现，我竟是厌恶下雪的。

白色的雪，灰色的雪，红色的雪。

大雪过后，便是寒冬，寒冬之后，便是立春。

赶在立春结束之前，听从铭澜的建议，我和立春藏到那里，对外宣称她是我的侄女。其实，我一直不知道应该怎么和立春相处。我从来没有和任何一个小女孩相处过，包括人，也包括神。所以，在最初的日子里，我有些期待，也有些紧张，我尽自己最大的能力去做一个好叔叔，无微不至地呵护她、关爱她，尽管在很多时候，那种呵护和关爱显得那么笨拙。

但那是真的，热的。

她很喜欢我这样，也真的像个正常的小女孩一样开心成长。人间的时间有些奇怪，大部分时候，它们明明看起来很短，真的过起来，却是无比漫长。不过，由于多了立春的陪伴，这些日子一点儿都不难熬，反而有点儿温馨。

但我知道这都是假象，这只是一场试验，我不能沉迷其中。当然，这主要是因为我始终无法忘记弟弟，那个任性又天真的家伙，他像阴影一样随时随地笼罩我，一想到他，我就觉得眼前的幸福都是可耻的。我和铭澜说起这件事，她只是微微一笑，不以为意。是啊，尽管她见过太多的人，经历过太多的事。但这么多的人这么多的事其实都和她无关。

无论是神，是人，只要无关，也便无情。

我不知道她是否真的无情，自从来到人间，我总是很虚弱，看到她的时候，我会更虚弱。我不愿留在人间，与之相比，我宁愿化作一摊冰雪，心甘情愿地融化在幽冥里，那里虽是无边黑暗，却有无限温和，那来自铭澜。

我喜欢过别人，但铭澜和别人不一样，所以这种喜欢自然也不一样。其实，说到那个“别人”，直到现在，我还无法确定自己对她到底算不算喜欢，实际这也无妨，就算确定下来又怎样？有些事终归改不了，就像在漫长的岁月里，总有一些人你忘不了，总有一些事你甩不掉。

按理说，躲避追杀的人本该如惊弓之鸟，但因为有了立春，有了铭澜，我并没有如此感觉，只是有时候，我会站在窗前，静静看着窗外的白云和玻璃上自己的影子擦肩而过，一看就是一整个下午。

白云来自神国，立春来自魂国。

那段时间，每每看着立春，我都感觉自己做的所有事都会是最后一次。

子归，那个和立春一样新鲜的生命，总会和立春说，今年的天气很反常，明明春寒料峭，却从立春开始，一连大半个月，每天都铅云蔽日，阴雨连绵。我听到，总是一笑。那可爱的男孩，他还那么小，他还那么纯净，他什么都不知道，他也不该知道。

我能看出他对立春的心思，尽管他们还都是情窦未开的年纪，但爱，那无处不在的爱，细密地将人包裹，甜蜜得让人沉醉，不一定非是爱情。

也正如此，我才会放心回幽冥见铭澜，因为我知道，我不在的日子里，子归一定会接替我的位置，尽心尽力地保护立春。

他一定会这样做的，如果必要，他也一定会毫不犹豫地献出自己的生命，自己的灵魂，自己一切拥有或不拥有的东西。

那一天，终于来了。

大大小小的雨随着铅灰色，以各种各样的姿态落下来。大大小小的雷随着亮白色，以各种各样的姿态冲上去。春雷本就骇人，那晚的雷声又特别大，不过，有了子归的陪伴，立春还是安心地睡了。

香香的，软软的，像柔顺的小鹿，更像易碎的瓷器。

而我，在铅黑的云层中，真的成了易碎的瓷器。

他们不会知道，那雷声是天神在发怒，是啊，就算是成年人也不一定清楚，他们都还是孩子，为什么要清楚这些呢？

那些高高在上的天神，那些圣洁而罪恶的存在。他们签下契约，又罔顾契约。他们想除掉我，再把立春毁掉。这自然不合规矩，可这世上哪有什么规矩？这天上地下，哪里又有什么规矩？

他们围着我，像围攻一只不幸的落水狗，我不屈服，我自然不会屈服，当初他们没有一个不仰望我，敬仰我，而现在，他们仰望我有多虔诚，敬仰我有多强烈，围攻我就有多凶猛。

一个落魄的存在，就算是神，即使可以保住自己的尊严，也始终无法抵抗破碎的命运。

于是她成了我的命运。

其实我早已不想反抗，无论这反抗是有用还是无用，我发光太久，也沉重太久，我一直期望可以完全无力的那一刻，我一直期望可以放弃身上全部的责任，我一直期望可以稍微放松一下，哪怕明知这放松之后便是灭亡，我也会如飞蛾扑火，在所不惜。

所以，我才会在明知连天阴雨的时候，还没有及时带立春离开。

我想结束，却不想自裁，那是很羞耻的行为，我不能做。

但我不能连累立春，所以我在几天前就暗示铭澜，如果出了意外，她应该尽快接回立春，当一切都没发生过。是的，早在那个时候，我就已经猜到那些天神的恶意，我也无比清楚，其实只要我消失，他们就不会再追究立春。

他们不会去碰铭澜的人。

他们惹不起。

可是，正当我即将真的变成一片一片的瓷器的时候，铭澜，她竟然带着万千魂兵直冲霄汉。

“好自为之。”他们咬牙切齿地对她说。

她看都不看他们一眼。她温柔地抱起我，小心地将我带回幽冥，一路下到极恶之地，依然像以前那样采来幽冥玫瑰为我疗伤。我熟悉那个味道。我不禁又想起自己第一次闯入那里的场景。那时，她还对我百般责难，千般审问，虽然我们早就于云层间相识，她却冷着脸，一脸公事公办。

幽冥玫瑰的效力很强，但那伤实在难办，她多次劝我撕毁契约，干脆放弃，可我不能，无论如何都不能。

“我怎么能放弃我最爱的弟弟？”看着四分五裂的自己，我依然这样对她说。

只是，就算决心要管，又该如何管？

我不知道，她也不知道。

“如果你真的还要管，必须把立春带到一个更加秘密和安全的地方。那里已经不行了，人间的任何地方，都已经不行了。”沉默许久，她这样建议我。

“可是她爱上了一个男孩。”我想起子归。

“我知道。”她满不在乎地笑，“我还知道，那男孩的母亲也爱上了你，但这又有什么？以你现在的精力，可以很好地处理这一切？别说你还伤得这么重，就算你没有受伤，如果你真的拿得起放得下，又何必沦落至此？”

我无言以对，她总是让我无言以对。于是我心急如焚，伤刚好了大半，我就急匆匆赶回去见立春。

地下数天，人间数年。

我刚刚离开的时候，立春还是个爱说爱笑的孩子，转眼间，她竟已长成为婷婷的少女。人间这杯酒太烈，我终归错过了她的成长。我惊讶地看着她，忽然不知道该怎么跟她说起这件事。人间的刻刀太过锋利，它已经把子归深深刻进她的生命，哪怕是我，哪怕是铭澜本人，恐怕再也无法将他们分开。

也许，他们已经偷偷憧憬过婚礼和孩子。可是，现在，我必须把这美好的幻梦毫不留情地打碎。

我忽然不忍下手，我忽然觉得自己真的不该存活下来。我竟然要破坏这样纯洁的两个孩子，我竟然要践踏这么美好的事。

但这能怪谁？肯定不怪铭澜，她冒着不惜与神国开战的风险救我，难道还救错了吗？

该怪谁？我不知道。

想了又想，我最终决定开门见山。

“立春，我要带你走。”

“为什么？”

“没有为什么，必须走。”

“子归呢？”她忧愁地问着。

我的心猛地一紧，又猛地一松。

“他是人，你是人偶，你们本就不该相爱。我容忍了你这么久，已是极限。”我尽量把自己弄得像个彻头彻尾的恶人，心里却在深深厌恶这样的自己。

“他是我的命，没有他，我一定会死。没有我，他也一定会死。”

“你在威胁我？”我眯起眼睛，邪恶地看她。

“是。”她无比坦诚。

“那就死吧。”我轻描淡写。

她不再说话，却像我想象中一样绝望地冲向我，举手投足间带着万分愤怒。我快乐地闭上眼睛，我没有还手，我不需要还手，我又想起那个充满雷声的夜晚。

没错，如果可以，一切，请继续。

我早已厌倦这世间，生死对我来说根本没有区别，也许早点儿死了反而好些。

魂归铭澜，大悲大福。

我就那样等着她，我等着她来杀死我，可是，过了很久，我都没有再听到一点儿声音。我猛然睁开眼睛，才终于绝望地发现，原来，就在最后的一瞬间，她竟然把矛头转向了自己。

她竟然也想毁灭自己。

这到底是个什么世界？

阳光温暖而稀薄，她也温暖而稀薄。在沉默的碎片中，她就那样化作一地金黄色的液体，像熔化的黄金，又像轻盈的阳光。她真的死了，原来死这么容易又这么绚烂。我慢慢地跪到地上，痛彻心扉地想起当初在黑暗中我们的初见。

“任生。”她怯怯地叫我。

“叔叔。”她开心地叫我。

她真的死了。她真的死了。她真的死了。她真的死了……我很后悔，非常非常后悔，但是，很奇特的，在见到她的死亡后，我竟然再也不期待死亡。

那是一种解脱，却不是我的。

我颤抖着伸出手，想把那些金黄色的液体聚拢到一起，却终归无济于事，我悲伤地低下头，轻轻捞起那液体中漂浮的迎春花，却陷入深深的迷茫。

这变动并不大，是的，并不大，她只是个人偶，我这样告诉自己。是的，她什么都不是，只是一个实验品。她死了又有什么关系？用不着铭澜出手，我就可以把她重新黏合到一起，可是为什么我会这么悲伤，为什么我会这么难过，为什么我甚至宁愿死的是我？

这些问题，我想了很久，一直到黑夜降临，月光弥漫的时候，我才终于站起身，用我剩下的所有力气，把她重新黏合到一起。只是，在修复的过程中，我略微动了手脚，致使她看起来还像那个样子，内核却微微地变了。

那是我第一次流那么多血，也是我第一次觉得自己的血是如此廉价。

后来，铭澜知道这件事，才做了那些烟灰色的装束，保护我远离那些疯狂的人偶。

“保护我，也保护你。”我这样对叶梓说。

第十六章 真相

“所以，这就是你想说的，立春，其实已经不是当初的立春了？”我问任生，“可她是不是当初的立春，和现在有什么关系？”

“当然有关系，如果她是当初的立春，一定不会和子归重归于好。当年他们虽然彼此相爱，却没有她向你展示的那么完美。你之所以会看到那些完美，是因为我重组了她的记忆。”

他们从来没有吵过架，哪怕是一点儿小别扭也不曾有……我忽然想起立春的话，是啊，这怎么可能？就算两个人青梅竹马，相处了那么多年，怎么会没吵过一次架，没闹过一次别扭？

“你为什么要这么做？你在谋划什么？难道你也修改了子归的记忆？”我好像明白了什么。

“是啊。我也改了子归的记忆。我早料到他们十年后会再见，也一直希望他们可以抓住第二次机会。所以我必须消除子归脑中那些不美好的记忆。当然，这里面也夹着一点儿小小的私心——我也希望通过这个减轻我的负罪感，毕竟当年他们是被我分开的。”

看着任生自信的笑容，我忽然觉得脊背一阵发凉。他竟然觉得感情是可以被控制的，他竟然觉得感情就像简单的加减法，只要足够精确，就可以被任意摆布。

他是个充满善意的神，但他不懂人。

“如果你真的这么想，未免会失望。立春向我展示的并不都是美好；那天晚上，子归也对立春说过，‘如果你当时没有和你叔叔走，事情根本不会变成这样！’这就是你所谓的美好？”

“有这种事？”任生一下子慌乱起来，像忽然被困在热锅上的白蚁，“不可能……不可能！他们的记忆不可能自动修复，不可能！”

他不停地说着，急切地转圈踱步，他大步地走着，似乎陷入了终极的迷乱，许久之后，他才停住脚步，转过头，瞪着眼睛看我，咬牙切齿地吐出了一句话。

“可恶的荠菜精！”

“荠菜精？和纪老太太有关系？”

“除了她，不可能有别人。”任生的语气异常肯定，“因为她爱子归！”

“一个老荠菜精爱上了一个人类男孩？这也太……”

“不，不，不……我们都被迷惑了。我才想通，其实她根本不是老荠菜精，子归也不是人类男孩。这很复杂。”任生语速很快地说着，就像在迅速收取一个四处乱跳的线轴，“其实，早在十年前，子归就已经死了。”

我有些震惊，但很快找到了蛛丝马迹。

“十年了，我的脸还是一点儿都没变！至于忘记，我本来就不知道这十年都发生了什么。我的记忆整整空白了十年。”

“来不及了，我不是以前的我，你也不是以前的你，我们已经没法在一起了。”

那天晚上，子归对立春如是说。

十年，面容一点儿没变；十年，记忆一片空白……他确实应该已经死了十年。他确实应该以为，自己和立春生死相隔，就算你情我愿，还怎么可能在一起？

“可是，如果他早就死了，怎么还会出现在人间？”

“因为纪老太太，哦，不，我们现在已经可以叫她纪姑娘了。”

“姑娘？她还是个年轻姑娘？”

“我也是才想到。本来我一直疑惑，荠菜不可能活太久，更是鲜少成精，而她之所以精神得像个年轻人。也是因为，她根本不是个老太太！”

“但她长得实在……”

“那不是她的本来面貌，她会变成这样，是因为和鱼神做了交易。子归重现人间，一定也和鱼神脱不了干系。”

“鱼神？”

“没错。对于真正的神来说，鱼神的能力只是雕虫小技，但那已经足以满足精怪和凡人。只是，如果有求于他，必须用珍贵的东西做交换。如此看来，纪姑娘一定用她的容貌换来了子归的暂时回归。”

“你怎么会想到鱼神的？”

“鱼神虽然是神，却也是鱼。因此，经他帮助的灵魂通常会带上一些鱼的特征。你去送花的那天晚上，室内外温差并不大，立春的店里却满是水汽。现在想来，那一定就是鱼神对子归的保护。”

那手链是用薄片穿成的，看起来像金属又像玉石，可应该都不是。因为就算在没有阳光的地方，它也能反射出七彩的光泽。

那岂不是大片的鱼鳞？

立春最近总觉得自己被人跟踪。回头却看不到一个人，只能看到隐隐的水雾。

这里真闷，有水吗？

没水了。你一进来就不停地喝水，已经喝完一桶水了……

水，鱼，岂不是只有鱼才会从水里吸取氧气，没水的时候，才会觉得闷？

“只凭纪姑娘与鱼神做交易，你就断定她爱子归？如果这是真的，子归为什么不干脆和她在一起，为什么还要回到人间？”

“因为子归不爱她。子归爱的是立春。只要子归还想着立春，她就无法强求。为此她很苦恼，她可能试了很多办法……等等！在鱼神的指导下，她一定发现了子归记忆中的秘密。她修复了子归的记忆。对，她一定成功修复了子归的记忆。所以她才会劝我别去偷幽冥玫瑰，还说就算偷了也没用。因为她知道已经恢复记忆的子归肯定不会相信我。如果他不相信我，我偷幽冥玫瑰怎么可能有用？至于她不和我一起帮子归，理由也很简单——她根本不想让立春和子归在一起。她陪子归回来只是为了修复立春的记忆，让他们都记起之前的事，让他们就算重新见面，也无法重新相爱。”

“她想借此让子归死心？”

“对，在必要的时候，她还会彻底除掉立春。这个我早就知道，所以当时我才会和她说：‘没有人应该被伤害，只要他是人，或者暂时是人。’我以为她会有所收敛，但我万万没想到，她之所以要加害立春，根本不是因为想通过这种方式让立春和子归在一起，而是为了她自己的爱。如此看来，是我想得太简单。我竟然还以为她是出于坦诚才会跟我说一命换一命。实际上，她就算从我手里拿走立春的命，又怎么可能愿意用自己的命去换？不过是一个姿态，但是，她认定只要她做出姿态，我就根本不会不拦她。事实也确实如此，这个狡猾的荠菜精！”

“可是，如果子归早就恢复了记忆，根本不再相信你，为什么还要让你去偷幽冥玫瑰？”

“因为他恨我。是啊，其实那荠菜精早就提醒过我，她劝我不要去偷幽冥玫瑰，她知道我偷了也没用，但我只是觉得子归很可怜，却没有发现最大的怨气其实在他身上。他因为十年前的事对我怀恨在心，所以故意同意我的建议，让我去偷幽冥玫瑰，实际上，他只不过是期待我受万千罪责。只是他没有想到我和铭澜的恩怨。话说回来，当时他给你打电话订花的时候，一定没有让你尽快送到吧？”

“没有。他什么都没说。”

“这就对了！不过，我当时并没有想到这些，我只是觉得，就算幽冥玫瑰的计划失败，只要你不去碰笔记本，一切也不会发生，现在看来，你碰还是不碰，已经无所谓了。”

“为什么？”

“因为那笔记本是鱼神为子归做的容器，它类似影像，但只要有它，子归的灵魂就有归属。鱼神只是低等的神，比我们低太多，所以，他做的东西，经你一碰，就会轻而易举地被破坏。而如果笔记本真的消失了，子归就一定要附着在那些人皮上才行。这样，他和纪姑娘的那个计划不得不继续下去。可是，如果他一开始就带着恶意，就算笔记本还在，他也会坚决执行那个计划。或者说，他喜欢那个计划，并不是因为那计划可以帮他回到过去，他早就不在乎能不能回到过去。他要的是那些人的命，所以在取皮的时候，他才会故意置人于死地。他觉得那些人都对不起他。他觉得所有人都变了。”

“但他最终把选择权留给了立春。”

“是啊，他爱立春，他无法对她下手，这是真的爱吧……虽然他像大部分人一样，在不断前行的路上弄丢了自己，又被时间残忍地夹成了纸片般的存在，然后被扭曲，被遗忘……你也一样。”

“我？”

“是啊，你不知道我为什么要带你来这里？你仔细看看周围，难道没有想起一点儿什么吗？”

我茫然地看着周围，却根本什么都不想看。我头疼得厉害，我现在只想看见立春。我想起立春临走前对我说的，她说她想去野外走走。

“如果子归和纪姑娘都如此黑暗，立春现在岂不是很危险？”

“是，”任生从我手中拿回酒杯，一饮而尽，“但你管不了。他们一定会在一起。就像我，千算万算，唯独没算出荠菜精会爱上子归。”

“没有什么一定的事。而且，我不是你。”

“好，她在山涧那里，我现在就送你去。”

第十七章 凋零

风在耳边呼啸，任生在眼前微笑。他扔下酒杯，披着白袍，带着我，快速地穿梭在云层中，像一只自由的大鸟。

他，真的有自由吗？

我终于看见那个山涧。确切地说，那不是山涧，而是瀑布，瀑布下是个深潭，绿得发黑的深潭。

我转头望向天空，透明的，很凉。我低头望向潭水，透明的，也很凉。

冰凉的天倒映在冰凉的水里，夺去天地间所有颜色的温度。

可那粉色依然铺了满地，清新无比也黏稠无比，它像一条缓慢的河流，与一点儿翠绿交缠，弯弯曲曲，一路注入深潭，那深潭中若隐若现地游着一条大鱼，鱼的上面，模糊地漂浮着一个灵魂，那灵魂的手上，挂着一串闪光的手链。

一个不到三尺的白色小人顺着河流行走。一步一步，很机械，它很单薄，就像葬礼上常用的纸人一样，它没有头发，一根都没有，但它的表情很鲜活，比活人还要鲜活。

那是老纪，已经枯萎了的老纪。

“这就是我的梦。那个诡异又温暖的梦境，如今真的变成了现实。其实，现在想想，梦到桃花也不错。”我听见立春这样对我说。

我抬起头寻找，但我看不见她。

“这粉色的河流，就是她最后的样子。”任生轻声为我解释，“她终归和子归在一起了。”

“看呀，我真的变成桃花了。”立春的声音又响起来，随着她愉悦的声音，粉色的河流中跃起数不胜数的桃花，红的，白的，粉的，它们飞舞到清冷的空气中，又轻盈地落下。

香甜，柔嫩，那是真正的愉快和幸福。

“是啊，立春的代表花为什么只能是迎春花？为了自己的爱人，立春的代表花为什么不能变成桃花？那些所谓的规矩，那些冷硬的原则，在如火的感情中，到底算什么？”

玫瑰，象征爱情的玫瑰……爱情，多么美好又残酷的爱情……如果一个人很爱另外一个人，爱到可以奉献一切包括自己的生命，而另一个人却只是因为一些莫名其妙的原因逃避这段感情，最终，他们会有什么样的结局？

他们会在一起。

当然，他们会在一起。

立春一定会和子归在一起，纪姑娘也会和子归在一起。

只是任生猜错了。

纪姑娘用来和鱼神交换的，不是容颜，而是生命。为了能让子归重回人间，她把所有的生命都给了鱼神。

现在，就是她凋落的时候。

她是荠菜，不是鲜花，但她凋谢的时候，比鲜花还要美丽。她一步一步地走到河流尽头，一点一点地坠入潭水深处，她没有留下一个字，她比这世上的大多数人、大多数神灵还要平和。

该说的，鱼神都替她说了。

当她还是一棵荠菜的时候，就住在这山崖上。每年春天，立春和子归来这里挖荠菜，都会给她浇一点儿水。

她看着他们，她见证他们。

她见证了他们鲜嫩的爱情，也见证了子归孤单的死亡。

立春离开的那年春天，立春的时候，子归依然循着之前的习惯，独自带着日记本来挖荠菜。他抱着那个本子，就像在抱着立春。

他和她说话，他看着她笑，他抱着她，他跟着她。

她渐渐走，渐渐散，渐渐地，那美好的幻梦终结于山崖，于是他也自然而然地坠落山崖，像一只终于失去希望的飞鸟。

这么好的男孩和这么好的女孩，怎么能不在一起呢？

纪姑娘很伤心，但她只是一株荠菜，又能做什么？就算她可以拦住子归，可是，让子归这样继续活下去，还不是生不如死？于是，她只好任由这一切发生，然后再用自己的生命和鱼神交换，让子归重回人间。她知道子归爱立春，她宁愿用自己的一切换得子归的开心。她不理解立春为什么要离开子归，她觉得立春对不起子归，后来，尽管知道立春只是人偶，她也觉得立春太懦弱，她不喜欢这么懦弱的女孩，她想毁了立春，可是，当时机真的来到的时候，她又无论如何都下不去手。

她相信人，相信人性。若非如此，她根本不会从我手中偷走一枝幽冥玫瑰，如果她真的确信子归会因为之前的恩怨再也不相信任生，为什么还要多此一举？

她害怕，她害怕子归会因为幽冥玫瑰而真的相信任生。

但她一开始并非如此，她没有修复子归的记忆，她从来不知道有这么一回事。子归的记忆，是鱼神无意为之。鱼神不知道前因后果。他只是简单地觉得，既然需要把一个灵魂送回人间，就应该让他明明白白地回去。

当纪姑娘发现这个错误的时候，一切都晚了。也正是在这时，她有了私心。她自然猜到了任生的想法，也自然不想打破这种平衡，但是，既然这种平衡已经被鱼神无意打破，而她又那么喜欢子归，于是，何必还要留着立春呢？

这才是公平。

如果他们真心相爱，就算恢复记忆，又怎么可能分开？如果他们真的分开，只能说明他们已经不爱对方，既然如此，自己为什么不能加入？

至于子归，他确实带着怨气回归，但当他重新看到立春，一切都已被化解。他做了那么多坏事，却始终无法做出最后一步。

最后的时刻，他还是把选择权交给了立春。

“他会去铭澜那里吗？”看着逐渐淡去的子归的灵魂，我问任生。

“他属于孤魂，不归铭澜。不然，他也没机会向鱼神求助，一切也都不会发生。”任生轻轻叹口气，“而铭澜，那个铭澜……她有很多面，你只不过看到她其中一面，以后，你们还是少见为好。你是花艺师，还是应该在花陵渡里守护人偶。”

守护？怎么守护，看着事情发生，无能为力？纪姑娘不也一直在守护子归吗？她为他付出了那么多，但这一切，真的因为她的付出改变了吗？

“何必非要改变？”任生深邃地看了我一眼，“很多事情都不是很美好，却无一例外地带着它们特有的温度，无法被任何东西所替代。记忆是最喜欢骗人的东西，那些美好的回忆，很多时候，也许在别人眼里只是一场荒唐的闹剧，但这又有什么关系，只要自己觉得美好，又有什么理由放弃……”

随着他的言语，纷飞的纸片占满天空，迅疾地飘落，每一片上都印着一只粉红色的迎春花，每一片上都写着这样一段话。

“基本已经没有希望，所有问题都在我身上。那些最黑暗的东西，那些深不见底的坑道，那些令人绝望的噩梦，都在我身上，是我把她引入歧途，这种深深的罪恶感和恐慌感越来越无法缓解。身体里藏着其他的自己，那让我自己都已经认不出自己。我不知道应该怎么调和，我只想不受任何打扰地存在下去，哪怕在山崖之巅，忘川之畔。我可以乘着风一直飞升，降落，我可以转变为任何形式的存在。我看见芸芸众生，命如蝼蚁，自作自受，我看见生命降生，中断，重生，发展，辉煌，毁灭，这纷繁复杂的世间终归与我无关，也没必要有关。我不想被它们污染又被它们净化，一种混合了污水与消毒液的东西，最肮脏又最干净。我只想被隔在一个巨大安全的空间里，静静地看着他们。不想去碰触，不想去了解，不想去看。”

“这是？”我皱眉问任生。

“人偶可以代人承受灾厄，也可以代人延长时间。”任生莫名其妙地说着。

这肯定和我的问题无关。

不知何时，他已站到山崖上，那一身白袍被风吹起，像一朵缥缈的云。

“你是指立春？”我继续问。

任生却不再说一个字。

词汇多么匮乏，无法表达所有的感情。于是人们渐渐变得沉默，渐渐忘记表达，渐渐忘记感情。

任生，他习惯沉默，却无法忘记。其实这也无所谓。等待他的，终归是一条长得走不完的路，一个未知的却又已知的结局。

等待谁的，又不是如此呢？

误会，美好而致命。无论是神，是人，总有青梅竹马，不识尘味的一段。

旧时光，终无忌。

声声慢，生生憾。

（完）

雨水·宿蝶枝

■ 第一章 杏雨一梦

立春过后，便是雨水。倒是名副其实，雨水醒来后，外面几乎每天都阴雨连绵，湿乎乎，阴嗖嗖。偶尔不下雨，天也总是阴沉沉的，见不到一点儿阳光。

长期处于这种环境之中，大概谁的心情都不会很明朗，但是，破天荒地，我竟然完全不是这样。

因为雨水这姑娘实在特别。

她洁净又清爽，可爱又湿润。她带走阴郁和担忧，带来温馨和平静。

在立春身上，我从来没有找到过这种感觉。其实这也正常，毕竟立春跨越了十年的时间，背负太多也忧虑太多。沉重的时间使她黏稠得像一锅忧伤，任你使尽浑身解数，终归连一丝一毫都无法化解。

不仅如此，你也无法不被她影响，无法不认为这世界很沉重，这人生很荒唐，进而自己把自己别扭起来，搞得莫名其妙。

实在是一种极为消耗的守护。

所幸，她在最后时刻，终于还是选择了早该选择的道路——和子归在一起。

雨水完全不同。

“天哪，真的是你……”雨水第一天，她刚睁开眼睛，就飞快地冲到我面前，笨拙地踮起脚尖，像树袋熊一样挂到我身上，目不转睛地盯着我看。

那眼睛很大，一眨一眨的，带着弯弯长长的睫毛，忽闪忽闪。

我有点儿意外，立春从来都是淡淡的，蹙着眉的，绝不会这么热情，而她……也许，这是由于她的代表花是杏花？嗅着从她身上散发出来的淡淡的杏花香，我愉悦地想到这样一句。

满园春色关不住，一枝红杏出墙来。

她的确是红色的。她有一头纯正的红发，扎成略高的马尾，总是摇来摆去，像一团热烈的火。她的耳朵小巧白皙，上面挂着水滴形的耳坠。耳坠外面是一圈蓝色，里面藏着两点火红。她的衣裙……她的衣裙更特别，看上去没有颜色，摸上去柔滑似水，却透不出一点儿肌肤。

这有效地中和了她的火红，让人一点儿都联想不到泼辣或者豪放，她肯定不是那种女汉子，因为她的火红带着一定程度的内敛、羞涩和原则，不是对所有人都开放。

不过，即便如此，杏花也自然比迎春花更浓烈更旷达。

考虑到任生叮嘱过我——不要和人偶走得太近，我本来不打算回应她，但看到她这个样子，我竟鬼使神差地问了一句。

“你听说过我？”

“啊？”她的目光里掠过一丝迷惑，很快又变得清明，“没有没有，就是，上次我沉睡前就一直在想，我这次醒过来以后，一定会见到一个干净又温和的男子，你看，你不就是这样吗？”

“好吧。”我微微一笑，轻轻推开她，“先下来，我手里有刀。”

“刀……”她站在原地，微微怔了几秒。

刀？刀有什么？我觉得她的反应有点儿奇怪，却一点儿都不别扭，因为这种反应持续的时间不长，仅仅几秒，她就开开心心地转到了那面如任生般瘦长的镜子前，开始有模有样地打量自己。

“行吧，还不错。”最后，她得出这样一个结论，无奈地转身看我，“就是……这么多年了，我的代表花还是杏花？”

“是啊，不然呢？”我脱口而出。

话刚出口，我就有点儿诧异。真反常，我竟会回答这样毫无意义的问题，就像两个无聊的年轻人在无聊地聊天。

“为什么不换一换呢？我明明不喜欢杏花。”她叹口气，蹲下来，从地上捡起一枝杏花，随意地把玩着，没过一会儿，竟又开心起来，“不过，不换也没什么，我不仅不喜欢杏花，也不喜欢其他任何花，既然这样，又何必要换？做人的时候，就开开心心做人；做人偶的时候，就老老实实做人偶。你说是吧？”

刀忽然滑了一下，我站在原地，微微怔了几秒。真坦然的姑娘。她竟然不在意自己的代表花也不在意自己的身份，她竟然能如此安然地面对这个世界。

如果立春能有她一半爽快，那纠结的一切，也就不会发生了吧……

“在想什么？”她仰头望我，热心地问也热心地劝，“别想了别想了，都没必要。我们都一样——过去遥不可及，未来迷茫一片，还不如好好珍惜现在，享受现在。”

真是清灵通达，想得够开。

我不禁渐渐地笑起来。

“看，笑一笑多好，你本来就很好看，笑起来更好看。”她盯着我，也露出无比灿烂的笑容。

我不知道该说什么，只好愉快地沉默。

她把目光从我身上移开，转向窗外，然后三步并作两步跑到窗前，把脸贴上玻璃，愉快地叫起来。

“哎呀，下雨了。我最喜欢下雨了，尤其是这种雾蒙蒙的烟雨。好了好了，不和你说了，我要出去散步了。”

“这种天气，出去散步？”

“是啊，我最喜欢这种天气，别担心，我一会儿就回来。我知道你还要和我研究接下来的事，所以我不会出去太久。”雨水认真地解释，有意无意地瞟了一眼卧室的方向，眨眼一笑，补上模糊的一句。

“不过，应该不急，夜这么长，不急。”

夜这么长……任生果然睿智。

雨水到来前不久，任生来过一次。

“雨水和立春不一样，这十五天千万多注意身体。”他邪魅地笑，目光不断在我身上游移，“到时候，别怪我没提醒你。”

“你和铭澜才要多注意身体吧……”我笑得也很朦胧。

立春消失后，任生和铭澜的关系产生了相当奇妙的变化，他变得越来越健壮，而铭澜……我从未再见过她。只是，有一点是无论如何也没法否认的。

这对东西，与其说是神，不如说是妖孽。

比如。

“对了，最近我又开始做梦，梦里都是杏花，不会是你又在打什么主意吧？”我问任生。

“怎么可能？造梦很费体力，我现在可没那么多体力。”任生看了一眼满地的杏花，开始哂笑，“别风声鹤唳了。做点儿梦有什么大不了的？你这里这么多杏花，白天看多了，晚上梦到也正常。”

我没有再继续这个话题。既然不是他，也就无所谓。是啊，做点儿梦有什么大不了的？更何况，那梦境并不黑暗，也不邪恶，尽管它像之前那个关于忆轩的梦一样清晰，却带着难得的，挥之不去的美好气息。

其实醒来想想，那画面并不十分清新，但身处其中的时候，你就是会觉得，你的全身被和煦的液体包围，无比安详也无比满足，似乎徜徉在生命最初的形态，你的心里被送进一盏跳动的火，随时随地给你陪伴，给你温暖。

每次都一样。

那来源于一个白色的女孩。一袭曳地长裙，一个松散发髻……她躲在偶尔滴水的飞檐下，握着一个晶润的玉杯，小指微翘，凭栏远望，外面烟雨蒙蒙，烟绿也蒙蒙，但那四处飘散的浅绿中，明明藏着若隐若现的微红。

我看不清那是什么，却下意识地认为——那一定是杏花。

排山倒海的杏花，绵延不绝的杏花。

我看不清她杯中是酒还是茶，却下意识地认为——那一定是酒。

杏花凝成的美酒，绵软清冽的美酒。

我看不清她的容貌，却下意识地认为——那一定是个纯净和善的女孩。

空谷清泉般纯净，林间露珠般和善。

她的背影灵动曼妙，不一而足。我想看更多，却无论如何都动不了，我控制不了自己，哪怕连稍稍偏一偏头都做不到，我明明和她处于同一个时空，她明明就在我眼前，却极似一部历经岁月的默片。

高远，醇香。

没有声音，从来没有声音。她应该是在说话的，可周围没有一个人，她又是在和谁说话？着实奇怪。

小楼应该是有二层的，梁栋间却现出莫大的空旷，仿佛风在强力地穿行。

无穷无尽。

但它们有生命，这小楼，这木料，都有生命。它们呼吸，成长，叹息，衰败，新生，循环……经了阳光的雕琢，烟雨的安抚，浸出古老，控出时光。

微苦，悠长。

远处——看不清，烟雨太过浓厚，遮蔽一切，模糊一切，也让人更加渴望。

渴望遇见，也渴望哀伤。

黑猫仍在。

它弯着脖子，弓着脊背，侧坐在栏杆的角落里，像一堆黑色的云，一尘不染，干净非常。它的眼睛还是一绿一金，只是不再盯我，而是盯着那迷蒙的烟雨。

沉思。

警笛声呼啸而过，我抖了一下，猛然惊醒。

心脏剧烈地跳动，压出源源不断的红色，汗珠从额角细密地渗出，流到附近，遇到源源不断的红色。

杏花的红色。

不知不觉间，我竟靠到杏花丛里，沉沉地睡着了。

电光石火间，窗外刚好掠过一抹亮眼的红色。

消防车的红色。

消防车后面紧跟着一个女孩。

白色的女孩。

她骑着一辆稍显破旧的单车，穿着一件白色的雨披。她看起来很纤瘦，却很有活力，只是有点儿着急，似乎消防车无意间丢了什么东西，被她捡到，她要尽快还给它一样。

这么湿润的节气里，竟然还会发生火灾……而那白色……

第二章 旧事

她的背影看起来很眼熟，有点儿像忆轩……可又不是，如果仔细想想，更像梦中的那个女孩……或者，梦中那女孩本来就是忆轩……心头猛然一动，不禁低头苦笑——像忆轩，像忆轩……最近不管看到哪个女孩，我都会不自觉地这么想。

不像也像。

如果真找起来，哪两个人又会没有一点儿共同之处呢？而梦，又是怎么抓得到，摸得着的……

其实，忆轩，那个忆轩，自从馄饨摊一别，就已如烟雾般消失不见。我有点儿想她，却不知道这是不是真的。因为这种思念并不是无处不在，而像拴在心上的一根线，看不见，摸不到，却总会在不经意间一紧，然后失魂落魄好久。

我也实在不知道，那个真正的我，到底愿不愿意重新见她。

铭澜说过，任生也说过，我见到她，一定会因为刺激而苏醒，上次见到她的时候，我也确实苏醒，进而失控。可我真的愿意苏醒吗？恐怕不见得。我越来越发现，自己的身体里似乎蕴藏着两种力量：一种力量在渴望，一种力量在抗拒。这是完全相反的两种意识。

我快要被撕裂了。

兜兜转转，方方面面，不明真身，不知所以。

于是我自然不可避免地迷恋上那个梦——见真人太刺激，见不到太怅然，不如投入梦境，只是看看猫，也便不错。

虽然我不知道这猫到底属于谁，但我每次看到它，都会不可避免地想起我们最初在梦里的相见。

这，也便够了。

是啊，藏在一个梦里，想着另外一个梦。

如果没有黑猫，我还会喜欢新梦吗？那个白色的女孩，我希望她是忆轩吗？

多么美妙的问题。

很累，真累。压抑，喘不过气。我靠在墙上，望着窗外，下意识地解起衬衫。这衬衫实在没给我留下任何美好的回忆。前不久，我刚穿着上一件衬衫见证了立春的故事，这一次，雨水的故事，又会是什么？

“你，不会这就等不及了吧……”还差两个纽扣的时候，背后忽然响起雨水惊讶的声音。

那支透明的伞已经重新回到角落里，那是任生上次带到花陵渡的唯一一件东西。一开始，我还很奇怪，因为他明明知道我不喜欢打伞，却还让我留着它。直到雨水说要出去散步时，我才终于明白任生的狡诈。

雨水现在的造型很讨喜。她本来就不是很高，现在正抬着两条瘦弱的胳膊，辛苦地环抱着一个大到可以遮住她整个上半身的酒坛，远远看去，就像是一个酒坛凭空长了两条腿，在地上艰难地移动。

“你这散步有趣。”我走到她面前，上下打量那酒坛——样式古朴，上面隐隐地刻着花纹，一看就是旧物。

“啊？散步？自然不止散步。”短短几秒，她竟又神游天外，经我一说，才猛然回过神来，“当然也是散步，但它更重要。”

“为什么？”我一边问着，一边将酒坛顺势接过来。

“走啦走啦，去那里去那里。”她转到我背后，把我往卧室的方向推，“听我慢慢给你讲。”

这酒坛着实不轻，却不像其他酒坛那样寒凉，反而是温热的……像是活的……如果有呼吸就更好了，我忽然想。

“你，现在……”刚进卧室，她便惊叫一声，“这里就一张床？”

“没关系，我可以睡外面。”尽管不是很清楚她一个人偶为何如此在乎是否同床，我还是放下酒坛，转身要走。

“不用不用。外面什么都没有，你总不能睡地上吧？”她赶紧拉住我的衣角，十分真心地挽留，“其实也无所谓，反正……我只是有点儿觉得，男女授受不亲……”

“你上次醒在古代？”我终于意识到什么。

“上次醒？”雨水愣了一下，似乎有点儿意外，不过很快恢复了原状，“是啊，确实是古代，太惨了。你是不知道，那时可远没有现在这么方便，最烦人的是，还有个酒鬼一直阴魂不散地缠着我。”

“阴魂不散？你总不会是指真的鬼吧？”我皱皱眉。

“当然不是，但看他那半死不活的样子，比真鬼也就多了一口气……他几乎每天都要去我的酒馆里喝酒。”

“酒馆？你上次醒的时候，开了一个酒馆？”

“是啊。”

“可是，你们不是每年都要醒吗？既然这样，你上次怎么可能醒在古代？难道这么多年以来，你一直都在沉睡？还有酒馆，你们不是只能醒来十五天？怎么还能开酒馆？如果开了酒馆，你沉睡的时候，酒馆怎么办？”

“是啊，我怎么可能醒在古代……”雨水一时语塞，滴溜溜转着眼珠，“是啊，酒馆怎么办……”

“我知道了。你开酒馆的时候，一定还属于铭澜吧？”我忽然想起那个可以活死人、肉白骨的幽冥之主。既然她是人偶的真正主人，而她的生命力已经旺盛到相当可怕的地步，那么，让哪个人偶苏醒多久，让哪个人偶沉睡多久，还不都是她说了算？

哪怕她想让二十四个人偶同时苏醒，谁又拦得住？

毕竟，只能同时滋养一个人偶的，是任生，不是铭澜。谁又知道，人偶们属于铭澜的时候，过的是怎样一种日子？

如此，一切便说得通了。

但立春从未向我提起过这点。至少她肯定没有睡过几百年，也没有醒过可以开一个酒馆的时间，雨水何德何能，竟能打破这种规律？我疑惑地想着，却没有问出口。

如果问了，无异于怀疑雨水。

我何必要怀疑她？如果她说的是真话，铭澜为什么会让她醒那么久，又让她睡那么久，和现在又有什么关系？如果她说的是假话……她何必对我说假话？

就算她说的是假话，当故事听听，又有何妨？

“啊，对，对，就是这样。”听我那么说，雨水连忙点头，也连忙转移话题，“算啦算啦，别说这个了。总之，那酒鬼是酒馆里的常客。几乎每天，他都第一个登门，最后一个离开，他嗜酒如命，只喜欢喝酒，很少要下酒菜，而且每次不喝到烂醉如泥就决不罢休。本来，去我那里喝酒的人很多，我不会在意一个陌生人。但因为他总来，我渐渐对他的身份产生了好奇。”

“这有什么好奇的？”

“怎么没有？虽然谁都能去我那里喝酒，但那些名门子弟、巨商大贾来喝酒，通常点到为止，偶尔放纵几次，也都是逢场作戏，各怀心思。而那些穷苦人和江湖客来喝酒，通常喜欢豪饮，只愿偷得壶中烂醉，不愿睁眼重回世间。只有他，他好像哪种人都不是。他英气逼人，风流多金，像是富贵子弟，却总是愁眉不展，不苟言笑；他随身带一把快刀，每次都喝得大醉，却总表现得彬彬有礼，从不粗鄙，也没有丝毫江湖气，如此，我自然会怀疑他的身份。其实，身份也都是托词，我真正好奇的，是他为何会那样不要命地喝酒。”

“或许是因为……女人？”我心里一动，忽然想起忆轩。

“也许吧。他大醉之后，总喜欢和我说，他在找一个人。一开始，我完全不在意，只是摆出一副笑脸，随口敷衍他几句。开了那么长时间酒馆，这种人我见多了。要是每个人的话都认真听，岂非早就累死了？本来，我只当他说说就算了，没想到，很久之后，他还是一直说，一直说，于是我有点儿好奇。有一天，我终于问他，那人是谁，叫什么，他听到我问，竟然一句话都不说了。他越不说，我越想知道，后来，在我孜孜不倦的追问下，他终于说——那人就像月亮一样皎洁美好。你觉得，他想找的那个人，会是个女人吗？”

“只凭这句话，还真说不准……就算是女人，也不一定是他的爱人。姐姐、妈妈、妹妹，也都说得通。”

“是啊，我当时也觉得亲人的可能性比较大。他虽然性情沉郁，气质却好，十分会讨女人欢心，我留意过，他的身边从未缺过女人。我也见过几个。那些女人……平心而论，不只长得漂亮，简直堪称上品。所以，他要找的那个人，又怎会是他的爱人？”雨水长长地叹口气，目光中流露出深深的惋惜。似乎这里已是尽头，多说一句都无益。

“这坛酒就是为他酿的？”我意味深长地看了雨水一眼，“你喜欢他？”

“算是吧。我承认，我是有点儿喜欢他，一个温和有礼，又讲情调的男子，哪个女孩又会不喜欢呢？话说回来，就算不喜欢，也不能说是讨厌吧？但我很清楚，暂不说他不一定喜欢我，就算他喜欢我，我们的感情也不会有结果，于是，我干脆也就不往下想了。男欢女爱虽不可或缺，却远非一个人存在的全部，哦，不，不是人，是人偶。”她及时而又无意义地改口，然后继续。

“所以，那时候我就想，不能在一起也无妨，他天天来喝酒，我天天能看到他，也算是在一起了。或者，就算做不成夫妻，做做朋友也不错。他很喜欢喝我做的杏花酿。每次喝的时候，他的眼里都会放出不一样的光彩，嘴上也都要夸赞几句，每次听他夸赞酒的时候，我都觉得那是在夸赞我，于是，那年雨水，我特意精心为他酿了一坛杏花酒，和他约好八年后一起喝，可是，我无论如何都没有想到，日子到了，他竟失约了。”

“你不是说他几乎每天都要去吗？怎么会失约？”

“是啊，那段时间确实是这样，但没过几年，他就头也不回地走了，连告别也没有向我告别。后来想想，他终归是不可能向我告别的。”

“为什么？”

“他早就说过，如果告别就可以不别，那又何必告别；如果告别也一定要别，也就更无须告别。”

“他真的没去见你最后一面？”

“见了。可是，在当时，我根本没有想到，那就是最后一面，事后想想，才终于恍然。那天晚上，他一反常态，把自己弄得十分干净挺拔，容光焕发，再也不像从前那般消沉落拓，郁郁寡欢。可是，当时我没有想到那些，只是觉得有点儿奇怪。我怎么会知道，那会是他在那里喝的最后一次酒？在那么长的时间里，我早已习惯他的存在，从未想过他会离开。好像这已经成为我们的默契——太阳升起的时候，他就是要第一个走进来，坐在角落里的那张桌子旁，默默地喝上一整天的酒，然后在月亮升起的时候，等所有人都走了之后，再站起身来，最后一个走出去。但是，他终归是走了。头也不回地走了。”

“你一定很伤心。”

“还好，他刚走的时候，我是有点儿伤心，但这伤心没有持续太久。我清楚，他也清楚，我是留不住他的，他像一阵风，自由的风。对他而言，我不过是个驿站，他在我这里，不过只是歇歇。歇过了，还是要整装待发，一路向前的。毕竟，他要找的那个人还没有找到，而那个人，无论是男是女，是老是少，也许，只有那个人，才可以真正地留住他吧……所以，你看，很多事就是这样，看不开万般痛苦，看开了也就无所谓。他走之后，我的生活依然继续，只是我再也不会让人去碰角落里的那张桌子。我始终觉得，那是他的位子，我一定要给他留着。不然，要是哪天他累了，回去了，要坐在哪里呢？我那时候真的在想，他一定是会回去的，我们还有八年之约，他怎么会失约呢？”

“可是他失约了。”

“是啊，他失约了。他不仅失了八年的约，从那以后，我再也没有见过他。真遗憾，却未免不是一种幸运。他是聪明的，他最后见我的时候，让我记住了他最好的一面。那天晚上，他第一次表现出了洒脱的一面，通达的一面。他甚至拿出那把长柄斧子让我看，他说那东西很贵重，他从来没有让别人看过。”

“斧子？你刚才明明说他随身带的是把快刀。”

“对，我也很疑惑。但他这样解释。他说，他选择用刀，是随手拈来。那斧子才是真正属于他的东西。我当时听不太懂，就算现在也还是不懂。可又何必听懂？只要他在说话，我又何必听懂？我就坐在那里，静静地看他喝酒，静静地听他说话。这很自然，就像见与不见一样。见了自然好，不见也没什么，我们曾经遇见彼此，我们一起度过了美好的一段，不就已经够了？这天上地下终归太过复杂，哪是我们可以猜测和左右的？”

“你倒想得够开。原来你早就想得够开。”我微微地笑了笑，不禁也有点儿惋惜，“其实想不开又如何，这么长的时间，他一定早就死了吧……”

“没有！”雨水不假思索，脱口而出。

“人都会死，他为什么没有？”我惊奇地问。

“是啊，人都会死。”雨水滴溜溜地转着眼珠，一副亡羊补牢的表情，“但灵魂不会。我的意思是，他的身体会死，但他的灵魂，一定是进入轮回了。”

“想过去找他吗？”

“没有。我太清楚，就算真的找到他，他也一定什么都忘了。更何况，我又以什么身份去找他？朋友？妻子？”雨水盯着我，颓然一笑。

“没错……世界如此之大，只用短短十五天时间，又怎能找到一个早就堕入红尘的人？”我自然而然地说着，却有种陌生的熟悉感。

“算了，不说了，还是喝酒吧。”雨水弯下腰，伸手去拍酒坛的泥封。

然后我就听见了一声惊叫。

第三章 黑猫与玫瑰

幸亏酒坛早被稳稳地放到地上，如果是悬空的，一定会被她毫不犹豫地摔下去。没办法，她真的是吓坏了，在拍开酒坛的一瞬间，她一下蹦出好远，一直踉踉跄跄地往后退，最终直接跌到了床上。

她的脸色本就很白，现在简直白得没有一丝血色。

酒坛里有什么?

我眯起眼睛，走近几步，定睛看去。

一只黑猫。

一只漂着的黑猫。

那酒泛着淡淡的绿色，闪着点点荧光，与黑猫身上的幽暗光芒交相辉映，让人看了难受。那黑猫浑身湿淋淋，看起来僵硬无比，却依然瞪着一绿一金的两只眼睛，直勾勾地盯着我。

它死了?

它是不是忆轩那只黑猫? 或者，是铭澜那只黑猫? 还是，它根本和她们没有半点儿关系?

它怎会钻进酒坛的?

一连串的疑问迅疾地闪过我的脑海，于数秒间激起千般波澜。只是，看着已经一脸惊恐的雨水，我又如何忍心追问?

想了又想，我只得装作若无其事地随口问道：“你，怕猫? ”

“不，我不怕猫，我怎会怕猫，但这不是普通的猫……它不可能出现在我的酒坛里……”雨水瞪大眼睛，支支吾吾，犹犹豫豫，似在疑惑，又似在隐藏。

“你认识它? ”鬼使神差地，我没有用“见过”这个词，也许这是因为雨水表现出的样子实在让人觉得——她不仅见过这只猫，而且很了解这只猫。

她怎会了解这只猫? 不是普通的猫……那是什么样的猫?

一只正常的猫出现在酒坛里，已经足以令人生疑，一只不正常的猫，出现在一个至少已经藏了数百年的酒坛里……

“不,不认识。我不认识它。我怎会认识一只猫? ”雨水扯起嘴角，竭力去笑，笑得却比哭还难看。

至此，任谁都能看出，她真的是在藏着什么了。

“我不认识它，我从来不认识它……”但她依然这样喃喃地重复着，目光涣散，失魂落魄，“我也不知道它为什么会这样……”

这样? 她是想说——死亡?

它真的死了吗? 我垂下眼帘，默默地看着漂在坛中的黑猫，心中竟浮现出莫名的伤感和绝望。

它怎么会就这么死了呢?

我蹲下来，慢慢伸手，慢慢将手浸入无比清澈的酒液中。不能死，它不能死，我竟如此对自己说。没错，这世上谁都可以死，包括人，包括动物，包括植物，包括九天十地，诸神诸魔，谁都可以死，但它不能死，无论如何都不能死。

就算我死，它也不能死。

不能死，不能死，不能死。

我看着黑猫，我根本感受不到雨水的存在，我甚至感受不到自己的存在。我依稀看见另外一个自己，一个和现在完全不同的自己。

一个自由的，奔放的，大刀阔斧的自己。

这黑猫，我好像找了它很长时间，我穿越时间的洪流，蹚过历史的悲欢，我看见很多孩子出生，也看见很多老人死亡，而它，这只黑猫，就在他们中间，它在屋脊上行走，它在黑暗中彷徨，它穿行于天地之间，像一团黑色的精灵。我能看见它，看得很清楚，可是在这污浊的尘世里，每一世都有花，每一世都有月亮，但每一世都如镜中花，水中月。每一次，每一次我都只能远远地看着它，因为太早，或者太迟。

酒液温热，一点一点爬上我的衬衫袖子，氤氲出奇怪的形状，但我不在乎。确切地说，现在，除了这只黑猫，我根本感受不到任何其他的东西。

我只是捞起它，我只是握着它。

大团大团的水汽蒸腾起来，把什么都挡住了。在醇冽的酒香里，我猛然看见很多人，他们围着我，向我诉说什么，他们看着我，向我请求什么。我站在那里，我看见他们出生，他们生活，他们死亡，我看见他们不惜翻越万水千山来见我，却始终因为畏惧或距离，只能远远地站在那里，静静地望着。而悲伤，巨大的悲伤忽然如惊涛骇浪一般向我涌来，山崩地裂，万劫不复。

“不！”雨水的瞳孔忽然剧烈地收缩。她从床上猛扑过来，紧紧地抓住我，像一团疯狂的火焰。

她想让我放手。她一定是想让我放手的。

而我如何放手？

为了它，就算熄灭那团火焰，又有何妨？

掌中温热，炽热。热，只剩下热。

几乎就在雨水扑过来的同时，黑猫轻轻叫了一声，悠悠醒转过来。随着那柔嫩的叫声，它全身的皮毛都开始变得温暖而柔软，像任何一只正常的活猫。像上次一样，它的爪子依旧锋利。它一扭身子，轻巧地滑出我的掌心，用四爪紧紧钩住我的衬衫，踩着纤维和扣子，矫健地爬上我的前胸。

然后，低下那精巧的头颅，亲昵地蹭着我胸口的那处旧伤。

那样子，像是在道歉，也像是在怀念。

不知为何，那伤痊愈得很慢，直到最近几日，嫩红的新肉才刚刚长出，经它这么一蹭，有点儿痒，不过很舒服。

“你，它……”雨水惊讶地放开手，像是看到了这世上最不可能的奇迹。

“让它留下吧。”我淡淡地说。语气看似商量，实则只是通知。是的，无须思考，我便下意识地觉得，这黑猫很重要，甚至比雨水还要重要。

很奇怪，我竟然觉得——它天生就该属于这里。

或者说，它天生就该属于我。

就在我说话的时候，黑猫又往上爬了爬，一脸严肃地坐到我的肩膀上，伸出长长软软的尾巴，卷了一个完美的圆，恰到好处地围住了我的脖子。

刚好一圈。

“既然你，你们……”雨水看看猫，看看我，一双眉紧了又松，松了又紧，终于像做了一个极为重大的决定那样，轻轻地叹口气，“那就留下吧。”

“只是，叫它什么好？”她又看向我，似乎在询问，又似乎只是自言自语。

“它叫忆轩。”我脱口而出，连我自己也不知道为什么要这么说。

一只猫而已，怎么会是忆轩……

“是了，忆轩。”雨水的目光里闪过一丝光亮，瞬间又黯淡下来，“那就是忆轩吧……”

黑猫却很喜欢这个名字，好像这名字让它想起了美好甜蜜的过往，好像这名字可以代表阳光、火炉、小鱼干……它呼噜呼噜地叫着，惬意地折了四爪，眯着眼睛卧到我的肩膀上。

雨水的情绪却开始低落，我见她那副样子，终于有些过意不去。可是想了又想，又不知道该说些什么好，只好问出这样一句。

“这酒，应该还能喝吧？”

“能喝，怎么不能？”雨水总算笑了一笑，神情却依然颓唐，不过，她还是耐心地解释，“这酒和别的酒不一样，别的酒，如果放了这么多年，自然已经不能入口，但这酒里加了一点儿特别的东西，又一直被存放在水里，质量和口感都不会受到影响，所以你大可放心。”

水里？

不是一般的水吧？

“那水附近是不是有些老房子？”

“是。”

“那些老房子的门前是不是有很多又滑又凉的石阶？”

“是。”

“那些石阶上是不是成年长着暗绿的苔藓？”

“是。”

这便是了。

便都是了。

用现代的话说，我口中的那些老房子，也就是这座城市著名的古建筑群。它们每栋都临河而建，其中最年轻的也有上百年历史，再久一些的，甚至远与古城同寿；至于那条河，它的水流是出了名的阴冷缓慢，一年四季都是如此，就算是盛夏时节，浅层的河水也常常凉得冰手。

我之所以会知道这些，都是因为，在立春那件事后，我渐渐改了不愿出门的习惯，闲来无事，偶尔也会出去走走。怪的是，每次出去之前，我往往都没什么目的，但走着走着，就走进了那些古建筑群。

若是一次两次，也便罢了，可十次有九次是这样，如此一来，便总不能算作巧合。好在我虽不是很懂建筑，却很喜欢它们散发出来的气质，于是也从未多想。更何况，那些老房子的院墙上大多爬着茂盛如巨毯般的蔷薇，一年有半年的时间都繁花似锦，香飘四野，甚是喜人。

于是，我这样沉浸在花与时间的夹缝中，也便没有觉得什么。

只有真正喝到雨水坛中的杏花酿后，我才隐隐明白了一些东西。

因为，那杏花酿虽以杏花为名，嗅起来也无甚特别，一经入口，便会立刻散发出一种十分浓烈的味道。

不属于杏花的味道，不属于任何酒的味道。

幽冥玫瑰的味道。

让我终生难忘的味道。

于是恍然。

雨水说的，那“特别的东西”，自然就是幽冥玫瑰。

幽冥玫瑰本为至阴至寒之物，任何东西只要一遇到它，都会自然而然地沾染铺天盖地的阴寒之气，这酒便是如此。而这酒又被装入古坛之中，长期浸在河水里，加上那些老房子历经岁月，阴气虽难比幽冥玫瑰，却也十分之盛，那条河长期流经那里，怎会不受影响，河水又怎么暖得起来?

而那张牙舞爪的蔷薇之所以会如此繁盛，也必然是因为酒中含有幽冥玫瑰的成分。蔷薇和玫瑰本为同种，有幽冥玫瑰的地方，蔷薇生长起来，又怎会小心翼翼，颓然处世?

这倒是个新发现。我边喝酒边想，原来幽冥玫瑰还可以用来酿酒。

周围出奇地安静。我在喝酒，雨水也在喝酒，很惊人地，她喝得比我快得多，也多得多，她拿着硕大的酷似喝扎啤一样的玻璃杯（没办法，我这里只有这个），一杯一杯地给自己满上，一杯一杯地往嘴里倒，好像食管和胃肠只是一堆没有生命的水管，好像浑身上下只写了四个字——喝死拉倒。

她一定有什么伤心事。可她只是个人偶，醒来还不到二十四小时，她甚至还没有身份，没有职业，她的一切都是一片混沌，她会有什么伤心事？难道是因为几百年前的那个酒鬼？那酒鬼不是早就了无踪迹，她不是早就看开了吗？或者，就算她还没有看开，那感情不是也仅仅可以算作怀念，怎能算作伤心？

幽冥玫瑰可以用来酿酒……我再一次地想着。我忽然想起任生，也忽然想起铭澜。我觉得哪里不对。当初铭澜告诉我，幽冥玫瑰设立的目的是为了拯救误入极恶之地的纯洁灵魂，任生告诉我，他就是第一个误入极恶之地的人。

可这时间对不上。

对，这时间对不上。

任生刚来人间不久就去了极恶之地，然后向铭澜借人偶，造花陵渡，就算天上和人间有时间差，任生去极恶之地的时候也一定是现代，不会是几百年前，于是这未免矛盾。杏花酿里有幽冥玫瑰的成分，这是千真万确的。这足以证明，早在几百年前，雨水就在用幽冥玫瑰酿酒，如此，幽冥玫瑰的产生怎会是为了拯救任生？任生又怎会不知这事实？

如果他知道，为什么要骗我说，幽冥玫瑰的设立是因为他？他为什么要说，他和幽冥玫瑰之间渊源颇深，因为这种渊源，只要他愿意付出一些东西，想要创造幽冥玫瑰一点儿都不难？

也许……是因为我问了幽冥玫瑰的来处。而他手里的那些幽冥玫瑰本就来路不正。他不想让我认为他是一个偷偷摸摸的窃贼，尽管他确实是，但他仍然希望，在我心里，他永远是那个光辉无比的大哥。

一定是这样的。

这像他的作风。

他的幽冥玫瑰来于何处？

自然是铭澜那里。

所以，那次，才是他第一次偷幽冥玫瑰，子归那次，不过是第二次，也正因为他偷过第一次，才会非常有信心地去偷第二次。而且，早在第一次的时候，他就已经在承受罪责。而且，因为那次的行为并不光明，他不敢让铭澜知道，所以，他的罪责也就没有被消除。

那次的罪责是什么？

真正的罪责，从来不是身体上的。子归那次，他胳膊上的伤痛，只是一种最基础的表象。

真正的罪责，到底是什么？

是什么让他冒着承担无上罪责的风险，也要去偷幽冥玫瑰？是什么力量支撑着他私自培育幽冥玫瑰，创造那么多人偶？

“我不能让她知道我有了幽冥玫瑰。时机还没成熟，我的胜算很低。”他这样对我说。

什么时机？他在谋划什么？

第四章 迷幻夜

而雨水……眼前的雨水，又是从哪里得来的幽冥玫瑰？难道也是像任生一样，是从铭澜那里偷来的？应该还不至于。任生去偷幽冥玫瑰，至少还谋划着一个大局；雨水偷幽冥玫瑰，只是为了酿酒……这理由未免荒唐。

而且，不像任生，雨水的身上明明没有一丝罪责的痕迹。

如果不是偷来的，难道是铭澜给她的？幽冥玫瑰如此珍贵，铭澜怎会轻易给她？雨水和铭澜之间，到底发生了什么？

无论这些问题的答案是什么，都一定事关重大，不然，雨水没必要只说是“特别的东西”，却没有直接干脆地说出是“幽冥玫瑰”。

我望着窗外，那是阳光。

初春的阳光。

初春的夕阳。

在的时候悄无声息，走的时候大张旗鼓。在生命的最后阶段，它们拼尽全力，燃起贯彻天地却没有火焰的大火，冒着沉郁的浓烟，散着无温的温度。

那是来自神灵的迷茫。

那天晚上，我们喝了很多酒。她醉了，我也醉了。我到底有没有把心中的那些疑问讲给她听？醒来的时候，我已经忘得一干二净。不过，我隐约地记得，她倒是问了我一些莫名其妙的问题。可到底是什么问题，我是如何回答的，我也已经忘得一干二净。

杏花酿确实有一种神奇的魔力，似乎可以让人忘掉一切。至少可以让我暂时忘掉一切，我有点儿喜欢这感觉，

当然，在以后的日子里，我近乎疯狂地爱上了这感觉。

我想起任生那些酒坛和他从酒坛中舀出的那杯酒，那酒鲜红，而非碧绿。那里面有没有幽冥玫瑰的成分？我不知道。但我明明看见，那些酒坛上都插着幽冥玫瑰，所以，怎么会没有呢？

可是也不一定。

如果真的有，效果一定更强烈吧？

关于忘记，我不知道雨水有没有忘记，忘记那个酒鬼，也忘记她问我的问题，其实这都无所谓。第二天清醒的时候，她再也没有对我提起过那些事。所以，就算还记得，和忘记又有什么区别？

那天晚上，我们赤裸相对，同床而眠，却什么都没有发生。因为我始终记得她说的“男女授受不亲”，所以，我非但没有造次，而且连碰都没碰她一下。反倒是她，她却没有一点儿“男女授受不亲”的羞涩，在爬上床铺的一瞬间，她的眉眼间飞扬着满满的喜悦。

那种喜悦，应该怎么说？像是一个怀春的少女终于经历了洞房花烛夜。

可是，我们真的什么都没有做。

我很少睡得沉，那晚也是。朦朦胧胧中，我感到她在摸我。那手很细，很软，如果没有感受过那双手，你万万不会理解“柔荑”的真正含义。但是，我也无比清楚地知道，她想摸的人，绝对不是我。

她只不过把我当成另外一个人。

那个酒鬼。

我又何尝不是？

和那个追消防车的女孩一样，她也很像忆轩。

她的手。

手。

那手里握着一个晶润的玉杯。

那个白色的女孩，她躲在偶尔滴水的飞檐下，小指微翘，凭栏远望。她穿着一袭曳地长裙，头上挽着松散的发髻……外面烟雨蒙蒙，烟绿也蒙蒙，但那四处飘散的浅绿中，明明藏着若隐若现的微红。

我看不清那是什么，却下意识地认为——那一定是杏花。

排山倒海的杏花，绵延不绝的杏花。

我看不清她杯中是酒还是茶，却下意识地认为——那一定是酒。

杏花凝成的美酒，绵软清冽的美酒。

我看不清她的容貌，却下意识地认为——那一定是个纯净和善的女孩。

空谷清泉般纯净，林间露珠般和善。

她的背影灵动曼妙，不一而足。我想看更多，却动不了，我控制不了自己，哪怕连换个角度都不能，我明明和她处于同一个时空，她明明就在我眼前，却极似一部历经岁月的默片。

高远，醇香。

没有声音，还是没有声音。她应该是在说话的，可周围没有一个人，她又是在和谁说话？着实奇怪。

小楼应该是有二层的，梁栋间却现出莫大的空旷，仿佛风在强力地穿行。

无穷无尽。

但它们有生命，这小楼，这木料，都有生命。它们呼吸，成长，叹息，衰败，新生，循环……经了阳光的雕琢，烟雨的安抚，浸出古老，控出时光。

微苦，悠长。

远处——看不清，烟雨太过浓厚，遮蔽一切，模糊一切，也让人更加渴望。

渴望遇见，也渴望哀伤。

黑猫仍在。

它弯着脖子，弓着脊背，侧坐在栏杆的角落里，像一堆黑色的云，一尘不染，干净非常。它的眼睛还是一绿一金，只是不再盯我，而是盯着那迷蒙的烟雨。

沉思。

突然，它开始叫，嘴张到最大，声嘶力竭的那种叫。那声线高耸入云，像醉汉一样拐着奇诡的路线，每一声都尖锐无比，似乎不穿透人的耳膜就誓不罢休。

婴儿的哭声。

初生婴儿的哭声。

初生婴儿即将被溺死前的哭声。

血，手……我下意识地用双手紧紧捂住耳朵，猛地睁开眼睛。

没错。

血，手。

那血来自雨水，那手是雨水那柔若无骨的手。雨水的手背上，印着几道新鲜发热的伤痕。血顺着皮肉的凹槽慢慢流向手臂，伤得触目惊心，美得惊天动地。

她坐在床上，上身笔直，用那只流血的手紧紧地从后面掐着黑猫的脖子，悬空拎着它。

保持着这样怪异的姿势，雨水的目光中燃着满满的怒火。那黑猫前一秒还在拼命叫着，后一秒，见我睁开眼睛，当即闭上嘴，垂下耳朵，变得安静又乖巧。

"这是？"我翻了个身，看向雨水和黑猫。

"这猫，这猫有问题！"雨水将黑猫扔到墙角，用的是恨不得摔死它的力量，"它不让我碰你！"

"你为什么要碰我……"

"谁睡觉会一动不动？"雨水瞪着我，几乎有些气急败坏，"我说的是无意的碰！你想什么呢！"

"可是，你怎么知道它不让你碰我？"

"我只要一伸手，它就作势要扑上来。看，快看，就是这样。"雨水一边做出要碰我的样子，一边指着蜷在角落里的黑猫。

果然，雨水刚伸出手，那猫便一骨碌爬起来，弓着身子，龇牙咧嘴，呼噜呼噜地叫着，那一口细碎的白牙映着油光发亮的黑毛，再加上一绿一金的两只眼睛，看上去倒是很有几分凶相。

我的心忽然一沉，如沉进万丈深渊——如果雨水没有碰我，我感到的手，又是谁的？

“你一夜没睡，一直睁眼躺在这里？”想了又想，我打算旁敲侧击。

“不然还能怎样？”雨水狠狠地瞪了黑猫一眼，长长地叹口气，“叶梓，我认真跟你说，这猫绝对有问题。它不只不让我碰你，还吃了所有的杏花，然后一动不动地坐在窗台上，就那么坐了一整夜。”

“如此说来，倒真是有问题了……”我沉吟道。

“谁说不是呢？我喝了那么多酒，本来也很困，但这猫一直在旁边虎视眈眈地盯着我，弄得我心里发毛，于是我就一直没睡。午夜之前，我都是躺着发呆，差不多十二点的时候，我听见了附近教堂的钟声，钟声一过，外面响起了窸窸窣窣的声音，还有小口吞咽的声音，我有点儿害怕，最初想叫醒你，看你睡得很好，就打消了这个想法。毕竟我现在是人偶，也没什么好怕的。所以，我就想自己出去看看到底是怎么回事。”

“你现在是人偶？你现在是人……”

“哎呀，无所谓了，无所谓了，你怎么总是这么咬文嚼字，听重点，重点！”雨水很气恼，被人抓住小辫子一样的气恼。

“好好好，你继续说。外面怎么了？”

“当然是那只猫，我一出去，就看见了那只猫。那猫一脸满足地卧在一大堆光秃秃的花枝上，嘴里叼着最后一枝杏花，正津津有味地嚼着上面的花瓣。因为已经吃完了所有的杏花，它的嘴角沾着很多花汁，看起来就像鲜血一样。天，那场景真的特别诡异，还有，它听到我的脚步声后，不仅没有像一般的猫那样受惊，反而不紧不慢地抬头看我，咧起嘴笑了笑，像是在挑衅，又像在宣布主权。我有点儿害怕，不由自主地闭上眼睛，打了个寒噤，就那么一眨眼的工夫，它竟然从我眼前消失了！”

听到这里，任谁都知道这猫绝非寻常了。但与雨水不同，我非但没觉得诡异，反而越来越喜欢它。

这感觉很奇怪，连我自己都不知道为什么会这样。

第五章 她什么都知道

我什么都没说，只是听雨水继续往下讲。

“我不敢动，我怎么敢动？我只是站在原地，向四周扫视了一圈，但并没有发现它。其实有一瞬间，我是有些高兴的。我实在不想和它共处一室。然而，这种高兴没有持续多久，当我重新回到卧室的时候，才发现它已经坐到了窗台上！”

“怎么坐的？”我忽然想起忆轩的那只猫。它坐在忆轩的帽檐上，盘着两只后腿，活脱脱是个人。

“还能怎么坐？就是猫那么坐啊！”雨水奇怪地看着我。

“好吧……你继续说。”我有点儿失落，也有点儿欣慰。

“昨晚的月光本来就很好，特别清澈明亮，但是，直到它坐上窗台之后，一切才变得不一样。那月光——虽然我已经有很多年没有看到月光，但在我上次活着，哦，不，上次醒来的时候，只见过一次那么好的月光，那月光，它只会为那个人而存在。”

“谁？那个酒鬼？”

“不，不是，怎么会是他？他怎么能和那个人相比？你，你还是别问了，那个人，我不能告诉你，无论如何都不能，其实你知道或者不知道都无所谓，你只需要知道，那月光像上好的锦缎一样顺滑，像上好的美酒一样闪光。当然，它也有颜色，但那是什么颜色呢？我形容不好，好像什么颜色都没有，又好像什么颜色都有，那很奇妙，对，只能用奇妙来形容。”雨水略显担忧地说着，目光中夹着些许的迷乱和崇拜。

“看到那月光的时候，我以为又会有大事发生，于是我更加提心吊胆，我盯着那黑猫，那猫却看都不看我一眼，它只是安静地坐在那里，微微仰着头，看起来无比虔诚地伸出两只前爪，像人一样双手合十，似乎在祈祷着什么，期盼着什么，在奇妙的月光下，它显得那么圣洁，就连那雪白的胡子尖都那么圣洁。它保持着那个姿势，一直定定地望着月亮。就那么坐了一夜，一夜都没有动。”

“既然如此，你这手又是怎么回事？”

“当然是它干的。除了它还有谁。我说了，它不让我碰你。而我，我怎么可能不碰你……”雨水的声音小了些，头也微微低了些，“就在刚才，我实在困了，便翻了个身，想把手往你身上搭一下，万万没想到，我还没碰到你，它就像一道黑色的闪电一样蹿过来，恶狠狠地挥舞着爪子，毫不留情地挠上了我的手背。我被它盯着，本来就一夜没睡，简直要气死了，现在又出了这种事。这猫，这猫就是欺人太甚！”

我张了张嘴，刚想说什么，本来窝在角落里的黑猫忽然支撑着身子站起来，一瘸一拐地向这边走来，目光里竟然透着一种坚定，似乎有什么事非做不可一样。

雨水的脸上闪过一丝惊恐，不禁往我身边缩了缩。那猫见状，走得更快了些，似乎急于彰显什么真相。它看看雨水，又看看我，微微地摇着头，就像一个被冤枉了的女孩。

“你，你不会觉得我喜欢暴力吧？”忽然，雨水担心地说，“我把它拎起来，只是下意识的举动，我什么都没想干……”

“不会，当然不会，你这最多算是自卫，怎么能和暴力扯上关系。不过，听你这么一说，我也觉得这猫很奇怪……”

当我这么说的时候，那猫竟像泄了气的皮球一样，又像本来支撑着却忽然落下的床单，一下瘫倒在地，两只前腿伸着，脑袋耷拉在上面，歪了一个角度，几乎令人毫无觉察，它的眼角慢慢流出几滴透明的液体，渐渐落到斑驳的地面上。

滴答一声轻响。

雨水却没有注意到，她依然在喋喋不休地控诉。

“就是，我一开始就觉得它很奇怪，”雨水想碰我，却又不敢碰我，看起来又犹豫又畏缩，因为那黑猫虽然萎靡了很多，但看她伸出手的时候，又马上弓起腰，嘴里发出威胁的声音。

“我们，还是把它扔了吧……”雨水想了又想，终于这样说。

“它既然来了，就算有缘，还是留着吧。”

“有缘？”雨水忽然开始冷笑，语气也变得任性起来，“算了吧。别以为我不知道，你根本就是骗我的，你就是想让它黏着你，你就是喜欢让它黏着你。”

“也许吧，随你怎么想。”我忽然有点儿厌烦，也忽然怀念起立春。确切地说，我怀念的不是立春，而是和立春之间的安全距离——

我和立春之间，是从来没有这种对话的。

怎么会有这么多事的人偶？你苏醒，我守护，多么简单的关系，何必搞得如此暧昧不清？

既然如此，不如把话说开。

“我知道你看它不舒服，但你也不会总待在这里。你应该知道吧？从今天开始，你就该去工作了。”

“对，我知道，你要跟我商量以后的事。”雨水坦然地承认，又微微地笑了笑，小声说了一句，“真像青楼，这么忙着接客……”

“随你怎么想，任生定的规矩。”我的心里忽然浮现出另外一种感觉，“是啊，他确实太喜欢定规矩了……”

“如此说来，我都有点儿羡慕这只猫了。”雨水轻轻地叹口气。

“猫？你觉得做人不好？”

“确实没什么好的。”

“真奇怪，人偶不是都很希望做人吗？而你，竟然这么不屑。”我不由感叹。

“是啊，这样我才是雨水嘛……”雨水疲倦地挥挥手，似乎不想再继续这个话题，“行了，你说吧，我要做什么工作？”

她手上的血已经快要凝固了，看着略显狰狞的伤口，我很想问问她要不要消毒或者贴上创可贴，但又觉得那样过于婆婆妈妈，或者说，在看过她那种态度后，我实在不想再表现出对她哪怕只是一点儿的关心。所以，虽然有点儿担心，我还是移开目光，用一种冷淡而疏离的口气说：“我说了不算。要你自由选择才行。”

“这样啊……那我还是开酒馆吧。你觉得怎么样？”雨水歪着头问我，语气很热切，“我酿的酒还不错吧？是吧是吧？”

"是不错，香醇可口，回味悠长，不像现在那些酒。"我实话实说，却也有几分担心，"但那毕竟是以前，现在环境变化这么大，你还能酿出那么好的酒吗？"

其实，我是想说，现在，你还能搞来幽冥玫瑰吗?

"无所谓啦，我也知道，现在酿出来的酒不一定有以前那么好喝，但我只会干这个呀……"雨水的目光现出几分憧憬，"或者说，我只喜欢干这个。我喜欢酿酒的感觉，每次酿酒的时候，我都觉得我自己就是那些水果或者粮食。我和它们一起被不断地揉搓，挤碎，遍体鳞伤，体无完肤。我的皮和肉扭曲着分离，我的汁液绝望地溢出来，我的灵与肉再也不能重合到一起，我听到自己在尖叫，看到自己在狂奔，我控制不住自己，我在做任何歇斯底里的事情……"

"你这，是受虐倾向吧……"

"不是啊，我还没有说完。"她的憧憬之色更浓，"表面看来，这确实是对我无比残酷的压榨，事实上，如果静下心来，回头看看，就可以惊奇地发现，我的那些甜美的汁液，已经被时间转化成了香醇的美酒。只要一滴入口，便可忘掉全部的烦恼和忧愁。"

真是哲学。本来我还打算劝她干点儿别的，毕竟十五天确实不够酿酒，尤其在如此温度下，但是，既然她这么喜欢，也就无所谓了。

在花陵渡里，温度，时间，什么都可以改变，什么都可以发生。

是啊，为了这么一个姑娘，又有什么是不能发生的呢?

"刚好，立春的店面还在，可以给你改个酒馆。"我收回思绪，不得不提出这样一个问题，"不过，你要是真的酿酒，应该会需要很多材料或者容器吧？"

"其实，其实酿酒倒不是很重要啦。我一点儿都不想去工作。"

她狡猾地眨眨眼，竟然和我想到了一起，“你也不想想，我只能醒十五天，这么短的时间，怎么能酿得出好酒？”

“那，你到底想干什么？”

“哎呀，别这么认真嘛！你又不是不知道，工作和身份什么的不过就是走个程序，何必这么在意呢！我当然要开酒馆，但你们现在不是有很多成品酒吗？我可以卖那些酒，反正就是个工作，都无所谓，我主要有别的事要和你商量……”

“什么事？”

“我想了一夜，觉得还是应该去找那个酒鬼，虽然天长日久，时过境迁，就算我真的去找，找到的希望也很渺茫，但是，万一真的找到了，岂不是很幸运？毕竟，只要有一点儿希望，就绝对不应该再放弃，你说是吧？”

我无法说明我听到这些话的时候到底是一种什么感觉，那有一种发自内心的赞许，但又好像哪里不对，似乎是一种深深的失落，就像迷路一样的失落，这两种感觉交织在一起很奇怪，不过，有一点儿始终是不会错的，那就是，我觉得她说的完全没有错，我应该支持她。

为了去找他而不工作，这确实是一个无比充分的理由。

“是啊，确实应该找找。”我说。

可是，很奇怪，她听我这么说的时候，表情却是藏不住的失落，好像在心底印证了一个早就失望的答案。

“所以，我终于可以少工作几天了吧？”她看似问着，却早就有了自己的打算，“不如这样吧——每到下雨的时候，我就不去工作，这样可以吧？”

我皱皱眉，这种节气，想找一个不下雨的天气真是难得，不过，看在她想去找酒鬼的份儿上，也都无所谓了。反正我不觉得有什么，至于任生，他现在每天忙着和铭澜在一起，哪有时间管这种芝麻小事。

只是，还是觉得哪里不太对。

“有什么不对的？”她一下就看穿了我的心思，相当理智地分析道，“你看，反正现在你也不想看见我，我呢，也不想在这里待太久，这猫实在诡异，我一秒都不想看见它……而且，有了它，你也不会需要我了。只要我保证让你不看到我，你又何必管我到底在哪里？”

我不想看见她？怎么听着这么幽怨？

“我不是不想看见你，我们不要有误会，我不想让你像立春一样……”我忽然莫名其妙地开始解释。

我这是怎么了？

“怎么？立春消失了？”她敏锐地问。

“你是怎么知道的？”

“我厉害喽。”她随口一答，然后抬起下巴，得意得像任何一个骄傲的少女，“我不只知道她会消失，我还知道很多你想都不敢想的事。包括，我知道，你现在根本没必要感伤。”

“行，你厉害。”

“不过，你放心，我不可能和她一样，我们本来就是不同类型的人。”雨水看着我的眼睛，认真地说着，“她向来贪恋生命，我却不是，我觉得消失其实没什么。如果需要我消失，我也不会觉得有一点儿遗憾。每个人的存在都要有特定的使命，该活着的时候，自然要好好地活着；该消失的时候，当然也一定要消失。”

我忽然一怔，这姑娘不仅对自己的身份，自己的代表花不在乎，对自己的生死，竟然也可以不在乎到如此地步。

惊到我了。

“啊，对了，我差点儿忘了，昨天晚上，未经允许，你就爬上了我的床，而我竟然没有把你赶下去，说吧，要怎么感谢我？”感到气氛有点儿沉闷，雨水机智地转移了话题，开起玩笑来。

“你的床？这本来好像是我的床吧……”

“谁能证明？我说是我的，就是我的。”雨水无赖地笑着，看起来却有点儿可爱。只是我不太习惯她这样，虽然我也说不清我到底希望她是什么样。

天，我是谁？我凭什么希望她是什么样？

“算啦，看你这么呆，我就不要求你对我负责了。”雨水一边说着，一边翻身下床，“我要走了。你和这只可恶的猫，你们就在一起吧。”

“等等，这是钥匙。”我把立春店铺的钥匙递给她，“地址是……”

“不用，我知道地址。”雨水接过钥匙，莞尔一笑，“我什么都知道。”

第六章 教堂里的女孩

她什么都知道，我倒真是希望她什么都知道。这样，我心里就不会一直存着那么多疑惑了。看着雨水离开的背影，我忽然觉得有点儿眼熟，可又哪里会是真的。她刚刚苏醒，我根本不可能见过她。

想到这里，我不禁为自己的想法感到可笑。

黑猫的精神状态倒是好了不少。雨水刚一消失，它就迈着猫步，凑到床边，轻轻巧巧地跳上来，憨态可掬地爬到我身上，又开始亲切地蹭我。

也许雨水说得不错。这黑猫确实很喜欢黏着我，我也很喜欢被它黏着。整整一个早上，它好像把我当成了绝佳的人形猫爬架，不管我干什么，都牢牢地坐在我的肩膀上，也不叫，也不闹，也不动，就像一尊凝固的雕塑。

这样的它，时常给我这样一种错觉——它只想和我在一起，它固执地认为，只要和我在一起就好。

于是有了下面的一幕。

“你自己在这里乖乖待着，我就出去一会儿，很快就回来。”我走到门口，转头对它和颜悦色地说。

“喵。”它歪着脑袋听，爪子却将我的衬衫钩得更紧。

“真的，不骗你，一小时，就一小时。”我一边摸着它的腿，一边试图把它和我分开。

“喵喵。”它叫的声音大了些，似乎在表达它对我强烈的不信任。

“我知道，我知道，但我要去的地方真的不能带你啊，听话，就一会儿，一会儿。”我继续试图和它好说好商量。

“喵喵喵。”它更加不满，也更加撒娇。最显著的表现就是，它又傲娇地卧了下来，甩着细细长长的尾巴，不紧不慢地围住了我的脖子。

“别闹，来不及了。”我略微提高了声音。

它却不再叫，也不再动，只是瞪着两只水汪汪的大眼睛，无比安静地盯着我，好像受尽了无数的委屈。

于是又如何?

烦闷地望望窗外，牛毛细雨依旧悠然地飘着，我向来不喜欢打伞，那样走也无妨，要是带它出去……猫被淋到会怎么样？算了，还是算了。

我收回目光，蹲下身来，忽然注意到那些已经被它吃得光秃秃的杏枝。

……

半小时后，遂了那祖宗的愿，我终于让它蹲在我的肩膀上，和我一起出门。只是，这一人一猫的造型相当清奇——人倒是还好，主要是猫——它戴着那顶我刚给它用杏枝编成的小帽子，把整个头顶和两只耳朵都笼到里面，看起来相当有喜感。但它很喜欢，一戴到头上，便不停地用爪子去摸，还舒服地眯着眼，掩饰不住的一脸满足。

还有身上，我找了点儿防雨的布料，给它做了个小斗篷。

这样打扮一番之后，它浑身上下只有尾巴露在外面了。本来我想把尾巴也包起来，但它一直赖皮地围着我的脖子，没法包，又考虑到尾巴上沾点水应该也不是大事，于是就这么算了。

虽然因为天气的原因，路上的行人不多，我和它的组合还是引来无数侧目外加各种明拍暗拍，幸亏我要去的地方离花陵渡不远，不然，要不了多久，拜黑猫忆轩所赐，花艺师叶梓必火无疑。

我要去的地方，就是附近那座教堂。

有多近？

五分钟的路程。

这也是我最近才养成的习惯。或者说，是因为“她”才养成的习惯。

她，是一个长得有点儿像忆轩的女孩。

一个白色的女孩。

说不出来哪里像，就是觉得像。

一次偶然，我出门散步，无意间走到教堂附近。那时候，一场弥撒刚过，人们从教堂中鱼贯而出，在熙熙攘攘的人群中，她正向站在教堂门口那对衣衫褴褛的小兄妹布施。本来我不会注意到她，但她出手相当阔绰，一伸手就是好几张百元大钞。

于是我就多看了她两眼。

越看越觉得像忆轩。

于是目光再也移不开。

“真好看的杏花。”我正目不转睛地看着她，她竟也回过头，淡淡一笑，款款向我走来，大大方方地说了一句，“可以送给我吗？”

也是习惯，每次出来散步，我手中总会拿枝杏花。没办法，一天二十四小时，就算是出门，若身边无花作陪，我也会莫名心慌。但是，那天，听到她的话后，我就像中了某种神奇的魔咒那样，不由自主地把花递到她手中，连话都忘了说。

或者，是根本不知道该说些什么才好。

“谢谢。”她接过花，又是一笑，转眼便送给了那个小女孩。

三五步外，我依然站在那里，不知道该离开还是该等待。也许，就那样看着她就好，我当时一定是这么想的，不然又怎会那么做？

终于，她和那对小兄妹说完了话，不知为何，她的眼神有些茫然。她转过身，飘忽地看了看四周，渐渐把目光落到我身上。

“一起走走？”

她相当自然地发出邀请，就像在邀请一位多年不见的老友。

我自然不会拒绝。

也没什么想法，就是漫无目的地走。她虽然很吸引我，却令我无法判断。她年龄不大，一脸素颜，平静姣好。她出手虽阔绰，看起来却不像有钱人，她穿着古典的西式长裙，脖子上带着精致的银质十字架，浑身上下透着浓厚的禁欲气息。

修女，圣女？

也许，她是真的觉得，那些贫苦的人确实需要帮助。

不遗余力地帮助。

我忽然觉得内心深处有些东西被撼动。很长一段时间内，我不信很多东西。我一直固执地觉得，这世上已经没有什么可以被相信。

我甚至连不信都已不信。

神佛基督，诸多言论，有什么还是值得相信的？

任生就是神，我很可能也是，但你看，神和人又有何区别？难道，他之所以值得被相信，只因为他不是人？

荒谬。

我想说点儿什么，却不知从何说起。我向来不是多话的人。在这种安静的场合下更是如此。按理说，在教堂里，最自然的话题当然是信仰，可惜我没有，那么，只是聊聊天气，谈谈风月？何必？所以，还有什么可谈？彼此的状况？萍水相逢，又不是相亲，还要来个自我介绍？

尖顶，窄窗，色彩斑斓的玻璃，蓝天，橙墙，高耸入云的十字架。在如此正宗的哥特式教堂里，看着这个偶然遇见的圣女，我口中默默无言，心情却如初霁的天空般渐渐晴朗起来。那些一直笼罩我的，哥特式的哀伤，竟因为她的出现，破天荒地消失殆尽。

周围的人越来越少，环境越来越安全。很奇怪，我竟然会用“安全”这个词，好像面对人群会使我不安。或者，我只是想安静地和她待在一起，不想被任何人打扰吧？

可是一定会被打扰。或者说，我根本就不该看她——她拿钱给那对小兄妹时，我无意间注意到她的钱包，那里面夹着一张她和一个男人的合照。虽然隔着一段距离，我看不清那男人的脸，却还是能看见她亲密地依偎在他的怀里，一脸幸福。

那一定是她的男朋友。

既已名花有主，我又何必奢求？

看着，缅怀，已是最大的奢望。也许一面之后，便是永别。

于是一直那样走着。走在缥缈的阳光中，走在圣洁的土地上。我刻意不去看她，她也始终没有看我，两个人明明走在一起，走的却明明是不同的路。

最后，还是她先开的口。

“你相信前世吗？”

她的声音很轻，就像虚幻的云，看起来具备颜色和形状，实则一团虚空。

“你信？”我不答反问。

我实在不知道应该怎么作答。我连自己是谁都不知道，哪有资格谈什么过去和未来，遑论前世？

只是，初次相识，一个女孩子问出这种问题来，也算特别。

“算是吧，因为他。”她微微一笑，微微仰头，望向天上悠悠的白云，“我来这里，也是因为他。虽然这样说有些亵渎神明，却是事实。”

“你一定很爱他吧？”我明知故问。

我实在需要一个确定的结果。猜来猜去，实在麻烦。虽然我看见了那张照片，但那真的是她的爱人吗？如果不是呢？我岂不是错过了什么？我不想再像以前活得那么黏稠和迷茫，那不过是一张伪装的面具。

那不是我。

我一定要问清楚。

“是。我很爱他。”她简短而甜蜜地承认，“之前有位高人对他说，他前世喝酒太多，今生需要用一些特别的方式偿还，我听到之后，总觉得心里不安，于是我每天都会来这里为他祈祷。所幸，今生他倒是滴酒不沾。”她微微点头，并不看我，却问我，“你来这里，应该也是为了你爱的人吧？”

“算是吧。”我模糊地答。

“既然如此，你以后应该多来这里。刚才我看你站在那里，眼神中全是犹豫和迷茫，我猜，也许你们之间发生了一些不好的事，不过，不管你们之间发生了什么，常来这里总是没错的。”

“你有哥哥吗？”她忽然又问。

“应该，是有吧。”我想起任生，如果他真是我哥的话。

“真好。有哥哥的人都很幸福。”她泛泛地说。

忽然，她的手机响了一下，是短信。她站住脚步，低头微微看了，然后歉意地冲我笑。

“不好意思，临时有点儿事。我得先走了，以后有缘再见吧。还有，再次谢谢你的杏花。”

有缘再见。什么是缘？

耳畔响起单车忽然停住的声音，一个纯白色的身影从身后掠过，如一片白云般停到我的面前。

“又见面了。”

果然，这就是有缘。

她穿着一件白色的雨披，骑着一辆有点儿旧的单车，不知道为什么，离开教堂之后，她的活力多了许多，也许，只有在那个地方，她才会严肃得像个最虔诚的修女。

也许，她是真的担心他吧……

“是啊，真有缘，又见面了。”我礼貌地笑，忽然想起前两天消防车的事。同样的雨披，同样的背影，难道，那天就是她在追消防车？

可又怎么好直接问。

于是，为了避免失礼，我只好故作随意地说：“最近雨多，你总是出门？”

“还好。”她模糊地答，“你这肩膀上……”

“新养的猫。”

“好可爱。我一直喜欢猫，只可惜家里氛围太差，没法养。”她惋惜地叹气，看到猫的衣服，又重新打起精神，“这帽子和斗篷都是你做的？”

“是。”

“我就知道，你这人和别人不太一样。”她的语气有点儿羡慕，“做得真不错。帽子上竟然还有两朵杏花！”

怎么可能？我的心一沉，赶紧扭过头，果然，两朵杏花沾着雨水，看起来新鲜得很。可这怎么可能，出门之前，那上面明明一朵花都没有。昨晚，它不是把所有的花都吃了吗？

“还好。”我也模糊地答，终于按捺不住，鬼使神差地问，“你，和消防车……”

“怎么了？”

“没什么，就是有一天看见一个女孩，很像你。她和你穿得差不多，正在追消防车。”

“那应该就是我吧。”她答得很爽快，大大出乎了我的意料，“他是个消防员。上次没有和你说完。那高人除了说他要用特别的方式去还，还算出来，他前世喝多了酒，无意间放了火……”

本来她还要继续说下去，但是，就在这时，她的手机振了一下，像上次一样。

她低下头，匆匆看了一眼。

“不好意思，又有事。得先走了。”

“不去教堂了吗？”我有点儿意外，我一直以为，像她这么虔诚的基督徒，一定是要雷打不动地去教堂的。

“不去了，他最重要。”她蹬上单车，回头一笑。

他最重要？她要去干什么？我不禁好奇起来,可又觉得自己多事。

很快，远处隐隐地传来消防车的警笛声。

火灾，又一个火灾。

第七章 雨水找到酒鬼

看着她逐渐远去的背影，我又想起了那个不断重复的梦。那白色的女孩到底是谁？和我有什么关系？会是她吗？还是忆轩？无论如何，她终归不是忆轩……我站在原地，怔怔地想。

算了，算了，她今天既然不去教堂，我也懒得去了。归根结底，我之所以去教堂，也就是为了能看看她。如果不是因为她，我向来不喜欢靠近那里——那教堂本来就建于百年之前，后来又出过几回事，平时都清凉得很，在这种天气里，更显得阴森。远远望着它那高耸入云的尖顶和瘦长无比的轮廓，我总觉得里面随时都能飘出来几个恶灵。

我本身已够阴郁，不需要再多上几分。

于是我转身回去。

没过多久，雨水也又蹦又跳地蹿了回来。她的精神状态相当好，身体却有点儿奇怪。和早上刚出去的时候相比，她的皮肤明显差了很多，好像是失水过多，一头红发的颜色也淡了些，整个人看起来有点儿颓丧，似乎刚耗了很多体力一样。

我刚想问她这是怎么回事，她就兴高采烈地围上我，嘴里不停地说着：“你猜我看到谁了？你猜你猜，你快猜。”

“谁？看你这么高兴，总不会是那个酒鬼吧？”

“天哪，你真聪明！”雨水愉快地转了个圈儿，“是啊，是啊，就是他，你说我们是不是特有缘？都已经过去了好几百年，竟然还能这么快就遇到。你猜他现在做什么？”

“这我怎么猜？”也许是天气的问题，也许是因为那女孩匆匆而去，我的情绪不是很高涨。

不过，雨水一点儿没受影响，依然自顾自地说着。

“他现在是消防员！我看过他救火，简直是又酷又帅！我就知道那是他，不然，那天我怎么会平白无故地想替他救火呢？”

“消防员？你，替他救火？”对我来说，这倒真是个大大的意外，“你那天打着散步的名义出门，不仅去找酒坛，还去救火了？”

“是啊。”雨水无辜地眨着眼，“其实，其实我也不是故意的。我没走多远，就看到有个地方着火了，一辆消防车刚好在那儿救火。我本来没在意，但是，一看到消防车，我就鬼使神差地停住了。然后我就看见了他。第一眼我就知道，那就是他。他的样子一点儿都没变。真好。过去了这么长时间，他的样子竟然一点儿都没变。”她激动地说着，却好像少了一点儿感情。

什么感情？不太清楚，这一切好像太过流畅，就像事先串好的台词。她开心地说着这些，也像在说事先排练好的台词。

但是，既然她都已经认定那就是他，这不应该是一件好事吗？

我又何必多想？只是，为什么心里的感觉这么奇怪，就像看着一个人在明知故犯？

眼见雨水如此兴奋，这种感觉，我又该怎么说？

“真不错。这么多年过去，也真是有缘。太不容易了。”想了又想，我终于草草地说道，“希望你们可以再续前缘。”

“有什么可续的？能看着他就不错了。”雨水轻轻叹口气，忽然惆怅起来。

“今天，你又去帮他救火了？”我上下打量着她，“这对你消耗很大吧？”

“还好啊，都无所谓啦。”雨水愉快地答。

“店铺，你看过了？”为了不让自己继续多想，我及时地换了个话题。

“看过了，很不错，我很满意。而且，我已经把它改成了我想要的样子。如果明天不下雨的话，就可以开张了。不过，我敢和你打赌，明天一定还会下雨，而且一定还会有火灾。”

“为什么？”听着这样灾难性的预言，真是令人心里发毛。

“因为我想看见他呀！”雨水一笑。

我沉默，我忽然觉得，她真是任性得可怕。

“说真的，如果确实被我说中了，你明天也跟我一起去散步吧？”雨水一脸憧憬，“我想让你见见他。”

要去吗？我不喜欢在雨中打伞，却不喜欢这种潮乎乎的天气。所以，每次下雨，我能不出门就尽量不出门。而明天，我竟然要出门，为了那样一个理由？

这理由本身让我觉得荒唐，罪恶。

明天一定会下雨，一定会有火灾……真是罪恶。可是……我忽然想起那个白色的女孩。也许，明天如果有火灾，她也会出现吧？她不是总在追消防车吗？而她男朋友就是消防员……她一定会出现吧？

虽然我们只见过几面，也只是那么随便聊过几句，我甚至不知道她姓什么，叫什么，家住哪里，是干什么的，但是，有些人，只要见了，就是好的。

我不禁也像雨水一样殷切地希望起来，可那罪恶感并没有因此而消除，它还在，而且愈加茂盛。其实早在看到她的那一刻起，这种罪恶感就从我心底慢慢滋生起来。我清楚，我对她是有好感的，但我不清楚这好感是不是源于她本身，还是源于忆轩，或者那个梦。如果是后者，对她显然是不公平的。而我这种好感，显然对忆轩也是不公平的。

我应该属于忆轩，我本来是属于她的，她也是属于我的，而现在，我觉得我背叛了她，这让我有种深深的负罪感，而且，让我更加绝望的是，就算我背叛了她也无济于事。她什么都不知道，我现在也不知道她在哪里，我能不能再见到她。

“喂！想什么呢？”雨水伸手在我眼前晃了晃，“你要是再不说话，我可就当你默认了啊？”

“哦，好。”

“太好了，那现在干点什么呢？”雨水灵活地转着眼珠，最终把目光落到酒坛上，“酒还剩这么多，我们继续喝酒怎么样？”

“都找到他了，你不是应该很高兴吗？怎么还要喝酒？”

“是啊，我很高兴。谁规定高兴就不能喝酒了？”雨水开心地笑，却像是最大的掩饰，“我就是太高兴了，太高兴才想喝点儿酒庆祝一下。哎，那猫呢？怎么不黏着你了？”

本来我并没有注意，现在听她一说，我才猛然意识到，我只顾着想那女孩，丝毫没有注意，不知道什么时候，那黑猫已经悄悄从我身上爬了下来，不知所终。

可是，一只猫，又能怎么样呢？

本来有点儿担心它，毕竟它也一天没吃东西了。可是又一想，它昨晚至少吃掉了十几斤花瓣，不饿也正常。

“要不要弄点下酒菜？”我问雨水。

“不用，只喝酒就好。这，其实都怪那个酒鬼，本来我是吃菜的，但和他一起喝酒的时候，他总是不吃，渐渐地，我也就习惯不吃了。你说，为了那么一个王八蛋，竟然改变了自己的习惯，是不是很可笑？你说，如果他这辈子还是个王八蛋，我应该怎么办？”雨水几杯酒下肚，稍稍有些醉了。

“该怎么办就怎么办了。反正他也什么都不记得了，还不是你想怎么办都行。”我随口应着，却想起那白色的女孩，不禁委婉地劝，“不过，如果他已经有喜欢的人了，你还是不要做什么了吧……”

“这你就不对了。有喜欢的人怎么了？只要他们还没结婚，我就都有机会，再说了，就算结婚了，还能再离婚呢！我喜欢他，我保证比任何人都喜欢他。”雨水大口大口地喝酒，也大段大段地编织起一个虚幻的未来。

“可是，你确定他喜欢你吗？”我忽然恶意地想打破幻梦。

“他为什么不喜欢我？他凭什么不喜欢我？”不知道为什么，今天雨水醉得很快。她好像有什么心事，却不能对任何人说。而且，在确定那消防员就是酒鬼之后，她突然变得满腹幽怨，再也不像昨天晚上一样豁达。

或许，在感情面前，没有一个女人可以真的做到豁达吧……

“就算他喜欢你，你还不是只能醒十五天？也许，他刚喜欢上你，你就必须陷入沉睡。而一年，那么长的时间，当你再醒过来的时候，他可能早就把你忘了。”我继续说着，连我自己都不知道自己为什么要这样说。

“你骗人！骗人！他根本不喜欢我，他喜欢的是别人……”雨水忽然大哭，像个孩子一样大哭，“还有，我不会再醒过来了，再也不会了……我不会再见到你了，再也不会了……”

“你为什么不会再醒过来？”我觉得很奇怪。

雨水却没有回答，她好像没有听到我的话，已经完全沉浸在自己的世界里。但是好像又没有。她明明扑到我怀里，一把鼻涕一把眼泪地哭着，似乎想把所有的眼泪都哭干。

“我本来以为他一定会喜欢我，他一定会喜欢我，可是，他喜欢的是别人，真的是别人……既然如此，我为什么要，为什么要……”

“你怎么确定他喜欢上了别人？你们不是只见过一面吗？”我觉得更奇怪。

“我就是确定！就是确定！”

“是啊，总有一些东西是确定的。没有为什么，就是知道。”在多喝了两杯后，我忽然也生出许多感慨，“就像我第一眼看见那只猫，就知道它属于这里一样。我一点儿都不喜欢它，真的，我一点儿都不喜欢猫，猫不是忠诚的动物，而我厌恶任何形式的不忠诚。猫还任性，对，任性，还自我，非常自我。但是我知道它属于这里，它肯定属于这里。所以我留下它，但是，我留下它不代表我喜欢它……”

我也有些醉了，所有感觉趋于迟钝，眼前的世界离我越来越远，人，光亮，声音，一切，统统逐渐陷入沉默。

外面叮当一声响，好像什么东西被碰倒了，可惜当时我没有听到，雨水也没有听到。直到第二天早上，我才无意间发现，那里洒着几滴暗红的血，上面还粘了几根油黑发亮的猫毛。

我一定是真的醉了，不然，我怎么会说这么多话，我怎么会开始感伤。

“你，你知道我为什么叫它忆轩吗？”

“别说了，我什么都知道。”雨水歪歪斜斜地站起来，又终于晃倒在床上。她开始笑，放肆地笑，“我早就说了，我什么都知道。我早就知道——那名字对你很重要，那个名字，对你来说，比你的生命还重要。哈哈……你现在，你以前，你一直，你不是都只剩那个名字了吗？你不是早就只能守着一个名字了吗……”

她的放肆让我厌恶，她说的真相万分残酷。没错，她说的一点儿都没错，是我不想承认，是我不想去碰，几乎是出于本能，我知道那像一个丑恶而狰狞的伤口，一旦侵入，就再无可能复原，所以还不如不碰，假装一切都不存在。

现状虽然让人迷惘，至少存在；而真相，那未知的真相……我承认，我是蜗牛，我是鸵鸟，但我真的很累，累到不想再接触任何人，处理任何事。那种累就像深陷在一场冗长的梦境里，睡不过去也醒不过来。那种累就像被困在一个强大的泥潭中，沉不下去也拔不出来。

可是，她是怎么知道的？

她半坐起来，用一双醉眼盯着我，就像在盯一个疯子。

“别问我为什么，问了我也不会说。是啊，我什么都不会说。既然你什么都不知道，我又何必要说呢？你自己，也许你自己都没有感觉到，你看到那只猫的时候，那种眼神，简直都要融化了。你把它当人看了，当一个你永远都看不见摸不着的人，当一个你永远都无法得到的人。”

“是啊，看不见摸不着，我喜欢她，却看不见她，也摸不着她。这该怪谁，我找了她那么久，却始终都找不到。这该怪谁？你去问任生，那个王八蛋，他什么都知道，他像你一样什么都知道，但他什么都不和我说，都是因为他，没错，都是因为他。忆轩，都是因为他……”

我的声音越来越小，最终小到连我自己都听不到。后来，我是怎么爬上床的，又是怎么睡着的，一切都记不清了。

第八章 燃烧

但是，有一点我记得很清楚——醉倒之后，雨水又像上次一样，开始问我问题，一些莫名其妙的问题。她哭着问着，问着笑着，笑着哭着。而我，我还是不知道自己是怎么回答的，好像记忆中自动遗忘了这些一样。至于黑猫，它一晚上都没有出现。

黑猫不在，雨水终于安心很多。她抱着我，她把自己的全身都贴到我的身上，好像一个即将冻死的人在靠近一处火苗。整个晚上，我不知道她究竟有没有睡着，但我能清楚地感觉到，她大部分时间都在抱着我，抱得很紧。

尽管喝了那么多酒，她的手还是有些凉，从这一点上来看，昨晚的那双手，真的不是她。她没有骗我，可是这个世界在骗我。

很快，我又开始做梦。那梦和之前不一样。

白色的女孩，还是那个白色的女孩，也还是一袭曳地长裙，一个松散发髻……躲在偶尔滴水的飞檐下，握着一个晶润的玉杯，小指微翘，凭栏远望，外面烟雨蒙蒙，烟绿也蒙蒙，但那四处飘散的浅绿中，明明藏着若隐若现的微红。

我看不清那是什么，却下意识地认为——那一定是杏花。

排山倒海的杏花，绵延不绝的杏花。

我看不清她杯中是酒还是茶，却下意识地认为——那一定是酒。

杏花凝成的美酒，绵软清冽的美酒。

我看不清她的容貌，却下意识地认为——那一定是个纯净和善的女孩。

空谷清泉般纯净，林间露珠般和善。

她的背影灵动曼妙，不一而足。我想看更多，却动不了。

这一次，是真的动不了。

小楼应该是有二层的，梁栋间现出莫大的空旷，仿佛风在强力地穿行。在二层一边的木墙上，钉着两串又长又粗的锁链，锁链的顶端，穿着两个硕大的铁环，结实，圆润，闪着荧荧的寒光，而我，我的手腕上死死地绑着几根绸缎似的布料，很长，打着漂亮的结。它们从铁环中穿过去，把我高高地吊在那里，脚尖刚刚可以够到地面。

这姿势很累，让我浑身的肌肉都很紧张，却也让我感到莫名的兴奋。

生命，这可以让我感受到生命。生命，这小楼、这木料都有生命。它们呼吸，成长，叹息，衰败，新生，循环……

我控制不了自己，我动不了，或者说，动或者不动，都失去了它们本该具备的意义。那布料捆得如此结实，让我哪怕连换个角度都不能，那白色的女孩，我明明和她处于同一个时空，她明明就在我眼前，却极似一部历经岁月的默片。

没有声音。她应该是在说话的，可是，周围除了我，明明没有一个人，她又是在和谁说话？

眼前忽然出现一个黑色的女子，她近乎全裸，或者可以这样说，她身上所有的布料，加起来还不够做一条孩子穿的短裤。她的皮肤很白，初生牛乳般白，她的身体很凉，玉石般的凉，也玉石般的滑。

白色和黑色混合成欲望，美艳不可方物。

只有这六个字。

美艳不可方物。

她站在我的侧面，只松松一扯绸带，我的手连带着整只胳膊便穿进铁环，我下意识地用力，于是铁环刚好卡在鼓起的肌肉上，上不去，也下不来。而她，竟然身轻如燕，轻飘飘地跃起，脚尖点上另一个铁环，玲玲然在空中翻了个身。

那饱满的前胸刚好贴到我的脸上。瞬间，窒息般的快感传遍我的全身。她的身体很凉，前胸却很热，简直要把我燃烧殆尽的那种热，简直要把我融化的那种热。那一刻，我忘记了一切，抛却了一切，不存在了，什么都不存在了。我只能感受到热量和柔软，那是生命的力量。那是来自生命的力量。

我再也听不见任何东西，我看不见任何东西，不只是远处——看不清，烟雨太过浓厚，近处，那肉体也遮蔽一切，模糊一切，渴望一切。

渴望遇见，也渴望哀伤。

她微微地笑，然后轻轻一挥手，轻易割断锁链。天，她怎么会这么容易就割断那么结实的锁链？她到底是谁？我有问题，但这都是我很久之后才想到的问题，当时我哪还有脑子去想问题。我只是绷着全身的肌肉，连带着剩余的锁链和柔软的绸带，被她轻盈地扑到地板上。

那地板经了烟雨的安抚，浸出古老，控出时光。微苦，悠长。最初的接触有些不安，我的后背一凉，肌肉下意识地收缩，脑子里却全无感觉。我穿着衬衫，还好，我还穿着衬衫。可是她甩着过肩的长发，遮住她大半个面容，或者说，我已经完全忽略她的面容。我只能感受到她温热的大腿在我小腹附近摩擦，对，她就那样骑到我身上，微微俯下身，开始一粒一粒地为我解开衬衫的扣子。

那手很凉，指尖更凉，像碧绿的晶莹的冰，一点一点流过我的身体，一点一点融化，流下，却让我的炽热更加炽热。

我的呼吸越来越急促，我望着屋顶，那里排列着毫无新意的木头，但是每一根木头都在呐喊着生命，我能感受到我脖子上动脉的跳动，我费力地扭着脖子，努力望向外面。白色的女孩，那个白色的女孩，还是一袭曳地长裙，一个松散发髻……还是躲在偶尔滴水的飞檐下，握着一个晶润的玉杯，小指微翘，凭栏远望。

好像我根本不存在，好像这个大胆的女人，也不存在。

黑猫也已不在。

那栏杆上空空如也，外面烟雨蒙蒙，烟绿也蒙蒙，那四处飘散的浅绿中，明明藏着若隐若现的微红，回荡着一阵又一阵轻微的喘息。

醒来的时候，身下都是湿的。被褥全被我的汗水打湿了，几乎像刚被从水里捞上来一样。我一开始有点儿惊讶，但想想梦中的事，便也不觉得有什么。

只是，那白色的女孩是谁？那大胆的女人，又是谁？我茫然地望向窗外。雨水赢了，外面依然下着雨，连绵不尽的烟雨。湿乎乎，黏答答，天，我竟然想起了那女人的喘息，这让我浑身一热。

我看向身边，我不想让雨水见到我现在的样子。我对她全无兴趣，无论她做什么，我对她都没有感觉。她实在不是一个能勾起人欲望的女人。或者说，看着她，你根本不会想到一个女人，只会想到一个任性的女孩。

或许，也不是任性吧。那种气质，热烈，却和欲望无关。

也许，只是这样。

雨水不在身边，她早早地起来了，不知道在外面干什么。听见我起床的声音，才忽然又走进来。我见到她，本来心虚地试图掩饰，却发现她根本对此视而不见。

“你不是不喜欢那只猫吗？”我爬起身问。

外面实在没有什么有意思的东西，所以我自然而然地认为，她是在和黑猫玩。

“是啊，我不喜欢它。所以上天真是眷顾我，那猫消失了。”雨水向外看了一眼，无比开心地笑着，“这一次，应该是彻底消失了。”

心头涌起怅然，还有怀疑，还有最纯粹的反感。我觉得她笑得是那么邪恶，那么黑暗，这让我完全有理由认为，就是她对那只黑猫下了毒手，然后幸灾乐祸地和我讲这一切。

忆轩，我的忆轩。人已经没有了，黑猫也要没有吗？

我忽然不想理雨水，连看她一眼都懒得再看。她明明知道那黑猫对我很重要，哪怕那黑猫和忆轩没有关系，和铭澜也没有关系，但是只要能看到它，我就觉得忆轩和我在一起，而她，她为什么要表现得那样？是啊，那黑猫是很诡异，可是她和黑猫明明可以相安无事，为什么要表现得这样？

现在，黑猫没了，她那么开心，好像没了的不只是一只猫，而是一个她一直看不顺眼的人。

我真是越来越不喜欢她了。

她见我如此，竟然一下子变得惶恐起来，只是她不想展示出这种惶恐，她依然在撑着，若无其事地撑着。但她又不知道应该怎么缓解这种气氛，所以，一直到出门前，她都没敢再看我一眼，再和我说过一句话。

我也一样。

出门后，也是如此。

我们路遇一个又一个人，路过一个又一个人，我们甚至愿意不假思索地对陌生人微笑，却发自内心地厌恶彼此，这是为什么呢？我不清楚，我不知道她清不清楚，这无所谓，这和我有什么关系？忆轩，终于如了她的意，忆轩失踪了，黑猫失踪了。

其实，我很明白，时间正在一点一点过去，我们相处的时间越来越少，也许我们下次再见的时候，就已经是一年后，也许她会像立春一样，我们便再也见不到。所以，我们其实是应该珍惜的，但是，又有什么可以珍惜的？

如果珍惜可以如此轻易，也就根本无所谓珍惜。

雨水，火灾，她说的一点儿没错，不远处就是火灾。浓烟四起。危险的火场。如果是之前，我看到这种场面，一定是会焦急，会悲悯，会暗自希望那些人得救，可是，如今看到这个场面，我忘却了一切的感情，只想冷笑——她怎么会什么都知道？她怎么会真的那么神？她不是神，她只是一个人偶，她什么都不是。

而这火，说不定也是她放的吧？她是那么任性，她为了达到自己的目的，又有什么是干不出来的？

第九章 火场

消防车停在楼下，起火的是栋十层的老楼，整栋楼从半腰烧了起来，起火原因不明，也许是因为楼道里杂物堆放过多，不小心引起的火灾吧。着火的时间恰逢清晨，大部分人还在睡梦中，等火烧起来的时候，很多人已经来不及反应，只有一楼二楼的人们披着简单的衣服，侥幸跑了出来，可也是狼狈得很。

场面十分混乱，尤其是六楼往上，有人在阳台挥手，有孩子在哭叫，甚至有人跨坐在窗台上，直接打算跳下来。

浓烟，强烈的浓烟，四处飘散的强烈的浓烟。

火噼噼啪啪地烧着，玻璃稀里哗啦地碎着，因为正在下雨，外面的浓烟还不是很多，但这并不是什么好事，这种天气里有火灾，十有八九浓烟倒灌。而在大多数的火灾里，遇难的人们都不是被烧死的，而是被浓烟熏死的。

里面能见度极低，看一眼就知道。

外面围了很多人，我和雨水一进到人群中，就自然而然地被打散。这再正常不过，我根本没想和她在一起。她看她的酒鬼，我看我的女孩。我们本来就没什么关系。

我知道那女孩一定在这里，我已经看到了她那辆有些旧的单车，那一定是她的。那车倒在那里，上面罩着那件白色的雨披。

可是她人在哪里？为什么有火灾的地方就一定会有她？她在外面还是里面？她会不会有危险？她是像上次一样跟着消防车来到这里的，还是她本来就住在这里？我越想越担心，我看着消防员匆忙地往外救人，一个又一个，一个又一个……可是始终没有她，我在外面的人群中搜寻，也始终没有见到她。

她在哪里？忆轩没了，黑猫没了，她也要没了吗？我莫名地恐慌起来。这时候，我忽然看见一个小女孩，她不停地哭着，一边哭一边冲消防员们大声喊着。

“救救我哥哥，救救我哥哥，我哥哥还在里面……”

感觉很奇怪，我忽然感觉，好像任生就在里面一样。哥哥，是啊，如果任生被困在里面，我会不会进去呢？任生，那个可恶的家伙。

还有那女孩。她问我有没有哥哥，她向一对小兄妹布施，她应该是有哥哥的吧？他们的关系也一定很好吧？不然，她怎么会对我说那些话呢？

心里忽然异常地坚定。我要进去，对，我要进去，可是怎么进去？火场被封锁得很严，要怎么进去？

一个人如果真想进一个地方，无论如何都能进去。

一个人如果真想做一件事，无论如何也都能做成。

浓烟，各种颜色的浓烟。白，灰，黑，甚至还有彩色的。不经历这种状况，永远意识不到人这副躯壳到底有多脆弱。一进火场，灼热的气流瞬间冲进鼻腔，让人感觉无法呼吸，眼前什么都看不见，但是，越看不见，似乎越能听见有人在求救，那声音很微弱，就像早已消失在幽冥的游魂。

求救，求救，那声音好像无处不在，但你无论如何都听不见他们到底在哪儿。他们是活着还是死了，是正在燃烧的肉体还是已经逝去的冤魂，不清楚，什么都不清楚，身处浓烟与火焰中，我甚至已经忘了我光辉的神的身份，只想抛却这个麻烦的身体，尽快找到她，尽快找到她。

哭声，有哭声，我跌跌撞撞地冲上楼梯，却因什么都看不清，不得不像个没头苍蝇一样乱转。拐角，哪里都是拐角，一个又一个的拐角，我好像行走在燃烧的云里，那云漫无边际，而我，我不知道哪一步落空，就会坠下人间，万劫不复。

天，这感觉很熟悉，我忽然灵光一现，对，这感觉很熟悉。可是，在哪里遇到过，终是记不清了。

能否记得清，也不是现在应该考虑的问题。我晃了晃脑袋，尽量赶走这些乱七八糟的想法。

热浪的进逼开始让我流汗，大量地流汗，我感觉喉头发紧，我费力地咽着唾沫，可水分很快被蒸发，粉尘带着高温从鼻腔中钻到肺里，威力巨大，简直可以在顷刻间杀死所有的细胞。

她在哪里？她在哪里？我不停地跑着，不停地看着，可又能看见什么？

我忽然迈不动脚步，我的脚腕好像被杂物绊住了，但那更像是被人死死地抓住，我下意识地一抖，想甩掉那个东西，没想到却听到了一个熟悉的声音。

“王八蛋，你终于来了……”

雨水，那个雨水，那个麻烦的雨水，那个永远都甩不掉的雨水。她正像一摊烂泥一样瘫到地上，靠着墙角半坐，脖子贴合着墙面，弯成一个奇怪的角度，她的眼睛半闭着，头发的颜色又淡了许多，脸上全是灰和汗水混合的痕迹，看起来脏得很。

“这就是你传说中的救火？”虽然身处如此境地，我还是免不了想挖苦她，“我本来还以为你会踩着云彩飞到火场上空，哗哗哗一场大雨就解决了呢！”

“你，你积点儿口德吧，你个王八蛋。”她还是半闭着眼睛。

“你认错人了吧？我可不是你那个酒鬼消防员。”

“不是怎么了？那你也是王八蛋，你们都是王八蛋。”

“行行行，你说得对，我们都是王八蛋，行了吧？你要是还活着，赶紧放开手吧，我还得去找别人，你一个雨水，不会死在火里，她可是人，没你这么皮糙肉厚。”

“你真是自以为是，雨水怎么不会死在火里……”雨水前所未有地认真说着，语气里藏着巨大的悲伤，她依然在抓着我，就像一个濒死的人在抓一根救命稻草，“你，你竟然还要去找别人，你是要守护我们的，你明明是要守护我们的……”

“那不是我自愿的。”她不说这个还好，一说这个，我的心里忽然涌出深深的反感，“如果可以选，我一定不会那么选。”

“好吧，看来一定要告诉你实话了。”雨水喘着气，费力地呼吸着，“你要找的那个女孩，我看见过她。她已经离开这里了，怀里还抱着一个已经昏迷的小男孩。她虽然看起来精疲力竭，但是精神状态很好，说不定现在已经出去了。”

说到这里，雨水的声音已经越来越微弱，笑容也凄然了很多:“所以，在这种情况下，你可以抱抱我了吗？”

周围的烟气越来越浓，却和花陵渡里的绝对不同，那不是拯救，而是生与死的距离。得知那女孩已经出去了的消息，我那消失已久的恻隐之心终于苏醒了一点儿。我弯下腰，打横抱起雨水，迅速往楼下冲去。

她竟然这么轻，抱她在手里，真的只像一滴雨水。

雨水说得对，这时候，火场里几乎不剩什么人了。但是，那求救声似乎还在，还有那无处不在的哭声。只是，既然那女孩已经出去了，我也就没有太在意其他的。说实话，我其实分不清那是幻觉还是真实存在的，因此，虽然心里有些发毛，也只能告诉自己不去在乎。

就这样，我抱着雨水一路冲出来，找了个安静的地方，把她放到地上，然后开始重新四处搜寻那个女孩。但是，还是哪里都没有，她的车和雨披还在那里，人却没有。

还有，那个小女孩依旧在哭。

听着那女孩的哭声，我终于明白了什么。我飞快地冲回来，一脸阴沉地看着雨水，我已经料到什么。这“什么”让我更加厌恶她。

因为吸收了新鲜空气，雨水恢复了很多，精神状态也好了很多。又见到我的脸色，她终于开始吞吞吐吐。

“你，你的怀抱真暖，你，你能原谅我吗？”

原谅？哪有轻易的原谅？她竟然欺骗了我。那女孩根本没出来，她之所以那么说，只是想让我抱抱她。

这是什么感情？多么自私的感情！

我冷冷地看了她一眼，漠然地转身。我不想再看她，我哪怕再看她一眼都会觉得恶心。她竟然可以为了自己的一点儿需求而不顾别人的生死。我再也不想看见她，我也不会再管她，再也不会。

也许，这都不是最重要的，重要的是，她不是喜欢那个酒鬼消防员吗？她不是想帮那消防员救火吗？她不是应该和消防员在一起吗？刚才在火场里，她又为什么要那么做，现在，她又为什么要这么对我？

一声巨大的爆炸，明亮的火团从楼梯口冲出，整个楼身基本都被熏黑了。应该是煤气爆炸。想到这里，我的心猛地一紧。这么危险的情况，她还会活着吗？她可不是个人偶，她是活生生的人啊！

就在这时，我看见了那个消防员，那个威武如天神一般的消防员。几乎在爆炸的同时，他怀里抱着一个小孩，手里牵着那个女孩，带着满身的炽热与烟尘，迅猛地从马上就要坍塌的楼体中冲了出来。

“看，快看，就是他。他就是我说的那个酒鬼。”雨水兴奋地指着那个消防员，和任何一个犯花痴的少女没有任何区别，“太帅了，几百年前是那样，几百年后还是那样。”

“嗯，是不错。”我淡淡地回应着，心中却泛起一种酸楚和无力感，为自己，也为雨水，“不过，如果你想找的那个人是他，还是放手吧。”

“为什么？”

“因为他已经有女友了，或者说，有可能已经结婚了。我认识他身边那女孩，有一次，我在她钱包里看到了他们的合照。她也对我说过，她很爱他。”

“女友？啊，叶梓，哈哈哈……你真有意思，他们明明是兄妹啊！

那天我听别的消防员亲口说的，他们确实是兄妹，而你竟然还把他们当恋人，哈哈哈……”

如果是平时，雨水这么明目张胆地嘲笑我，我肯定会很不舒服，但是，现在，我觉得没有什么，而且，我的心里又燃起了希望——如果他们不是爱人，那白色的女孩，我是不是就可以……

第十章　哥哥

想到这里，我赶紧拉起雨水，躲到了一个不容易被人注意到的地方，密切观察着消防员和那女孩。

“怎么这么不小心？不是说以后不许你进火场了吗？”消防员刚把他们转移到安全的地方，便扭着眉毛，严厉地对那女孩说。

怎么这么不小心……我忽然想起任生，为我戴戒指的任生，长出翅膀的任生……一股暖流悄悄地漫上来。

也许，有个哥哥，确实是很好的吧……

“是，我知道你担心我，可他们是兄妹啊……”那女孩抹了一把脸上的汗水，小声地反驳，“而且也不是太危险，哥你这么凶干什么……”

哥，果然是哥……

很久之后，我才知道，那女孩真的很怕她哥出事，所以，她让她哥在每次出任务前都告诉她一声，然后她就会骑车赶往那个地方，帮消防员们忙东忙西，虽然这不是很合规矩，但她看起来可爱，手脚麻利，办事也机灵，长此以往，大家也就都把她当成编外队员看，如果火场不是很危险，大家也会带她一起进去。

但是，后来，有一次，她在里面遇到了危险，差点儿摔死，自那以后，她哥就再也不让她进火场了。

“那，你是真盯上那消防员了？”我问雨水。

“别总那么叫他，他有名字，叫江河。多好的名字啊，多有气势，天生就是救火的。最主要的是，跟我多配啊。”雨水沾沾自喜地说着，一双眼睛不停地瞄我，“你怎么这么关心这个？难不成喜欢上我了？”

“你别想太多，我对你一点儿感觉都没有，你还是再续前缘去吧。”

“不喜欢拉倒，我还不稀罕你的喜欢呢！”

“行，你厉害。可是，你这么厉害，应该还没和人家搭上话吧？时间可是越来越少了。”看见那女孩没事，我的心情也渐渐好了起来。

“是啊，怎么？你有办法？”在领悟这种信号方面，雨水倒是堪称一绝。

“当然，我可以先介绍他妹妹给你认识，这样，你总和他妹妹在一起，他怎么可能不注意你？”

“叶梓，有时候我真怀疑你不是花艺师，而是裁缝。”雨水叹口气，小声嘟囔道，“没见过这么积极给别人做嫁衣的。”

“我这叫乐于助人。”不知道为什么，我竟然觉得和雨水斗嘴很有意思。

那天下午平静得很。等火场的事基本处理完，我趁机介绍雨水和江河的妹妹认识，之后便独自回了花陵渡。

剩下的事，她们聊吧。虽然我对那女孩有意思，可是，以我们的情况，以后也不一定会在一起。就算真的在一起，时间也长得很，至少，要比雨水和江河长得多。

不急。

但是，让我万万没想到的是，那天，从下午，一直到晚上，雨水都没有回来，我等了她一夜，始终也没有等到她。

人偶在晚上不回花陵渡，这是十分不寻常的事。

她们毕竟不是人，白天还好，到了晚上，说不定会发生什么。

天从白变黑，又从黑变白，我渐渐开始不安，我隐约觉得，又要出事了。这感觉十分不好，简直和立春快出事前一模一样。

我必须联系任生。

可是，我刚想有所行动，任生竟然悄无声息地出现了。

本来，那天晚上，我一直在等雨水，可是，不知道为什么，当教堂敲过午夜钟声的时候，我坐在那里，又不知不觉地睡着了。

或者说，那不是睡着了，只是，我又离开了眼前这个世界，来到了那个朦胧的梦里。

我又看见那白色的女孩，她的手里握着一个晶润的玉杯，躲在偶尔滴水的飞檐下，小指微翘，凭栏远望。她还是穿着一袭曳地长裙，头上挽着松散的发髻……外面还是烟雨蒙蒙，烟绿也蒙蒙，但那四处飘散的浅绿中，明明藏着若隐若现的微红。

我看不清那是什么，却下意识地认为——那一定是杏花。

排山倒海的杏花，绵延不绝的杏花。

我看不清她杯中是酒还是茶，却下意识地认为——那一定是酒。

杏花凝成的美酒，绵软清冽的美酒。

我看不清她的容貌，却下意识地认为——那一定是个纯净和善的女孩。

空谷清泉般纯净，林间露珠般和善。

二层的木楼上，梁栋间现出莫大的空旷，仿佛风在无穷无尽的时空里强力地穿行，这小楼，这木料延续生命，呼吸，成长，叹息，衰败，新生，循环……经了阳光的雕琢，烟雨的安抚，浸出古老，控出时光。

微苦，悠长。

黑猫仍在。

它弯着脖子，弓着脊背，侧坐在栏杆的角落里，像一堆黑色的云，一尘不染，干净非常。它的眼睛还是一绿一金，只是不再盯我，而是盯着那迷蒙的烟雨。

沉思。

那女孩的背影灵动曼妙，不一而足。我想看更多，却无法再向前一步，但是，这次，我竟然第一次真切地感受到，原来我的身后，并不是空空如也。

那是一道目光。

一道冰冷的目光。

那目光望着我，也望着那女孩，那目光里充满艳羡，渴望，愤恨，哀伤。

那目光来源何处——看不清，可那感情太过浓厚，足以遮蔽一切，模糊一切。

“可以回来了吗？”我正试着转身，忽然听到了一个倏忽寒凉的声音。

那只能是任生。

没错，我看到了他的脸。那张满是油彩，勾着微笑的脸。这时，我才猛然发现，我竟然半卧在床上睡着了。我偏过头，望了望窗外，外面还是很黑，大概只是凌晨。任生进来的时候没有开灯，此时此刻，他正站在床前的一片黑暗里，微微地弯下腰，眯着一双眼睛，似笑非笑地看着我。

“你每次出现的时候，能不能像个正常人？”我坐起来，一边说着，一边伸手开灯。

“别开，我还有事，说几句话就走。”他的手覆在我的手背上，温暖有力。

“什么话，你说。”我放下手。

“你说的梦，就是那个？”

“是。”我承认，却又觉得奇怪，“可是，你是怎么进去的？你不是说那个梦和你没有关系吗？”

“确实没关系，但这并不代表我不能进去。”任生一如既往地狡猾，也一如既往地模糊，“我听说你新近养了只黑猫，猫呢？让我看看，你知道，我最喜欢猫了。”

他的心情好像不错，说完话之后，竟然还张牙舞爪地学了几声猫叫。

“你不是说几句话就走吗？”我皱眉，“跑题了吧？”

“没有，其实都差不多。再说了，你就这么希望我马上就走？”他朦胧地笑着，“或者，跑题也无所谓。就像你，你本来应该守护人偶，现在，雨水还不是不知所终……”

“任生，我们能不能坦诚一点儿，这次，你到底来干什么？”

我忽然有点儿厌烦。我不想再隔着重重的面具和他玩一场莫名其妙的游戏。这根本没有任何价值。

“好，那就坦诚一点儿。只要你足够坦诚。”任生忽然变得爽快起来，“来，叶梓，你坦诚地告诉我，你现在是不是还想着忆轩？”

“是。”

“那你为什么要对那个女孩动心？”

“因为她像忆轩，因为你不让我见忆轩。”

“如果这世上有种东西能让你永远忘了她，比如说，一种酒，你会不会要？”

“不会。”

我很快做出回答，又很快开始犹豫。我是想记得她，还是想忘了她？也许连我自己都不知道。而如果真的有那样一种酒，我又会怎么选择？也许，真的连我自己都不知道。

“你犹豫了。”任生轻轻地笑着，伸手从腰畔解下一个小小的皮酒壶，仰头灌了一口。在昏暗的光线下，我能看出他的唇间残留着几丝红色的液体，像细小的火，又像寡淡的血。

我想起他带我去过的那个地方，冰墙，根须，水域，酒坛……现在，他那酒壶里装的应该和那次夜光杯中装的没有区别，它们都来自那些酒坛。

上面插着幽冥玫瑰的酒坛。

“怎么？想喝？”任生一笑，重新把酒壶系到腰间，然后认真地看我，“你不能喝。”

“为什么？”

“因为它会让你忘记很多事。它会让你忘记你想忘记的，也会让你忘记你不想忘记的。”任生拗口地说着，就像在说一道古老的谜语，“而你，这世上，我要比你更了解你自己，相信我，你从来都不想忘记任何事。”

“我不想，难道你想？”

“也许，我是想的吧……我和你不同，你是大刀阔斧的，你是勇敢而坦然的，你不能忘记，你也不愿忘记，你可以笑着面对痛苦，你甚至可以从痛苦中提炼出开心，但我不同，我宁愿忘记，我也必须忘记，虽然只是暂时的。一段时间后，那些东西还是会重现在我的脑子里，但是，只是暂时也好。”任生微微低了头，开始苦笑，“我越来越离不开它了。这真让人沮丧。”

我忽然想起铭澜说的话——你对自己也够绝，只可惜，事到如今，无论你怎么做，也只是徒增痛苦，就算你宁愿和它融为一体，也不能。

“你之所以变成这样，是因为——那白袍？”我悲悯地看他。

“多说无益。”他深吸一口气，重新抬起头，“我只想告诉你，最近不要随便喝东西，尤其是雨水给你的东西。”

“为什么？”

“你总是问我为什么……真是个好奇的家伙。很多东西，我都不能告诉你为什么。因为我也不知道自己的判断是否正确，更不知道你听了我的话之后是对是错，你总是觉得你什么都不知道，其实我也什么都不知道。我只能提醒你，也许应该这么考虑一下，如果你不想像我一样开始忘记，并且享受忘记的话。”

“好，那就不问。”

听到我这么说，任生终于轻松了一点儿，他开始打量着四周，随意地问着：“看来你最近过得真的不错。是因为雨水，还是黑猫，还是那个女孩？”

“都有吧。”

“其实很多时候，我都觉得，也许根本没必要唤醒你，这样也不错，至少你自己觉得不错，至于别的，又有什么呢？”任生自言自语地说着，“还记得在我的世界里看到的那些酒坛吗？”

“你的世界？”

“你知道我指的是什么。”

“是，我知道。我只是不知道你为什么忽然提起这个。”

“你不需要知道为什么，听着就好。总有一天，你会明白。其实，那不是酒坛，而是一种类似培养皿的东西。那些玫瑰，也不是插上去的，而是从酒坛里长出来的。”

“所以那酒坛里是？”

“能滋养幽冥玫瑰的东西，也能让人忘记一切的东西。它没有名字，其实也无所谓名字。好了，天亮了，我该走了。雨水回来了，我暂时不想见她。”

第十一章 她给的幸福

话音未落，雨水真的重新出现在我的眼前，而任生刚好消失。我很奇怪为什么他会知道雨水回来了，但我没有多想。关于他说的其他的话，我也没有多想。

任生总是藏着太多东西，模模糊糊，遮遮掩掩。也许，最初的时候，你见到这样的他，免不了会诧异，会愤怒，可是，只要时间一长，你就会自然而然地习惯这种状态，因为他的隐藏，他的模糊，实际是能解决问题的最好办法。

多想终归无益，事情该发生的时候，也便那么发生就好。

更何况，已经如此，还会发生什么呢？

我问雨水，她是不是和江河的妹妹出去玩了，她没有承认，也没有否认，她只是一直保持着沉默，一个字都没有说。

不仅如此，那晚之后，她像变了个人一样，她不再热情，也不再多话。她那头火红的头发，颜色变得更淡，几乎有点儿发白，她的脸和身体也愈加颓丧，几乎有些苍老。一开始，我觉得她应该又是去帮江河救火了，可是仔细想想，那天晚上并没有发生过任何火灾。

她到底是怎么了？

在她的眼睛里，一些燃烧的东西静悄悄地熄灭了，消失了。

一定发生了什么。而且是极为重要的事。我这样想着，开始用各种方法问她。直接地问，含蓄地问，旁敲侧击地问……可是，无论我怎么问，她都像一个坚守城池的勇士，把那方寸之地防守得固若金汤。

我记着任生说的话，看她是不是带回来什么喝的，但是什么都没有。我想去问江河的妹妹，又觉得无法开口。

这种事，究竟要怎么问？又何必去问？

于是，渐渐地，这件事也就这么算了。

接下来的几天，天气好了一点儿，阳光虽然很稀薄，但看起来白亮亮的，至少不再每天都阴雨连绵。在这样的天气下，我的日子也总算好过了一点儿。

确切地说，是出奇的平静。雨水竟然开始按时做一切事——按时起床，按时上班，按时回来，按时去和江河约会……其间什么特别的事都没有发生过。这很奇怪，雨水明明不是这么安静和规矩的人。可是这些天，她真的把自己控制得很好，甚至连酒都不再喝一口。

每天，无论她在或不在，都只是我自己坐在那里喝酒。当然，我也会习惯性地邀请她来喝两杯，她每次也都是习惯性地拒绝。

很多时候，我甚至会有这样一种错觉——那晚之后，雨水完完全全地把我忘了，连带着削掉了所有关于我的感情。

是啊，削掉。

面对这样的雨水，一开始，我觉得很无力。

失去了她的热情，她的任性，我开始变得无所适从，似乎只能守着一堆光秃秃的花枝，看着和我一样闲得发霉的花艺刀，喝喝酒，想想从前。

有时候想多了，就觉得日子其实真的也可以这样过。

很多人都觉得，动荡的时候，总是希望可以平静下来，真的波澜不惊，却又希望惊涛骇浪，但我不是。

虽然黑猫吃掉了所有的杏花，一朵都不剩，但我始终没有把那些花枝扔掉，黑猫走后，它们又悄悄绽出了花蕾，看样子，过不了多久，应该就会开了。

这很奇怪，它们本来应该干枯，但它们没有。可我不想去思考这是为什么，每天坐在那里，看着太阳升起，太阳落下……这样的日子很好。

一切都在按正常的轨道运行。这样，不是很好吗？

日子像流水一样平静地过，一周，十天……真的很好，真的不错，前所未有地不错。像和立春一样，我和雨水刻意地保持着距离，同处一室，相安无事。

我又开始整天整天地不出门，看着外面熙熙攘攘的人群，我会觉得莫名心慌。我也很久没有再见江河的妹妹。她应该是每天都会去教堂的。之前，我几乎每天都要去看看她。可是，当这种平静的日子终于开始之后，我逐渐失去了对她的兴趣，只想把这种稳定的状态维持下去。

我偶尔会想起任生，他有段时间没来了。可也只是偶尔想想。我知道他过得一定不错，也许比我现在要好得多。就算不好，铭澜也会让他变好。

我还会想起他们说我会苏醒的事，但我最近确实过得很平静，虽然这种日子不是很热闹，却真的平静而轻松，甚至偶尔还会有一点点的幸福。

也许，这平静也是一种苏醒？因为我之前似乎从来没有过过这种日子。

雨水，她虽然不再热切地理我，不再撒娇也不再任性，却不代表她就不再理我。她变了，最初，我有些不习惯，可是渐渐地，也就习惯了。平心而论，相对而言，我确实更喜欢这种状态。她像个最真诚的朋友，和我保持着最安全的距离，也给我这种最深刻而安宁的平静。

我自然是喜欢这种感觉的，因为有了她，连我自己都可以明显地意识到，我渐渐不再哀伤，不再沉郁，虽然我每天都在喝酒，但那只是因为无事可做。我尽管喝着酒，笑的次数却渐渐多起来。

我总是忘不了她说的，我笑得很好看。

于是我真的经常笑。

雨水还会和我聊天，但是，她每天和我说得最多的，就是江河。

江河。

江河又去救火了，江河不小心感冒了，江河要过生日了……江河，全是江河。从她的话里，我可以强烈地感受到她对他的重视和关心，还有那藏不住的满满的幸福感。我有点儿向往那种感觉，却一点儿都不羡慕。

如果可以，我只希望可以一直这样平静地过下去。

听着雨水的话，我会不经意地想起忆轩。我也想和她讲讲我和忆轩的事，却发现根本没有什么好讲，于是只好沉默。

今天又是周末，杏花已经开得差不多，花瓣上的红色快褪尽了，很快，它们就会变得洁白如雪。在温凉的朝阳下，我走到桌子边，又开始坐在那里喝酒。一边喝一边想着雨水给我讲的那些话。

我喝着喝着，忽然想起立春，终于觉得有点儿不对——两个人在一起，怎么可能一点儿矛盾都没有？

雨水每天回来之后，都会绘声绘色地给我讲那些她和江河在一起的事，但是，在那些事里，为什么没有一点儿不开心的？

这很不对。

可是，这种事，我又应该怎么和雨水说？

算了，还是去问江河的妹妹吧，刚好也很长时间没见。想到这里，我放下酒杯出门，直奔教堂。

本来，我以为，这种话题，和旁观者聊起来总会轻松些。但是，事实证明，在这方面，我依然过于乐观。

“雨水和你哥……怎么样了？”

见到江河的妹妹，我先是打了招呼，随便聊了聊，接下来就故意把话题往这里引。

“什么？”她皱眉，一脸不解。

“雨水和你哥啊，你不知道？”我也觉得很疑惑。

“她和我哥，怎么了？他们之间没发生什么不愉快啊。”她相当惊诧，“我都还没带她见我哥，他们之间——怎么了？”

“你是说，他们还没见过面？”我的呼吸一下急促起来，全身的血在一瞬间涌上脑子。

她，她竟然一直在骗我！

“你到底想说什么？你是不是想多了？”她见我脸色不对，赶紧好心地劝，“你可千万别多想，其实我觉得雨水不错啊，我们一直聊得来。有时候，她是有点儿直接，但真的挺可爱的。你可不能生她的气，你不知道，每次和我聊天，她说得最多的都是你！”

她说得最多的都是我……和我聊天的时候，她说得最多的明明都是江河……我忽然开始笑，我不知道自己为什么要笑，可这笑很沉重，沉重得简直要把我坠到地下。

雨水在骗我。

雨水一直在骗我。

她从来都没有和江河交往过,为什么每天都要给我虚构那些故事?

她为什么要骗我?

我很愤怒，我不喜欢被欺骗，更不喜欢被这样欺骗。这就像那次在火场一样，她不是明明在等江河，何必缠着我让我把她带出去?她不是明明喜欢江河吗，何必在聊天的时候说的都是我?

我很愤怒，同时竟然有一点儿开心。这是复杂而奇怪的感情，我从来没有过这种感情，这感情几乎让我承受不住。我再也没有心思和江河的妹妹聊下去。我草草和她告别，转身往雨水的店铺里跑。

我要问清楚，我一定要问清楚。

以前，我可以无所谓；现在，我不能无所谓。

这一次，我一定要弄清楚这是怎么回事，哪怕她不想告诉我也不行。这一次，我不会再敷衍和欺骗任何人；这一次，我也不会再容忍任何人敷衍和欺骗我。

第十二章 分离

不知道为什么，今天的天气很奇怪，刚才还是晴空万里，我才跑到半路，天上竟然开始阴云密布，很快下起雨来。虽然明知道按照约定来说，下雨的时候，雨水一定不会在店里，但我实在太想弄清这一切。

也许她在呢？万一她在呢？我感受着耳边呼呼的风声和潮湿的雨滴，侥幸地想着，侥幸地跑着。

但是她不在。

我失落地停下脚步，看着已经关张的店铺，沮丧地站在门口，恨不得拔出花艺刀，冲上天去，把那密不透风的乌云划开一道清亮的口子，让阳光射进来，哪怕是阳光的尸体也好。

可是我不能。

我不能这么对天空，也不能这么对雨水。

既然她不在，一定是又去散步了。她散步的时候，向来没什么规律，我根本别想找到她。从理性的角度说，与其四处找她，还不如回到花陵渡。

无论她走到哪里，到了晚上，一定都会回来的。

像那天晚上的情况，至今为止，就只那一次。

于是，我像困兽一样回到花陵渡里，坐卧不安。想喝酒，却没有心情；想修剪花枝，也无从下手。一句话，心烦意乱，什么都干不下去。

直到雨水重新出现在我面前。

天色已经很晚，外面漆黑一片，花陵渡里也漆黑一片。我没有开灯，我心情差到极点，根本不想看到任何光亮。我一言不发地坐在桌子旁，桌子上放着那坛酒。但我知道，她走进来的时候，一定已经看到了我，因为她的脚步很轻，前所未有的轻，好像生怕吵到我一样。

“你为什么要说假话？”我劈头盖脸地问。

“什么假话？”

“你根本没有和江河交往。”

“我当然没有。因为早在那天下午，我就已经发现，还是你说得对——他已经有女朋友了。”雨水一脸从容，“他的女朋友，就是他妹妹。”

“他妹妹？怎么可能？”

“怎么不可能？”雨水反问着，终于讲出一个深埋已久的故事，“男欢女爱，情理之中，本就是很正常的事，就算他们真的是兄妹，也不是什么不可能的事。更何况，他们根本没有一点儿血缘关系。江河还很小的时候，他母亲就去世了，那女孩刚好死了父亲，于是江河的父亲就和那女孩的母亲结了婚，重新组建了家庭。所以，名义上他们是兄妹，实际并没差多少，而且，江河从小就喜欢这个小妹妹，两人一起长大，相互喜欢，你情我愿，有什么不可能的？”

“这不是你骗我的理由。”

“是，这不是。但你听到那些话之后，不是一直很开心吗？你希望我们在一起，不是吗？”雨水强硬地反问，眼睛里闪着残酷的光，“你不是一直希望我们再续前缘吗？你不是觉得我们在一起很好吗？当然是这样的，听我讲到那些事的时候，你是多么愉快？又是多么开心。真是，听到我们在一起的时候，你真的是那么开心。既然你那么开心，我又何必揭开这一切？”

“我？因为我？”我觉得荒唐，也觉得可笑，“当初明明是你说，他就是你要找的那个酒鬼。而既然他就是那个酒鬼，我看到你们在一起，又能有什么别的态度？一个女人，在数百年前错过了一个她爱的男人，现在他们重逢了，现在他们有了第二次机会，难道我不应该感到开心？难道我会觉得你们在一起是一件坏事？难道我应该处心积虑地拆散你们？”

“为什么不是？”雨水勾起嘴角，淡淡地冷笑，“你真的觉得，江河就是那个酒鬼？”

“不是吗？他为什么不是？如果他不是，你何必要骗我？或者说，你就是喜欢骗我，没有任何理由？”我眯着眼看她，眼里满满的都是不屑。

我的心底升起一股厌烦，深深的厌烦。

“是啊，我何必骗你……我根本没必要骗你。”雨水收起笑容，脸上弥漫起深深的失望，“对，我根本没必要骗你。我也根本没必要觉得，只要你开心，我做什么都是好的。我甚至都根本没必要去做，因为不管我做什么，都成为不了那个忆轩，那个你喜欢的，却永远得不到的忆轩！”

“你成不了她。对，你成不了她。”我端起酒坛，狠狠地灌了一大口酒，“你不仅成不了她，你甚至都不配说出她的名字！”

“没错，我不配，我从来都不配。以前不配，现在也不配。”终于，她也开始愤怒，绝望的愤怒，“可是我告诉你，她也不配，她比我更不配得到你的爱！”

“滚。”我抬眼看她。

可是她并没有走出去，她甚至没有停下来。她还是在说，愤怒地说，也真实地说。

“我可以滚，当然可以，但你，叶梓，你该认清现实了。也许，在以前，她配得到你的爱，她值得你爱，但是，现在，她比任何人都不配——她来自一个黑暗邪恶的地方，她让你变成现在这样，她让你失去所有的感觉，她让你变成了叶梓！而你，你竟然还在想她，你竟然还在为她蹉跎现在的生活！你竟然还在执迷不悟，得过且过！”

“滚！”我重重地拍着桌子，手上却没有任何感觉。

“我当然会滚，但我要把话说完。你真的以为，每次下雨的时候，我都想去散步吗？散步？我可真喜欢散步，如果不是为了查清楚忆轩，我又何必如此！我告诉你，我每次出去，都不是为了什么散步，而是为了查她！没错，我要查她，我一定要弄清楚，到底是怎样一个女人，才会让你这样念念不忘？我一定要弄清楚，到底是怎样一个女人，才会让你在喝醉之后，一刻不停地喊着她的名字？我一定要弄清楚，到底是怎样一个女人，才会让你在看到一只猫的时候，都会起出和她相同的名字？”

“是啊，你喜欢她，你确实喜欢她，你是那么喜欢她。而你既然这么喜欢她，如果能和她在一起，一定会很开心，而只要你开心，我就一定是开心的。这也是我去查她的一个重要原因——我去查她，我去找她，都是因为我想把她带给你，所以我去了很多地方，见了很多人，包括任生，包括铭澜。可是，在看过那一切后，我失望地发现，她竟是那样一个存在。你们的结局，也注定会是那样！放手吧，叶梓，你们不可能了。就算你再喜欢她，一切也已经不可能了！你们就算在一起，也绝对不会得到一点儿幸福。你们的恩怨太过黏稠，你们互相伤害得太深，你们都在尝试去弥补，可是无论如何都无法弥补。”

“怎么？听到这些很失望吧？你一定是很失望的，连我都觉得很失望，你怎么会不失望呢？可是又能怎么样？你不是一直想知道那天晚上发生了什么吗？我告诉你，我现在就都告诉你。”她源源不断地说着，似乎想把整个世界都展现给我看。

“我去找任生了。对，没错。你没听错，我确实去找任生了。因为我知道他那里有一种酒，那种可以让人忘记一切的酒。我有私心，对，我承认我是有私心。虽然那时候我还没完全查清忆轩，但我已经受不了那只黑猫。那只黑猫，我上次看见它还是几百年前，它总会和那个人一起出现，就是我和你说过的，会改变月光的那个人。我其实不怕猫，我只是不想看见它，因为，一看见它，我就会想起那时候的事，那不是什么好事，真的不是什么好事。而你，你对那只黑猫就像对忆轩一样，你已经入魔了，你已经想她想到入魔了。我不能让你再这样下去，我不能让你再记得她，所以我去找任生。”

“当然，我也知道，他轻易不会把那种酒给我，尤其当他知道我可能会给你喝的时候。他怎会让自己的弟弟忘记一切？他只不过想让你忘记应该忘记的。若非如此，他也不必如此费心地唤醒你。我自然知道这些，我自然知道。所以，我对他说，是我想忘记一切。一开始，他确实有点儿犹豫，但最后，他终于还是给了我一点儿。其实那种酒和我的杏花酿差不多，它们同宗同源，只是那种酒更为高明。它是鲜红色，不是碧绿色，它的纯度更高，而且完全没有幽冥玫瑰的味道。”

幽冥玫瑰……看来她真的是口不择言了，竟然连幽冥玫瑰都说了出来……

“我带着那酒回来，却始终没有给你喝，我想了很久，最终还是没有给你喝。我越来越发现，我以前觉得，只要让你忘记一切，就什么都好了。但是，现在，我觉得任生是对的。就算要让你忘记一切，也要让你认清现实。只有这样，你才能忘得彻底；只有这样，你才会真正苏醒。”

现实，操蛋的现实，什么现实？这世上根本没有现实！

“滚！”我猛地起身，拔出花艺刀，紧紧逼向她。

我起了杀机，是的，我竟然起了杀机。

我想杀死她，我想让她永远消失。

我再也不想听到，我再也不想听到一个字。

自以为是，自作主张。如此冷静地评判我和忆轩的感情，如此自然地揭开这所有的伤疤。

又怎能没有杀机？

可是她滚了。

她真的滚了。滚得潇潇洒洒，大义凛然。我可以看到，她的头发几乎已经没有红色了，而是变得一片雪白，可这和我有什么关系？

就算她真的马上死了，又和我有什么关系？

我再也不想看见她。

第十三章 完全的真相

雨水走了之后，世界瞬间安静下来。我停下脚步，站在那里，似乎失去了所有，又似乎拥有了所有。周围还是那么黑，黑得像一幅巨大的天鹅绒，它们把我围起来，把我裹起来，它们渐渐渗入我的身体，它们让我安宁又让我不安。

我能听见空气流动的声音，我能感受到粒子间的摩擦。我觉得一切都在碎裂，一切都在崩塌。或者，这并不是真的，真相是——我想撕裂它们，我想摧毁它们。

是，这才是我。

我终于找到了熟悉的感觉。

这才是我。

四周飞速扭曲，金色的阳光从裂缝间强硬地射入。我知道，那是阳光的尸体，无处安放，无迹可寻。

我熟悉它们，就像熟悉我自己。

轻巧地挥手，花艺刀深深钉入我的前胸。心脏，对，是心脏的位置。可我的身体是被铭澜造出来的，它是一具类似人偶一样的存在。

我，还有心脏吗?

真的有心脏吗?

应该是有的吧? 不然，怎么会有血流出来呢? 血，真好，那些纯粹又温暖的物质，它们代表生命却又玷污生命。我沉默地享受着刺骨的疼痛，大步走回桌旁，伸手举起酒坛，高高地举起来，将里面剩余的酒尽数倾泻而出，任它们洒到我的身上，流到我的嘴里。

幽冥玫瑰，真好，四处都是幽冥玫瑰的香气。

幽冥玫瑰，幽冥玫瑰……自从见到幽冥玫瑰，一切就都开始不可避免地失控。它们疯狂地大笑着奔向一个必将毁灭的未来，让人压抑窒息，让人无从辩驳，它们像废弃古堡墙外蔓延的玫瑰般强大，轻易缠入一切，覆盖一切，吞没一切。

真想变成幽冥玫瑰，真想远离这个世界，真想完全失去意识，真想完全舍弃自己。

这感觉真熟悉。

最后一滴酒流尽，血还远远没有流尽。这真不好。真不好。

哗啦一声闷响，硕大的酒坛砸到地上，四分五裂，可是碎得漂亮。

该碎了，早就该碎了。

什么都该碎了。

没错，雨水说的都是真的，我清楚，正因为这种清楚，我才会觉得莫名的恶心，莫名的绝望。

忆轩来自黑暗邪恶的地方，忆轩让我变成现在这样，忆轩让我失去所有的感觉，忆轩让我变成了叶梓……这都是真的，都是真的。

怎么可能不是真的？

忆轩是那样苍白，那样沉默，那样冰冷，那样血腥。她穿着暗红的旗袍，披着纯黑的风衣。每次她出现的时候，天上都会下雪。

纷纷扬扬的大雪，鲜红色的大雪。

那根本不是雪，因为它们不具备六角的形状。

那是细碎的花瓣。

幽冥玫瑰的花瓣。

幽冥玫瑰，极恶之地。

那是她的来处。

怎么可能不是真的？

虽然忆轩见到任生后，轮廓越来越清晰，脸色越来越红润……可是，当我真正说出她的名字的时候，她才会复苏，然后失控！

那真的是她的名字！可我是如何知道的？

原来，不只我见到她会复苏，会失控，她见到我的时候，也一样！

我们有恩怨，那是什么恩怨？黏稠的恩怨？有多黏稠？无论如何都化解不开是吗？那就让一切都这样结束吧！

似乎突然失去了关节，膝盖一松，整个人跪到酒坛的尸体上。那尸体遍地都是，边缘锋利，却总不会比这事实更锋利。

血，依然是血，到处都是血，血红色的世界。可这世界让我感到自由，纯粹的自由。那至少是新鲜的，正在流失的。而雨水，她又做了什么？她把我心底已经长好的伤疤再次残酷地划开，将那些正在化脓的血肉展露无遗。

疼？还有什么能比那更疼吗？

她凭什么那么做，凭什么不能让我一直烂在幻梦里？

她去找任生要那种酒……任生，他给了她那种酒，所以他当然会来找我，他要看看我，他要根据我的反应再做决定。其实雨水说错了。任生什么都知道，他总是什么都知道。雨水在他面前，真的渺小得连尘埃都算不上。

他知道雨水不是想自己喝，而是想给我喝，但他还是给了雨水。也许，他是真的累了吧？他也真的觉得，如果我真的什么都忘了，也不错吧？

这烦琐的一切，这模糊的一切，到底都是怎么了？

可他还是要来看看我。他还是犹豫了，是，我在犹豫，他也在犹豫。所以在他看到我最近状态不错的时候，才会那么义正词严地提醒我，所以他才会模糊地感慨，也许我不苏醒也很好……他似乎看到了希望，一直都没有存在过的希望。因为这种希望，他动摇过，犹豫过，最终，他还是选择相信我。他还是把话说得无比清楚——让我不要喝雨水的任何东西。

不知何时，外面又燃起了大火，火光四起，透过模糊的玻璃，熊熊燃烧，一烧冲天。起火的地方应该离这里不远，消防车的警笛声一阵接着一阵，让人厌恶也让人疯狂。女孩，那白色的女孩……我不再想那个女孩，她比我幸福，她一定比我幸福。她有爱她的人，也有她爱的人，她怎么会不幸福呢？

而雨水，我也不再想雨水，她那么任性，那么自以为是，那么自作主张，她遇到什么，都是活该。

我，我，我。

血越流越多，我的意识也越来越模糊。恍恍惚惚之中，我又在飞速远离世界，而这次的目的地，依然是那个梦境。

这一次，是全部的梦境。

眼前现出一栋二层木楼，坐落在一大片绵延不绝的杏林中。恰逢雨水时节，烟雨蒙蒙，杏花遍开，红色，粉色……若隐若现，排山倒海。

黄昏将近，天色越发地暗。远处已有灯光，楼内却死一般地寂静。二楼的栏杆处，那个白色的女孩穿着曳地长裙，梳着松散的发髻……手里握着晶润的玉杯，正躲在偶尔滴水的飞檐下，小指微翘，凭栏远望。

杯中是酒。

杏花凝成的美酒，绵软清冽的美酒，浸着幽冥玫瑰的美酒。

我站在离她不远的地方，在我们的后面，一道冰冷的目光缓慢地游移，那目光望着我，也望着那女孩，那目光充满艳羡，渴望，愤恨，哀伤。那感情太过浓厚，遮蔽一切，模糊一切。

那目光来自一个年轻的伙计。高大，却不英俊。

木楼的梁栋间现出莫大的空旷，仿佛风在时空里强力地穿行，在看到那伙计的一瞬间，我全身的血液仿佛都在一瞬间被冻住。

“很眼熟吧？”忽然，耳边响起一个女人的声音。

那声音明明五彩斑斓，浸润着世界上最饱满的欲望，却又像透明的空气，仔细看去，满眼虚妄。

她的气息如夏日清瀑般泻出，与声音一同灌入我的耳中，很快浸透皮肉，麻醉骨血，安静地流遍四肢百骸。那力量不温暖也不寒冷，似乎是种错觉，又似乎与我源于一体。

铭澜，那个完美而强大的存在。

她怎么会在这里？

黑猫本来弯着脖子，弓着脊背，侧坐在栏杆的角落里，像一堆黑色的云，正在盯着迷蒙的烟雨沉思。但是，在看到铭澜的一瞬间，它像见到了最圣洁的神明一样，乖巧恭顺地蹿下来，老老实实地蹲坐到了她的身边。

她没说错，那不是眼熟，而是清楚——那伙计长着和江河一模一样的脸。

我忽然想起那女孩的话。

他前世喝酒太多，今生需要用一些特别的方式偿还……他前世喝多了酒，无意间放了火……

这伙计是江河的前世……一定是这样。雨水说，江河就是那个酒鬼，酒鬼自然喝酒很多。而江河今生之所以会当消防员，正是去偿还之前的放火……所以，几百年前，雨水喜欢的是这伙计？我渐渐想通，可又觉得哪里不对。

如果真的是这样，那伙计为什么要用那样的目光看着我和那个白色的女孩？

白色，红色，白色……我盯着白色的女孩和红色的杏花，终于疑惑地抬头，微微向上看去。我已经隐隐地感觉到，那必将是一个能将人打得粉碎的事实。我希望不要看到它，我希望自己猜错了，我希望真相会是完全相反的。

我希望……

可是，蒙蒙的烟雨中，一杆酒旗果然斜斜地挑在小楼的上方。

酒旗……酒楼？酒馆，杏花……我感到身体里有什么正在快速地碎裂，像春日里河面上的薄冰，那声音不断地咔嚓咔嚓，真好听，可真让人绝望。

我的脑子很乱，全身上下只剩一种思维在支撑，我知道这种思维是什么，但我不想知道。我什么都不想知道。我感觉自己的灵肉在快速分离，我感到那些碎裂的东西都被一场飓风席卷而去，而我的身体不过是一个空旷的躯壳。我站不住，我再也站不住。我无力地靠在栏杆上，空洞地望着眼前的一切，然后慢慢地，慢慢地滑下去。我跪到地上，我终于跪到地上。这一点儿都不意外，这是我应得的，原来我一直在错过，错过这么美好的东西，错过这么珍贵的生命。我跪在地上，用两手撑着地面，大口大口地喘着气，那都是水汽，黏重而悲伤的水汽。

“很好，看来你终于想起来一点儿东西。”铭澜看着我，如同在看一只可笑的蝼蚁。她微微地抬起手，指着那个白色的女孩，平静而残酷地问我：“想看看她的脸吗？”

第十四章 利用

我听不见她在说什么，我一个字都不想听，我不用看她的脸，我已经知道她到底是谁，但这真是可笑。我一直梦到她，我终于见到她，我必将错过她……而她，她，她……她竟然直到最后的时候，都在对我说，只要我能开心，她做什么都是好的，她那么任性，那么无理，那么自私，她……我低头看向自己的前胸，我终于开始感觉到疼，排山倒海的疼，死去活来的疼，我几乎要完全倒在地上，但这又有什么意义？她终归是离开我了，她本来不该，她……

“雨水在哪里？”我尽量克制住疼痛的喘息，咬着牙，抓住栏杆，一点一点向上扶，一点一点站起来，每向上一点儿，疼痛都会增加一分。可是我不在乎，我再也不在乎。我欠她的，我欠她太多。我一定要找到她，不是为了偿还，而是为了……

爱。

“她不就在你眼前吗？”铭澜指向那个白色的女孩，轻巧地答，忽然，她又像想起什么似的，“或者，你问的是那个人偶？直到现在，你都还没有意识到，她其实原本不是人偶？”

不是人偶。

她不是人偶。

整个脑子都炸了，死无葬身之地。是的，我应该死无葬身之地，这真相应该死无葬身之地。我早就该觉察到，我早就该明白——那些，都是多么明显的迹象？而我，我一直在做什么？我到底在干什么？

“做人的时候，就开开心心做人；做人偶的时候，就老老实实做人偶。你说是吧？”

如果她真的只是一个人偶，又怎会说出这种话？

“你觉得做人不好？”

“确实没什么好的。”

如果她真的只是一个人偶，又怎会发出如此感慨？

“都没必要。过去遥不可及，未来迷茫一片，还不如珍惜现在，享受现在。”

如果她真的只是一个人偶，又怎会具备如此感悟？

“毕竟我现在是人偶，也没什么好怕的。”

“但在我上次活着，哦，不，上次醒来的时候。”

雨水说，雨水说，雨水一直在说，她从不小心，从不严谨，也从不适应自己人偶的身份，她说的话漏洞百出，可是我为什么没有发现，我为什么连怀疑都懒得花费精力去怀疑？

她做过人。不，她不是做过人，她本来就是人。有血有肉的人，活生生的人。她有人的感觉，有人的感情。但她竟然会说自己不想做人。她一点儿都不喜欢做人。

她为什么不喜欢做人？她到底经历过什么？如果她原本不是人偶，为什么会以人偶的形式来到我身边？

“因为你是那个酒鬼。”铭澜轻而易举地看穿了我的心思，简明扼要地打破了我的疑惑，也打破了我最后一丝希望。

“我是酒鬼，她喜欢我？”我费力地吐出这几个字，我实在再也接受不了任何形式的卑劣。我现在听到的，猜到的，看到的，每一字，每一句，每一个真相，都是那么卑劣，都是那么让我厌恶自己，让我无比想杀死自己。

“先下来，我手里有刀。”

“刀……”她站在原地，微微怔了几秒。

是啊，那酒鬼的手里，不是也一直都有刀吗？

“这里就一张床？”

她当然是欣喜的，她怎会不欣喜。几百年前，她只是远远地看着我，也许连碰都没碰过我一下，而几百年后，竟然可以与我同床共枕。

“你真的觉得，江河就是那个酒鬼？”

她已经把话说得这么明显，而我……我又做了什么？

我坐在那里喝酒，我总是在找一个人，我失了八年的约，我连告别都没有向她告别……我为什么要在那里喝酒，我找的是谁？我为什么会失约？我离开那里之后，去了哪里？我怎么会变成叶梓的？

我好像什么都不知道，又好像什么都记得一点儿，我看向铭澜，我想问她，却又觉得这种问题不该去问她——本来就是我自己的问题，何必问她？我低头看向依然插在前胸的刀柄，血还在滴滴答答地流着。

我不是已经穿透了自己的心脏吗？我怎么还活着？

我为什么还要活着？

铭澜微微瞄了黑猫一眼，黑猫像接到什么指示一样，轻轻叫了一声，优雅地走过来，优雅地伸出舌头，优雅地舔着洒在地上的我的血迹。

我看着它光滑的皮毛，也看着它那双眼睛，但我觉得有点儿不对。

“这黑猫，和那只，不是一只。”我无比坚定地对铭澜说。

“当然不是。这是当时的那只。不过，其实也算是一只，因为它始终是我的。”铭澜轻描淡写地说着，“雨水很清楚它代表什么，因为早在几百年前，她就不得不和我做一场交易。那时候，她就见过它。”

当然，雨水当然见过它。

她看它的第一眼，我就知道她见过它，她认识它。她那么害怕那只猫，当然是因为——她早知道那是铭澜的猫，而她惧怕铭澜，她那么惧怕这个幽冥之主，因为这种惧怕，她甚至不敢告诉我一点儿真相，因为她不知道如果她擅自把这些说出来，铭澜会不会对她怎么样。

她只能尽量不让我碰那只猫，可她始终没有阻止得了。

“我其实不怕猫，我只是不想看见它，因为，一看见它，我就会想起那时候的事，那不是什么好事，真的不是什么好事。”

那场交易，不好的事，让雨水惧怕的事？

“什么交易？”我问着铭澜，心却一点一点地沉下去。我不知道它会沉到哪里，也许深渊本身就是没有底的。

于是一直向下沉，向下沉。

“关于你的交易。她喜欢你，但她一直患病，早该死了。可是她不愿死。她那么想和你在一起，哪怕只是远远地看着你也好。而我当时恰好需要一个人帮我看着你。所以，我就和她做了这样一个交易——只要她帮我看着你，我可以暂时让她活着，可以教她用幽冥玫瑰酿酒，也可以在几百年后让她再见你一面。”

几百年后，原来，真的是过去了几百年……

“天哪，真的是你……”雨水刚睁开眼睛，就飞快地冲到我面前，笨拙地踮起脚尖，像树袋熊一样挂到我身上，目不转睛地盯着我看。

热情，激动……原来都是因为这数百年后的相遇。可是，为了这相遇，她又付出了什么？发生了什么不好的、让她惧怕的事？

“这条件未免丰厚了些……”我喃喃道，“你要的，真的只是让雨水看着我？”

铭澜，这幽冥之主，如果真的是这样，这根本不是交易，而是纯粹慷慨的赠予——这代价不平等，严重失衡。

“对，就真的是让她看着你。但你应该清楚，我为她续命是不合规矩的。就算我是幽冥之主，规矩也不能这么破。所以——我确实小小地瞒了她一件事——我没有告诉她，我用什么方式让你们在数百年后相见。”

“你把她做成了人偶。”我冷冷地看着铭澜。直到这时，我终于能体会到立春当时的心情，原来那些神，那些高高在上的神，真的是这么冷漠，这么无情，原来他们真的是可以翻手为云，覆手为雨，原来那些人，那些人偶，真的什么都不算。

连尘埃都不算。

“是，我把她做成了人偶。确切地说，是在她死后，我把她的灵魂注入到了人偶中。”

“如果需要我消失，我也不会觉得有一点儿遗憾。每个人的存在都要有特定的使命，该活着的时候活着，该消失的时候，当然也一定要消失的。”

“我不会再醒过来了，再也不会了……”

我忽然想起雨水的这些话。

“可是她为什么不会再醒过来了？”

“她连这个都告诉你了？看来她还真是痛苦到一定程度了。”铭澜略微有点儿意外，转而一笑，让人毛骨悚然的笑，“是啊，她这代价花得不值，她当时为此不顾一切，现在，她终于发现了……”

“你到底做了什么？”我上前两步，死死地盯着铭澜。

“没什么。人的灵魂只能在短时间内和人偶共生，时间一长，就会产生排异反应，也就是说，灰飞烟灭，永远消失。”

我迅猛地扑上去，狠狠地抓向铭澜。我想摧毁她，我想撕裂她，我想杀了她。这些卑劣的神，这些高高在上的神。他们看人的样子，永远像在看一群没有生命的玩具，只要他们愿意，他们可以毫不费力地把那些人玩得团团转，玩得生死相隔，玩得满盘皆输，而那些人，他们拼命挣扎，他们拼命想找出规则，遵循规则，却不知道神们制定规则也破坏规则，无论怎样，神永远都是对的。

就算不对，也可以消除一切，重新开始。

雨水，那个傻乎乎的雨水，她竟然相信那个交易，她竟然真的妄续生命，只为能够远远地看着我，她竟然真的抛却轮回，只为了能和我短短十五天的重见。

“真冲动，不过我喜欢。”铭澜微微地笑，“果然没让我失望，你苏醒得越来越快了。”

她还在笑，她当然在笑。因为她一点儿都没有动，但我就是抓不住她。我用力地向前伸着手，我想抓住她，我想撕裂她，我想揉碎她，但是，无论我怎么努力，都像伸进了一片虚空，她明明就站在我眼前，但我就是什么都做不了。

铭澜还在笑，礼貌地笑。随着她的笑容，天色完全暗下来，一轮圆月慢慢地爬出杏林，挂上天空。

于是我终于看到了那种月光。

雨水说过的那种月光。

“那月光——它只会为那个人而存在。那月光像上好的锦缎一样顺滑，像上好的美酒一样闪光。它好像什么颜色都没有，又好像什么颜色都有，那很奇妙，对，只能用奇妙来形容。”

它只会为那个人而存在。

那个人，她不能告诉我，无论如何都不能。

那个人，比酒鬼还要高上很多级。

我看着铭澜，我盯着铭澜。

铭澜。

那个人，自然就是铭澜。

真相一步一步浮出来，终于到了昭然若揭的地步——在她们做交易的那天晚上，在那种奇怪的月光下，雨水看见了黑猫，也看见了铭澜，也正因此，雨水才会那么惧怕那只黑猫，因为她的经验告诉她，如果黑猫出现了，铭澜就一定会来。

所以她才会一直惴惴不安，所以她才会一直提心吊胆。

我放下手，我空虚地放下手，我突然觉得很空虚。我觉得眼前的一切都是一场闹剧，永无休止的闹剧。

“这就想通了？”铭澜稍稍抬起胳膊，轻巧地把玩着那些月光，也轻巧地看着我，“叶梓，你完全没有必要站到他们那一边。你本来就是神，何必堕落到人的高度？这世界就是这样。各行其职，各安其分。”

“但你不要忘了，就算在被规定的范围内，每个人也有自由选择的权利。人，他们不是堕落，而是另一种形式的崇高。”

“是啊，对，崇高。我知道。我清楚，我也明白，正是因为这种权利，人性才会显得更为光辉。就像雨水，她确实很有勇气。”说到这里，铭澜竟然轻轻地叹口气，“当初，任生带立春离开那里之前，也告诉立春，十年后，她和子归还会有一面之缘，但立春不觉得这有什么，她甚至觉得，十年后的一面，还不如以后永远不见。雨水却不一样。她会紧紧地抓住一切东西，就算是别人不要的稻草，她也会紧紧抓住，直到那根稻草最终长成参天大树。”

稻草会变成大树吗？

真的会变吗？

“但你就是利用了这种勇气，你无耻地利用了她。”

“是我利用了她？”铭澜轻飘飘地说着，慢慢地拖长声音，“叶梓，利用她的，其实本来就是你自己——你忘了在当初你把她当作什么？你忘了在现在你把她当作什么？你忘了自己为什么会见到她？你忘了你要找的那个人是谁？”

我把她当作什么？什么都没当作。之前没有，现在也没有，在她是人的时候，我只把她当成人偶一样的存在，一个可有可无的存在；在她是人偶的时候，我又用人的标准去要求她……

我为什么会见到她？我要找一个人。为了找那个人，我走了很多地方，而这里，不过是我走过的一个地方，雨水，也只不过是我遇到过的万千人中的一个。

我要找的那个人是谁？那是个像月亮一样皎洁美好的人……

我好像找了她很长时间，我穿越时间的洪流，蹚过历史的悲欢，我看见很多孩子出生，也看见很多老人死亡，而她就在他们中间，我能看见她，看得很清楚，可是在这污浊的尘世里，每一世都有花，每一世都有月亮，但每一世都如镜中花，水中月。每一次，每一次我都只能远远地看着她，因为太早，或者太迟。

忆轩。

我一直要找的，自然都是她。

这一点，雨水早就知道。

是啊，她一定是知道忆轩的。她不仅知道这个，她还知道忆轩对我有多重要。

“别说了，我什么都知道。我早就说了，我什么都知道。我早就知道——那名字对你很重要，那个名字，对你来说，比你的生命还重要。哈哈……你现在，你以前，你一直，你不是都只剩那个名字了吗？你不是早就只能守着一个名字了吗……”

对，我来这里，是为了找忆轩，但是，我为什么会突然离开？我离开这里之后，又去了哪里？

第十五章 痊愈

“你去见我了。”铭澜再一次解答了我心中的疑问，“最后一晚过后，你就去见我了。”

“见你？我去了幽冥？我去那里干什么？难道忆轩在那里？”

“忆轩不在那里。你去那里，也不是因为要去找她，而是因为你放弃了自己。”铭澜慢慢地说着，语气中竟然流露着一丝伤感。

“我放弃自己？我怎么会放弃自己？”

“这，你在问我吗？”铭澜眯着眼睛笑，笑容没有一丝温度。她笑着走过来，笑着把手按上我胸前的刀柄，“你怎么会放弃你自己？你那次打碎花陵渡的镜子，你这次把刀捅进自己的心脏……你放弃自己的次数还少吗？”

血流得更多，我紧紧地闭上眼睛，紧紧地咬着牙，那疼痛简直令人疯狂。我几乎要叫出来，但我不能，那是软弱，那是耻辱。

“疼？”

我沉默。

“看来，你再也做不回叶梓了。任生一直想把你模糊成烟灰色，我早就知道他是不自量力。你暴烈、冲动，随时可以不顾一切，你热情、奔放，总是那么大刀阔斧。”

我沉默。

“你的血是热的，烫的，沸腾的。”她悠然地说着，那只本来在我前胸游移的手忽然用力按上我的伤口，然后笑着问我，“感受到了吗？”

深邃的疼痛袭来，使我的呼吸突然停滞，我感到大股大股的血冲出伤口，我感到整片整片的血肉不停地跳动，但是，很奇怪，我并没有感觉到生命在流失，我的体内好像有一个永动机一样的东西，是它在源源不断地制造生命，是它一直在支撑着我。

它那么强大，那么完美。

我睁眼，我看见了那柄刀。

那柄一直跟着我的花艺刀。

它脱胎于血肉，上面却没有染上一点儿血污，它依然像我刚看见它时一样光洁如新，它依然寒如秋水，亮如日光。

它在铭澜的手里。

“多么像你……”铭澜出神地盯着它的光芒，“锋利，强硬，从来与柔和无关，从来与妥协无关。现在，你还不知道你为什么会放弃自己吗？你还没有想起你经历了什么吗？”

“我经历了什么，我到底经历了什么……我在找忆轩，我要找到她，我要重新和她在一起。可我找了她那么长时间，始终无法再和她说一句话。我只能远远地看着她，无法进入她的生命也无法阻拦时间。我看着她，像在看一个影子，又像行走在永远消散不了的雾气中。我想挣扎，我想反抗，却终归无济于事，我觉得痛苦，我觉得绝望……”

“是啊，你再也受不住。你只是一个落入人间的神，和整个神国相比，你的力量又有多渺小？正是这种痛苦和绝望，让你情愿放弃自己，抛却身份，甘愿从此堕入轮回，万劫不复。”

“可我没有入轮回。”我难以置信地看着自己的伤口，那血流已经渐渐止住，以肉眼可见的速度。我终于渐渐明白，“这……都是因为你？”

“自然是我。”铭澜大大方方地承认，“神国与魂国素有来往，我和你们兄弟的关系又非比寻常，你进了幽冥，我怎会不认得你？但我知道，在那种情况下，就算我出面，也劝不回你了。与此同时，按照程序，我不得不把这件事通知给神国。但我很清楚，我一旦通知他们，他们就一定会让我遂了你的愿，尽快把你打入轮回。这样，就算任生来找你，也绝对找不到你。而只要他找不着你，他拼死和神国签下的那份契约，很快就会失效，到时候，神国就可以名正言顺地处理任生。这样的情况，自然不是我想看到的。于是，考虑到这些，我和神国谈了条件，迫使他们做出让步——把你的灵魂禁锢在极恶之地。”

明白了。

全明白了。

所以，任生来了人间之后，才会马不停蹄地赶去极恶之地。

因为我在那里。

他要找到我，他要唤醒我。

“可是，忆轩，她不是也来自极恶之地？”我忽然想起这个。

“没错，在极恶之地，我做了两个身体；一个是你，一个就是忆轩。你比较好做，忆轩就有些难办。还记得你跟她去见任生的地方吗？那个像办公室一样的地方，其实是幽冥的一部分，或者说，是幽冥中最重要的一部分。那里典藏着众多的灵魂。那些抽屉里的碎片正是处于孕育中的灵魂。你看到我的时候，我在处理一个冤魂。它们大多惨死，执念很重，若非我亲自出手，它们决不肯入轮回。”

“那把刀，和我的花艺刀……”我终于发现了什么。

“对，我当时手里握的刀，和你的花艺刀是一个材质。或者说，你的花艺刀，本来就是那把刀的翻版。”

“那些紫色的眼泪，忆轩的旗袍……”

“那不是眼泪，而是精魄。我用那些精魄为忆轩染了旗袍。当时，她的身体完全散了，想要重塑，必须用那种东西做引子。她的灵魂损伤得也很严重，以致我虽然为她重塑了身体，她却很难再适应，在适应之前，她必须需要一个别的容器，同时又不能离原来的身体太远，于是，我就把她注入到了黑猫中。”

是了。

这就是了。

所以每次忆轩出现的时候，都会带着那只黑猫。

所以那黑猫真的是忆轩。

我第一眼看到她，就觉得她属于花陵渡。我第一眼看到她，就觉得她属于我。

黑猫为什么不让雨水碰我？忆轩自然看出雨水喜欢我。既然如此，她又怎会允许雨水碰我？而那天早上，雨水说的话其实也是半真半假。

“而我，我怎么可能不碰你……我实在困了，便想翻个身，无意间想把手往你身上搭一下。”

无意，那怎会是无意？她宁愿灰飞烟灭，只为换来十五天和我的相处。既然如此，她又怎会无意？

是啊，她们什么都知道，也许这么长时间过去，只有我什么都不知道。只有我执意想着忆轩，完全忽略雨水的感情，而当忆轩真的来了的时候，我又是怎么对她的？

“就像我第一眼看见那只猫，就知道它属于这里一样。我一点儿都不喜欢它，真的，我一点儿都不喜欢猫，猫不是忠诚的动物，而我厌恶任何形式的不忠诚。猫还任性，对，任性，还自我，非常自我。但是我知道它属于这里，它肯定属于这里。所以我留下它，但是，我留下它不代表我喜欢它……”

她刚来的那天晚上，一口气吃掉了所有的杏花。她为什么要吃掉杏花？自然因为那是雨水的代表花，她要向雨水宣示她对我的主权。她要吞掉雨水的代表花，她要吞掉雨水！其实，忆轩应该是一点儿都不反感杏花的，在我给她做小帽子的时候，她不还是悄悄吐出了两朵杏花作为装饰吗？

而那天晚上，她故意在外面搞出动静，就是要引雨水下床去看，然后趁机……

对，那双手就是她的。

她在摸我。

她用一双人的手在摸我。

我终于无比清楚地知道，她想摸的那个人，真的是我。

而那暗红的血，那油黑发亮的猫毛……她自然是走了。

走之前，她还那么慷慨地把自己给了我。

那个黑色的女人，那个美艳不可方物的女人，就是黑猫，就是忆轩。

我还模糊地记得，那天晚上，雨水问了我很多问题。现在想来，那些问题一定是关于喜欢与爱的。雨水问着哭着，哭着笑着，笑着问着。那些问题，又怎会是关于别的？

原来，早在那天晚上，两个女人就已经做出了各自的决定，而我，竟然什么都不知道，竟然直到现在才知道。

如此看来，雨水确实是应该伤心的。你用自己的灵魂换来十五天的生命，只为了去见一个人，而那个人却完全不记得你了……换作是谁，谁能不伤心？

所以她才会喝酒，喝死拉倒式的喝酒。

所以她才会故意骗我说江河才是那个酒鬼，因为她要试探我，如果我还记得一点儿什么，一定不会做出那种反应，只可惜，我是真的，什么都不记得了……

于是她失落，于是她开始为我编织谎言，美丽的谎言。只是，在醉酒的时候，她还是免不了暴露自己，也暴露真相。

“你骗人！骗人！他根本不喜欢我，他喜欢的是别人……”

“我本来以为他一定会喜欢我，他一定会喜欢我，可他喜欢的是别人，真的是别人……既然如此，我为什么要，为什么要……”

是啊，她当时控制着自己，没有把那句话说出来，可我现在已经知道——为什么要付出这么大的代价，非要走这么一遭呢……

几百年前，她就知道我在找忆轩，几百年后，我依然对忆轩念念不忘，而雨水，那个雨水，又到底算什么？她哪怕付出一切，自己又算什么？

她明明已在很小心地规避。为了避免让我想起忆轩，她已经刻意隐去了忆轩的名字，只说那是我一直要找的人，可她又怎么知道，不仅是她，就连我自己，也一直在刻意隐去忆轩的名字，让自己不要去想忆轩。

但这终归无用。

于是她终于想开，于是她终于不再希望我想起从前，既然我已经什么都忘了，既然我现在喜欢的是别人，她又何必强求？于是她干脆顺着我的意思，假装自己前世真的是个人偶。

过去，模糊不清；未来，遥不可及。

现在。

她真的认为，我们只要有现在，就够了。

真的够吗？

真的有现在吗？

“可是，江河，那伙计，雨水……他们有什么关系？雨水为什么要说那酒鬼其实是江河？”

“他们的渊源其实也不浅，雨水之所以那么说，也是为了自己心安吧……几百年前，你离开之后，雨水终日茶饭不思，郁郁寡欢。那伙计，也就是江河的前世，自小父母双亡，多亏被雨水收养才得以长大，雨水对他很好，却只是把他当弟弟看，可他随着年岁渐长，对雨水暗生情愫。本来，他是要把这种感情说出来的，没想到雨水后来喜欢上了你。他觉得自己比不上你，也就一直默默看着你们。没想到后来你却走了，他本来以为，你走了，雨水也许可以慢慢喜欢上他，但雨水并没有，反而对他日渐冷淡，也丝毫不再关心自己。江河看着雨水一天天憔悴下去，枯萎下去，他拼命地做，拼命地想改变，却始终无力改变现实。他无法让雨水喜欢上他，也不能让雨水重新燃起生的希望。这让他感到绝望。于是，有一次他喝多了酒，一怒之下，把酒楼烧了。所幸他来到幽冥之后，甚是悔过，我念他痴情，便让他此生救火，顺带了却雨水数面缘分。”

我爱她，她爱我，他爱她。

他，其实才是那个最可怜的人吧……

“对了，任生最近来找过你吧？”铭澜猛然问出这么一句。

“是。”

“有时候我真觉得，你们兄弟俩简直蠢成了一对儿……”铭澜轻轻地笑，嘲讽似的笑，“自从你那次失控后，他不敢再用忆轩刺激你，于是把那只黑猫禁锢起来，只可惜千防万防，到头来还是被她逃走了。他那么害怕你见到她，他那么着急地想找到忆轩，却不敢让我知道。如果他早对我说，也就根本没必要再来找你，白跑一趟。”

“你早就知道？”我紧紧盯着铭澜。

“我当然知道。”铭澜一笑，“他第一次从我那里偷幽冥玫瑰，他私自培育幽冥玫瑰……我有哪件事不知道？如果我不知道，你以为，就凭幽冥玫瑰的罪责，他还可以活到现在？他还能再大摇大摆地偷第二次幽冥玫瑰？可是，知道就一定要说出来吗？知道就一定要表现出来吗？何必呢，我早就说过，你们兄弟已经落到如此地步，我又何必和神国沆瀣一气，把事情做得那么绝？”

“原来，第一次，也是你替他消除了罪责……”

“没错，也确实有点儿麻烦。他总是藏着掖着，生怕我知道，而我也没必要说破。所以那次，我是在暗地里为他消除的罪责。”

我终于觉得，这铭澜，倒有些可爱。

“这次也一样，他一直不敢让我知道他私自培育幽冥玫瑰的事，所以不敢把忆轩逃走的事告诉我。因为正是他把忆轩藏到了幽冥玫瑰的培养皿中。”

“你是说那些酒坛？”

“是。但他低估了忆轩。自从见了你之后，忆轩也开始迅速地苏醒。她想见你，她特别想见你。但幽冥玫瑰的禁锢力量很强，她无论如何都逃不出来。这时候，就会发生一件有意思的事儿了——你看见黑猫的时候，它是不是泡在杏花酿里，僵硬得像一只死猫？”

“是。”

“这就对了。幽冥玫瑰可以充当媒介。只要一件东西具备它的成分，如果把握得当，生命体就可以在这些东西间自由穿越。任生本来以为，只有极恶之地和他自己那里有幽冥玫瑰，他又算准忆轩绝不会愿意回到极恶之地，所以才会放心把忆轩禁锢在那里，只可惜黑猫跟我见过雨水，它知道这世上还有别的地方有幽冥玫瑰，所以就带着忆轩鬼使神差地穿到了酒坛里。”

“可是，后来，任生还是去了我那里。”

“他之所以会去，是因为雨水找过他。确切地说，是找过我们。雨水只知道这猫和我有关，并不知道忆轩和猫共生，所以把猫的事情说了出来，也正是从雨水的话中，任生觉察到忆轩在你那里。”

“雨水说过，她去找任生是为了要那种酒。她去找你，又是干什么？”

“结束。”铭澜微微地抬起头，“她后悔了。她对我说，她终于明白，不是你的，始终都不是你的。就算宁愿放弃自己，只为换来十五天的生命，也并不会起任何作用。所以，她想提前结束这一切。”

“你有没有答应她？”我浑身的肌肉都已绷紧。

“放松，放松……”铭澜轻轻地说着，轻轻地抚上我的伤口，随着她的动作，狰狞无比的伤口竟然正在逐渐地愈合，“我没有答应她，也没有拒绝她。我让她自己选择。所以，现在，我也不知道她是怎么选择的，更不知道她在哪里。不过，我劝你还是不要去找她，如果她真的想见你，一定还会回来；如果她不想见你，你永远也找不到她。”

“你今天好像有点儿不对劲。你说了很多话。”

“当然，因为我忽然觉得任生实在太蠢，接下来很长一段时间里，我都打算和他算算账。成百上千年了，我们之间的账还从来没有好好地算过呢……”铭澜的眼睛里闪着复杂的光，“对了，也许你一直不明白，你为什么不能和人偶走得太近，其实这很好理解。你的生命无限长，她们却只能活十五天。所以和她们相处的时候，你理应珍惜每分每秒，但是，我们都知道，就连你自己也知道，你不会珍惜，因为很少有人会珍惜，更很少有神去珍惜。”

很少珍惜，很少去珍惜。

小楼一夜听春雨，深巷明朝卖杏花。

是要珍惜春雨，还是要珍惜杏花？

恐怕都不是。

人，听雨的人，卖花的人，眼前的人，脑中的人，身边的人，活着的人，逝去的人，弥留的人……人，才永远是最值得珍惜的存在。

有时候，你是不是希望全世界只剩你自己，然后终于可以安静下来，想一些事，做一些事，裁剪一段时光；有时候，你是不是希望自己能被人群包裹，然后终于可以告别寂寞，逃离孤单，体验一抹繁华。

人就是这样矛盾的生物，没人能逃离这种宿命。

你存在的每分每秒，气流都会滑过鼻腔，心脏都会压缩血液，头发和指甲都会在不知不觉中生长，直至需要修理、呵护、衰败、消亡……这就是生命。

生命就是如此矛盾，生命就是如此自然，但无论因为什么，生命都值得你去珍惜。

它如此脆弱，如此平凡，它源于意外，也终于意外，它来去无踪，它无迹可寻，但是，在或漫长或短暂的生命里，在或精彩或平淡的生命里，在或开心或难过的生命里，总会有那么一个人，总会有那么一群人，他，或者他们，像洁净而清爽的雨水，像可爱又湿润的天使，为你带走阴郁和担忧，为你带来温馨和平静，为你默默付出，为你默默守护。

为了爱，为了你。

（完）

惊蛰·望鹊台

第一章　双面惊蛰

时间。

那可爱又可恨的时间。

时间一点一点过去，雨水很快就要结束，我却还是一厢情愿地沉浸其中，无法自拔，也不愿自拔。

其实那些日子一点儿都不精彩，一点儿都不特别，它甚至无法给人留下深刻的印象，最多只是像空气那样安稳的幸福。

幸福……从雨水出现开始，一切就都是自然而然，水到渠成，不咸不淡。这很容易让你产生这样一种错觉——她在的时候，你一点儿都不觉得有什么，一旦她不在，你就会失望地发现，生活突然不能称其为生活。

幸福……像泡沫一样，在阳光下闪着五颜六色的光，却终归会不可挽回地幻灭，即便如此，谁又能舍得舍弃泡沫般的幸福？

如果你真的只能有这样的境遇。

没错，这样的境遇。

我再也没见过雨水。

铭澜说过，如果雨水想见我，一定还会回来；如果她不想见我，我永远也找不到她。

我却不相信。

我觉得只要我愿意找，也许有一天终归可以找到她。这段时间，我也确实一直在找她，就像之前找忆轩一样。

可是忆轩找不到，雨水也找不到。

也许，注定是什么也找不到的。

我还记得雨水离开的那天晚上，附近烧起的漫天大火。消防车一辆接着一辆……也许雨水又去救火了，也许她已经消失了……但我希望她还在，我宁愿相信她是不想见我的，我每天都那么希望，每天却不给我希望。

在我的世界里，她那样来了，又那样走了。除了记忆，什么都没留下；除了悲伤，什么都没带走。

如果可以真的舍去记忆，一切也就真的像都没有发生过一样。

天气一天比一天晴朗，而我一天比一天沉郁。我沉郁地看着旭日升起，沉郁地看着明月隐没，也沉郁地看着时间如刀光般闪亮地溜走。

最后一天了。

终于是最后一天了。

那面镜子依然如任生般瘦长，我却终于不能再忽略它。

“我再也醒不过来了……”

我默默地想着雨水的话，默默地看着它，默默地走过去，默默地站在那里，默默地脱下那件代表雨水的衬衫。

真的就这样永别了吗？

袖扣，领扣……纤维摩擦的声音。

袖子，肩膀……皮肤剥离的痛感。

衬衫一经脱下，便迅速消失在虚无的空气中。我盯着那团空气，也盯着自己健康而饱满的上身。我之前从来没有这么关注过自己，以至于现在才猛然发现，原来，仅仅在镜子里，我也能强烈地感受到自己的生命。

那一定和我身体里那个永动机一样的东西有关，但我不知道那是什么。

这个秘密，恐怕只有铭澜知道。

新衬衫就在旁边，代表惊蛰的。我不想穿上它，我想让时间静止，我想让时间凝固，可是真的会那样吗？我皱着眉，微微瞟过去，拿起衬衫，把它抖开。

于是我的眉皱得更紧。

因为我看到了衬衫胸前的代表花。

那是一枝粉色的樱花，斜斜地开着，这没什么不对，不对的是——那花枝上竟然缠满了小朵小朵的蔷薇，绚烂而热烈。

简直有种喧宾夺主的态势。

“怎么？觉得奇怪？”

盛大的香气忽然开始弥漫，清冽，微甜。那是樱花和蔷薇混合的味道。与此同时，一双手贴上我的腰，像一株碧绿而坚韧的藤蔓植物，一点一点滑上我的脊梁，滑到哪里，哪里就燃了一团小小的火苗。

简直会让人怀疑，再过一秒，它就会滑上我的头顶，在上面开出一朵漂亮的，火苗做成的花来。

任生。

这个变态。

“我们是亲兄弟吧？”我打了个激灵，不禁这样问他。

“是。可是这能说明什么？”他爽快地承认，也爽快地抵赖，“如果我真的想对你动手动脚，是不是亲兄弟，又有什么关系？”

“禽兽。”

“我本来就是禽兽。”这不要脸的戏子不要脸地笑着，“你忘了我有翅膀？”

“哦，是啊，翅膀，我真的差点儿忘了。”我淡定地披上衬衫，淡定地笑着，“你说，如果铭澜知道你对除了她以外的生物有这样的意思，她是更喜欢清蒸翅根，还是酱焖翅尖？”

“好吧，好吧……”一提到铭澜，任生的表情马上正经了许多，“其实我就是来给你送花的。”

“惊蛰，真的有两种代表花？”我望着满屋新鲜无比的蔷薇和樱花，略微担忧地问。

“是，不然我也不用亲自给你送来。”

“她一定很特别。”

“不错。”任生看向已经变成真人大小，却还在沉睡的惊蛰，语气忽然变得有些温婉，“她几乎和雨水一样特别。可你不需要知道太多，你只需要知道，她现在是个人偶就好。”

他意味深长地说着话，目光久久地落到惊蛰身上，似乎想起了某些旧事。他这样子很反常，于是让我也不由得向那里看去。毕竟，我只是在刚到花陵渡的时候看过她，这么多天以来，我一直想着雨水，从未看过她一眼。

可我真不应该看。

因为，我清楚地看见了那个白色的女孩。

江河的妹妹。

惊蛰，那张脸，竟然长得和她一模一样。

我转头看向那些樱花，它们很像杏花。

我忽然想起雨水。

“你说她和雨水一样特别，指的是什么？是不是铭澜又动了什么手脚？”我咬着牙，急促地呼吸着，猛然抓住任生的衣领。

铭澜把雨水做成人偶还不行，现在，她还要把那女孩也做成人偶？

“你又不是没见过这只人偶，好好想想，她原来不长这样吧？”任生倒是相当平静。

我松开手，渐渐放开他。是，我的确过于冲动，他说得没错，惊蛰原来确实不是这样。

“看来，你和惊蛰的脾气还真像。”任生笑着感叹，“惊蛰的时候，雷声会比较多。”

“什么脾气，什么雷声，她是怎么变成这样的？”

“也许，都是相由心生吧……”任生模糊地答，忽然没头没脑地来了这么一句，“她不是很好相处，你一定要体谅她的脾气。”

相由心生？体谅？我想问任生，他这些话到底是什么意思，可是我沉默。我沉默，因为我知道他一定不会说。我可以感受到任生藏着很多心事，前所未有的心事。他一直在想着这些，这让他显得更加内敛。

惊蛰和他的关系一定不一般，毕竟，在立春或者雨水的时候，他从没对我说过这种话。

体谅。

他说着惊蛰的时候，就像在说阔别已久的老友，有些惆怅，有些怀念。他明明是想见她的，却因为不知道她变成了什么样，反而不敢再见她。

他确实不敢。

他好像急着逃离惊蛰，急着逃离花陵渡，像逃离一场诡异的往事。只是，临走前，他留下了很多蚕丝。货真价实的蚕丝。我问他这是干什么用的，他说他也不是很清楚，还说那是铭澜特意让他带给惊蛰的，让我一定要收好。

任生走的时候，杜鹃再次放肆地叫起来。

不如归去，不如归去。

没过多久，惊蛰便醒了。她不仅长着和那个女孩一模一样的脸，就连声音和身体也完全一样。这让我十分惊讶，也让我不知道怎么办才好。我希望她就是那个女孩，因为我早就想和她在一起；我又希望她不是那个女孩，因为我始终无法确认铭澜是不是动了手脚。

我怕她像雨水一样，再也醒不过来。

我也怕她像雨水一样，突然有一天就消失。

惊蛰醒来后，我再也没见过那个女孩，我查过关于她的事，她肯定没有死，也没有失踪，但不知道为什么，她就那么消失了。和她有关系的一切，也都那么消失了。

惊蛰的存在感却很强，因为她的气场很强。这个特别的人偶，她的确十分特别。她站在你面前的时候，你很容易就会忽略她的身材，也忽略她的脸。

你只能感受到她的气场。

她聪明，大气，清爽，内敛，雷厉风行，很有几分铭澜的影子，却又带着忆轩式的沉默。她穿着古典长裙，上面绣着大幅的蔷薇和樱花，颇有大唐遗风。她的身体凹凸有致，该多的地方绝不少，该少的地方也绝不多。她浑身都散发着蔷薇和樱花混合而成的香气，清淡，幽雅。

她很少说话。

她喜欢行动胜过言语。

我们几乎从不交流。

这也许是因为她的职业。

惊蛰的职业，像她这个人一样特别，她是做寿衣的，和立春差不多，做的也是高端订制的生意。这种生意，这种段位，客人向来少，就算有客人，也从来不需要怎么交流。

和其他人偶一样，白天，惊蛰出去工作，晚上回来和我睡在一起。但我渐渐发现，她其实很少睡觉，夜里，大部分时间，她只是躺在那里，一言不发，目不转睛地看着我。

每当我想对她说什么的时候，她就会对我这样说。

“叶梓，你真的很像任生。”

每当我问她为什么的时候，她就依然一言不发。

杜鹃却没有她的好习惯。这段时间，这哀伤的鸟总是不停地叫。

不如归去，不如归去。

不如归去，不如归去……

如何归？归向哪里？我的灵魂来自神国，我的身体来自极恶之地，我该回到哪里？我又为什么要回去？

我真的不想听见杜鹃的叫声。

但它还是在叫。

在现实里叫，也在我的梦里叫。

第二章 灰白的粉色

那是一个什么样的梦?

一个粉色的梦。

一个纯洁的梦。

在那个梦里，总会出现一个如冰块般透明的女孩，她有光滑的额头，鹅蛋脸，桃花眼，眼里灌着满满的风尘，她的嘴唇有点儿厚，但是笑起来很好看。她的头发上全是冰碴。她的脖子上挂着一道细细的红线，红线的末端拴着一个吊坠。

那是冰晶的形状，里面藏着一片心形的花瓣。

冰晶是透明的，泛着微微的蓝色，花瓣却很显眼，是耀眼的鲜红色。

从脖子开始，一路向下，她的全身蒙着厚厚的冰。她披着厚厚的冰，像披着一件沉重的铠甲，僵硬地站在漫天的大雪中。那大雪纷纷洒洒，洒的是雪花，也是樱花，那雪花数不胜数，那樱花也数不胜数。白的，粉的，红的，凉的，温的，热的……它们被风交缠到一起，源源不断地落下来，模糊了我的视线，也模糊了我的感觉。

杜鹃还是在叫，和着低沉的箫声和呜咽的埙声，以及若隐若现的诵经声。

不如归去，不如归去。

香火的味道，樱花的味道，血的味道。

是的，我随血而来。

樱花林，一大片樱花林，每次都是这样一大片樱花林，每次都是成千上万棵樱树和不计其数的樱花。我在林中，在花中，一直向前走，一直向前走，可是无论怎么走都走不出去，无论怎么走都走不出去。

一路上都是尸体，堆积如山的尸体，我看不清它们的样子，但那确实是尸体。

还有血。

一路都是血。

血一直在向前流，向前流。

那女孩站在一棵巨大的樱树下。那也许是这些樱树里最大的一棵。它有着很多柔软的枝条，像柳树一样垂下来，每根枝条上都开满了花。只是，那树干上死死地缠着蔷薇，那蔷薇没有主干，似乎是被嫁接到樱树上的，又似乎是凭空长出来的。

它们与樱花共生，绚烂而热烈。

简直有种喧宾夺主的态势。

樱树下，那女孩的脚边，散落着几排黑漆漆的骷髅，它们本来背对着我，但当我把目光投到那女孩身上的时候，它们全都齐刷刷地转过来，瞪着空洞的眼眶，直勾勾地盯着我。

路上仍有血。

血一直在向前流，向前流。

它们流过女孩，流过骷髅，流过樱树，最终流到一个不大的温泉里。泉水热腾腾的，融化雪花，融化樱花，也融化血液。借着氤氲的水汽，我可以看见里面泡着一个赤裸的女子。

从轮廓和感觉上来看，她和那女孩很像，但我并不确定。我想再走近些，看得再清些，却终归无济于事。因为，每次，每次，只要我一动这个念头，我的身边都会冒出数不胜数的人偶。

她们源源不断地向我走过来，密不透风地把我围住，众星捧月般把我簇拥在中间也窒息在中间。

她们都穿着粉红色的丝质长袍。

她们的脸，和惊蛰的一模一样。

所有的人偶，所有的脸，都和惊蛰的，一模一样。

我不知道这梦境代表什么，我也不愿多想。不知道为什么，雨水过后，我竟然迅速地开始变得平静，很少再去想东想西。所以，面对这个绮丽的幻境，我只是把它当成一个再普通不过的梦。

它来，便来。它去，便去。

我自由地行走在梦里，自由地看着那一切发生。

当然，梦里的种种迹象明确显示，惊蛰的出现不是什么好兆头，但我一直在努力说服自己——梦不过是梦，如果真的因为一个梦就疏远惊蛰，厌恶惊蛰，我可真是荒唐可笑。

惊蛰醒的那天，风很大，前所未有地大。大风从天而降，在世间疯狂地穿行。它在水泥森林里呼啸，也在河中的小岛上呼啸。它吹断枯枝，也吹散人心。

清脆又渺小。

清晨有雾。惊蛰离开的时候，正是清晨。她沉默地醒过来，沉默地走到门前，沉默地沾了满身的雾气。

“去哪儿？”我问。

“布置店面。”她答。

“早点儿回来。”我走过去，把钥匙递给她。

她什么都没说，只是转过头，目不转睛地看着我。

“早点儿回来。”我喋喋不休地重复，像个迟暮的老人，“早点儿回来，一定要早点儿回来……”

“叶梓，你真的很像任生。”她忽然一笑，笑容里带着淡淡的哀伤，“长得像，脾气也像。”

是啊，任生，一定是因为任生的嘱托太过郑重，我才会如此唠叨，我才会如此担心。没错，我很担心惊蛰，虽然这次，我的心里并没有产生任何不好的预感，但我就是很担心她，说不出的担心。

店址还是立春和雨水的那个店址。外面也就那样，她只需要换换里面的东西。对人偶来说，做这些一点儿都不难。也许，还没等我修完这根花枝，她就已经回来了。当时，我这样告诉自己。

可是，直到现在，她还是没有回来。

夕阳渐渐隐没，天边漫起粉红的云霞。滑腻，轻浮。像天空在流血，又像被清洗干净的内脏。

血尽，命绝。

命绝，入渊。

深渊里有夜，那夜铺天盖地，暗沉无比。当命绝的那一刻，它携着甜美的刀锋，悄无声息，接踵而至。

所幸，在那之前，惊蛰终于回来了。

“那蚕丝，终于要派上用场了……”她悄悄地走进来，像一个最正宗的游魂。她好像在和我说话，又好像只是在自言自语。她看起来有点儿奇怪。那来源于她的眼睛。仅仅一天的时间，她的眼中就燃起了一种东西，那东西绽放出夺目的光彩，类似生命和希望，却也类似回光返照。

一种夙愿得偿的感觉。

我想问她这是怎么回事，想了又想，终究没问。对于惜字如金的惊蛰来说，想说的，她自然会说；不想说的，我问也没用。

“他要来找我了，他喜欢粉色的衣服……”她喃喃地说着，像被抽掉了所有的骨头一样，一头倒到床上，再也不动一下，再也不说一个字。

夜开始变深。在渐渐弥漫的黑暗里，我舒了口气，放下花艺刀，走到床前，躺到她身边，和衣而卧。

我能嗅到她身上那种浓烈的危险气息。她的一切好像都在正常地运行，但又好像哪里都有问题。这让我担心，也让我迷惘。

我望向外面。天也在迷惘。在五颜六色的灯光下，夜空被染上暗淡的橘黄色。在黑暗的掩映下，云飞速地聚到一起，越来越厚，越来越重。

却没有雪，也没有雨。

惊蛰翻过身，又开始目不转睛地看我。无论我闭上眼睛，睁开眼睛，她都保持着那个状态，始终目不转睛地看我。我感到压抑，我觉得时间仿佛静止了一般，这让我压抑，也让我焦虑。我想爬起来，可又觉得不该爬起来。

她的目光，她在看我，她看得是那样认真，认真到入迷。

附近的教堂又开始敲钟。

一声，两声……十二声。

午夜。

一道闪电冷酷地划过夜空，一声炸雷劈空而下。

惊蛰却没有什么反应。她好像根本没听到，也没看到。她还是目不转睛地看着我，只是那张脸上终于绽放出笑容。

那笑容四分五裂，像极了被闪电劈过的老树。

于是一夜无眠。

当太阳再次升起的时候，我终于决定和惊蛰一起去店里看看。昨天从外面回来后，她就一直很不对劲——蚕丝要派上用场了？他要来找惊蛰了？他喜欢粉色的衣服？

他是谁？

他要干什么？

我本来就很担心，现在更担心。

而惊蛰，对于我的决定，她什么都没说。不欢迎，也不反对。

一切随我。

我们出门的时候还早，街上没什么人。惊蛰不紧不慢地走着，刻意和我保持着距离，只留给我一个隐约的背影。我不知道这是为什么，我也不想知道。我只是固执地跟在后面，固执地执行自己给自己安上的使命。

可是，走着走着，我们竟然走进了一大片雾气中。

这很不正常，惊蛰时节，天气本该清爽。怎么会有这么大的雾气？

我有些疑惑，但看惊蛰没什么反应，我也就跟了上去。

越往前，雾气越浓，能见度也越低，到了最后，无论望向哪里，都是一片雾蒙蒙的白。

可是还没到伸手不见五指的程度。

幸亏没到伸手不见五指的程度。

因为行者早就等在了店门前。

行者，其实从始至终，他都没说过自己真正的名字，也许他本来就没有名字。

也许他生来就是行者，也许他生来注定漂泊。

行者，那是一个灰白色的人。他站在一片灰白的雾气中，几乎与之融为一体。远远望去，他的身影有点儿像任生，颀长，瘦得吓人，但他并没有任生身上那种挥之不去的邪气，反而多了一些由时光沉淀下来的禅意。

他也穿着白色的长袍，整整齐齐，一尘不染，只是质地相当粗糙，也许是纯麻的。他的脖子上戴着一串佛珠，灰白色，一百零八颗。

他的头发有点儿长，似乎很久都没有打理过，显得有点儿凌乱。有些发丝从额头上垂下来，挡住了他的脸，却挡不住脸上那分明的轮廓。他的额头宽阔，眉毛是标准的剑眉，浓密，英俊，瞳仁黑白分明，相当有神，里面却似乎藏着什么，显出几分慵懒。他的鼻子很挺，嘴上带着乱七八糟的胡楂儿。

我相信惊蛰也看到了行者，也许她看到他还比我更早。因为忽然地，惊蛰身上那种奇怪的感觉一扫而空，取而代之的是源源不断的利落和精明。

第三章 落樱

在我们走向行者的过程中，他依然站在惊蛰的小店前，一动都没有动。这让我差点儿以为，他只是站在那里，和惊蛰并没有关系。

当我们与行者擦肩而过的时候，惊蛰突然开口，几乎把我吓了一跳。

“你想做一套衣服？”

“我想做一套衣服。”

“绸缎的？”

“绸缎的。”

“粉色的？”

“粉色的。”

“唐风的？”

“唐风的。”

惊蛰不再说话，只是轻微地点点头，旁若无人地拿出钥匙，准备开锁。

“不用量？”行者伸手拦她。

“不用量。”

“不能不量。”行者加重语气。

“不能不量？”惊蛰轻飘飘地反问。

“她很重要，我要完美。”

惊蛰轻轻地笑了几声，似在嘲讽，行者却放了手，垂手站在一旁，再也不发一言。

终于，惊蛰收住笑声，盯着他看了半晌，居高临下地说：“好，我给你完美。”

听到这句话，行者终于放心似的转身，走进缥缈的雾气中。他的背影很挺拔，气势很安详，几近一位真正的得道高僧。

但我不信。

如果他真是僧人，为什么不穿僧袍，反而穿着白袍？如果他真是僧人，根据那满头的发丝和凌乱的胡楂儿来看，他只可能是云游僧人，但如果他是云游僧人，在游历四方之后，那一身白袍怎会如此干净？

最重要的是，如果他真是僧人，为什么要做一套粉色的寿衣？做给谁穿？

尤其还是一套粉色的绸缎寿衣。

一般来说，做寿衣从不用绸缎，因为人们大多忌讳断子绝孙——他为什么要做绸缎的？

我看向惊蛰，终于担忧地开口。

“你真的要去？”

“当然。”

“非去不可？”

“非去不可。”

于是又能怎么样？

这件事的诡异不仅体现在行者身上，也体现在惊蛰身上——为什么行者尚未开口，惊蛰就知道行者要说什么？为什么惊蛰认为没有去量尸体的必要？

我忽然想起惊蛰那些反常的举动。

蚕丝终于要派上用场了……他要来找我了……他喜欢粉色的衣服……

蚕丝，难道就是专门为这件寿衣准备的？他，难道就是这个行者？

任生说，那蚕丝是铭澜让他带来的。铭澜到底在干什么？她早就算好这一切？而惊蛰又是怎么未卜先知的？难道是铭澜告诉她的？她那天晚上，难道就是去见铭澜了？

但这说不通。铭澜为什么要如此关注惊蛰，她和惊蛰是什么关系？她又为什么要把一切告诉铭澜？

处处谜团，处处不安。

可是，既然惊蛰要去，我又怎能不去？

浓重的雾气仍在弥漫。行者飘飘荡荡地走在前面，隐隐约约地带着我们。如果我们看不清他，他的身影就会变得清晰一些，如果我们能看清他，他的身影就会变得模糊一些。一路上，惊蛰始终一副理所当然的样子，简直像要回家一样心安。可是，越往前走，雾气越大，我也越不安。

因为我闻到了熟悉的味道。

香火的味道，樱花的味道，血的味道。

我也听见了熟悉的声音。

杜鹃的叫声，低沉的箫声，呜咽的埙声，若隐若现的诵经声。

不如归去，不如归去。

樱花林，一大片樱花林。我们走进了一大片樱花林，和梦里一样的樱花林。成千上万棵樱树，不计其数的樱花……像一场漫天的大雪。白的，粉的，红的，凉的，温的，热的……它们被风交缠到一起，源源不断地落下来，模糊了我的视线，也模糊了我的思维。

“你真的什么都不打算问？”转过头，我急促地问惊蛰。

“你想问什么？”惊蛰依然悠然。

“你明明知道。”

“没必要，他很可怜，他们都很可怜。”

“你是不是知道些什么？”

没有回应。

身边再没有惊蛰的声音。

我停下脚步，极目四顾，却什么都看不见。雾气还是很大，我转过身，想看一看来路，但是根本没有来路。

周围全是樱树。

全是樱树。

这樱树和梦中的不同。它们通体漆黑，如同最沉静的黑夜。它们的枝干似乎被一种邪恶的力量所操控，变得异常虬曲怪异，像从地底伸出的，来自最黑暗也最邪恶的地方的利爪。

虽然空中樱花翻飞如雪，但它们的枝头没有一片樱花。

只有红色。

鲜红色。

没有尸体，也没有血。

但是有鲜红色。

那来源于怒放的蔷薇。它们像是被嫁接的，又像是凭空长出来的，它们疯狂地生长，疯狂地爬满樱树的枝头，疯狂地绽放出绚烂而热烈的生命。

没有叶子。

没有一片叶子。

只有红色。

鲜红色。

鲜红色的蔷薇。

所有的樱树都一样，那棵最大的樱树也一样。它有很多柔软的枝条，像柳树一样垂下来的枝条，但每根枝条也是漆黑如墨，上面开满了如火的蔷薇。

喧宾终于夺主，喧宾终于灭主。

樱树下，我的脚边，散落着几排黑漆漆的骷髅，它们本来背对着我，但当我把目光投到樱树上的时候，它们全都齐刷刷地转过来，瞪着空洞的眼眶，直勾勾地盯着我。

我收回目光，再次看向身边，也看向四周。眼前的一切让我茫然，也让我更加担心——不止只惊蛰不见了，行者也不见了。

他们去了哪里？这究竟是哪里？

很奇怪，面对如此的未知，我一点儿不觉得诡异，反而觉得熟悉，老友般的熟悉。我站在这里，仿佛我一直都很期盼来到这里。我站在樱树下，竟像看到了另外一个自己。

我站着，站着。我就那样站在那里，久久不愿离开。

我是在期盼那个如冰块般透明的女孩吗？

是的，一定是。

她有着光滑的额头，鹅蛋脸，桃花眼，眼里灌着满满的风尘，她的嘴唇有点儿厚，但是笑起来很好看。

诵经声，香火气……这里应该是个寺院，但这寺院里为什么没有一个人？这些骷髅又是怎么回事？

我抬头看向天空，不知何时，大雾已经散了，太阳斜斜地挂在半空中，却没有一点儿热量和血色，是最纯正的白色。它带给世间光明，却没有一丝温暖。我可以直视它，它一点儿光芒都没有。我可以看见它身上的光圈。

我熟悉它，就像熟悉我自己。

我又想起那个女孩，还有她的吊坠，冰晶状的吊坠。我可以感到它就在附近，但我看不清，我不知道它在哪里，但我的心里升起一股渴望。我想找到它，我迫切地想找到它，这感觉很奇怪，我不知道为什么。

“樱花？”

“樱花。”

“蔷薇？”

“蔷薇。”

“不！不该有蔷薇！”

我隐隐地听见行者和惊蛰的声音，他们的对话还是这样含糊，但感情已经升温到沸腾。惊蛰还是那么平静，行者却在嘶吼。

低沉的嘶吼。

绝望的嘶吼。

紧接着，一道金光闪过，那蔷薇，满树的蔷薇尽数抖动起来。带着粗重的喘息和绝望的尖叫，它们忽然喷出大股大股的鲜红色液体。然后我就看见了大群大群的蚂蚁，黑色的蚂蚁，大得吓人的蚂蚁。它们被液体喷出，被液体冲刷，最终奄奄一息地伏在土地上，拼成一朵黑色的樱花。

与此同时，地下响起窸窸窣窣的声音，一株血红色的幼苗飞快地钻出来，飞快地长大，飞快地爬上樱树，飞快地绽放出满树血腥的花朵。

雾气虽已消散，空气里的水分还是很多，到处都是湿乎乎的。每一次呼吸，都能感受到空气中残留的浓重的腥甜。

难道，这水分刚好来自血液?

那女孩始终没有出现，惊蛰却不知从哪里钻了出来。

“走吧。”她这样对我说。

她的气息很微弱，虚脱似的微弱，好像下一秒便会倒在地上，好像随时都会停止呼吸。我惊讶地打量她，也惊讶地发现，在如此短的时间内，她衣服上的那些蔷薇竟然都已消失，一朵都没有剩下。而且，她身上的味道也只剩下了一种。

蔷薇的味道没有了，只剩下樱花的味道。

“怎么回事？他对你做了什么？”

“没有，他什么都没做，只是带我看了落樱的尸体。”

怎么可能?

蔷薇消失，作为代表花之一的蔷薇好端端地消失，本来是件天大的事，一定不是随便就能发生的。但是，惊蛰回答得这么肯定。

她一定是不想说，虽然我还不知道她为什么不想说，但有一点是可以肯定的。

如果她不想说，我问也没用。

“落樱？死者是个少女？”于是，我没有继续问关于行者的事，而是转移了话题。

在问出这个问题的时候，我的心中浮现出深深的哀伤。我不想听到惊蛰肯定我的说法，但我也知道，她一定是会肯定的。

“是，而且，她很漂亮。”惊蛰果然肯定，然后惨然一笑，说出了到目前为止对我说的最长的一段话，“惊为天人的漂亮。她像樱花一样，开放的时候虽美，却远没有凋落的时候美，死亡，这可怕的神灵，非但没有使她的美减弱一分一毫，反而让她变得更美。她安静地躺在那里，美得简直令人窒息。”

“这么漂亮的女孩，怎么死的？”

“不知道。我没问。其实，就算我问，他也说不出来。”

“为什么？”

“因为他喜欢她。或者说，他爱她。”

“他一个行者，一个出家人，爱上了一个女孩？”

“出家人，前提也是人。”

“好，这没问题。他爱她，这没问题，但是，如果他真的爱她，为什么连她是怎么死的都说不出来？”

“很多事情，都是没有为什么的。”惊蛰意味深长地说着，颇有几分任生的架势，“那个行者，他除了带我去看尸体，只和我说了一件事。”

“什么事？”

“落樱死后，这里所有的樱花都在一夜之间凋谢。而蔷薇，那血红的蔷薇，也都在一夜之间破土而出，疯长起来。”

蔷薇，疯长的蔷薇……我忽然想起河边的那些老房子，它们的墙上都爬满了如巨毯般的蔷薇。那是因为雨水把杏花酿藏到了河水中，而杏花酿中有幽冥玫瑰的成分。

蔷薇和玫瑰本为同种，有幽冥玫瑰的地方，蔷薇生长起来，自然不会小心翼翼，颓然处世。

可是，这里，难道也藏有杏花酿?

怎么可能?

清修之地，怎容酒气沾染?

可是，若非如此，这里怎会包含幽冥玫瑰的成分?

第四章 迷雾

我疑惑地看向惊蛰，惊蛰却一脸若无其事。既然如此，关于这件事，我也没有再多问。

惊蛰没有出事，这是最好。

说来也奇怪，当惊蛰回到我身边的时候，我的脚下忽然显现出了一条路。

一条弯弯曲曲的小路。

我们按照原路返回。但是，在这件事后，我再也不放心让惊蛰独自一人待在店里，在以后的日子里，虽然我很不喜欢寿衣上散发的阴气，但为了她的安全，我还是会绞尽脑汁地找出各种各样的借口，只为能和她待在一起。

她却不是很在意这些，只是专心致志地工作。

所幸我也不是话多的人。在一起也只是在一起。我并不想和她多说什么，或者说，就算我想多说，她也很少理我。

她认真工作的样子很好看，尤其是低头的时候。全身上下，她最好看的地方，就是她的脖子。那脖子纤细，白皙，像优雅的白天鹅，又像一丛阳光下的山坡，孕育生命，也送走生命。

每天看着她不停地忙碌，我渐渐发现，她对自己手上的寿衣是有感情的，她并没有把它当成一项工作来做，而是当成一种崇高的使命来执行。她是真的悲悯那些亡魂，也是真的想好好送它们最后一程。

她奉献出自己的温度，奉献出自己的生命，只为亡魂得救，只为众生安息。

从寺院里回来后，最初几天，她的行动有点儿不方便。我问起过这件事，她依然什么都不说，只是淡淡地回应没事。

于是我也只好作罢。

真是晦涩的世界。

她是如此晦涩，梦境也依然如此晦涩。是的，我还是在不停地做梦，不停地做同一个梦。我越来越频繁地进入那个梦境，真相却越来越模糊。我无数次闯入那个寺院，无数次站在樱树下，却始终无法明晰，这一切都是怎么回事。

所幸，在梦里，那些樱树还没有变得乌黑，还是一副美丽的样子。

和她一样美丽。

她，那个女孩，还是如冰块般透明，她有着光滑的额头，鹅蛋脸，桃花眼，眼里灌着满满的风尘，她的嘴唇有点儿厚，但是笑起来很好看。她的头发上全是冰碴。她的脖子上挂着一道细细的红线，红线的末端拴着一个吊坠。

那是冰晶的形状，里面藏着一片心形的花瓣。

冰晶微蓝色，花瓣鲜红色。

她僵硬地站在漫天大雪中。那是雪花，也是樱花，那雪花数不胜数，那樱花也数不胜数。白的，粉的，红的，凉的，温的，热的……它们被风交缠到一起，源源不断地落下来，几乎模糊了我的视线。

杜鹃还是在叫，和着低沉的箫声和呜咽的埙声，以及若隐若现的诵经声。

不如归去，不如归去。

香火的味道，樱花的味道，血的味道。

是的，我随血而来。

樱花林，一大片樱花林，成千上万棵樱树，不计其数的樱花。我在林中，在花中，一直向前走，一直向前走，可是无论怎么走都走不出去。

一路上都是尸体，堆积如山的尸体，我看不清它们的样子，但那确实是尸体。

还有血。

一路都是血。

血一直在向前流，向前流。

那女孩站在一棵巨大的樱树下。那也许是这些樱树里最大的一棵。它有着很多柔软的枝条，像柳树一样垂下来，每根枝条上都开满了花。只是那树干上死死地缠着蔷薇，那蔷薇没有主干，似乎是被嫁接到樱树上的，又似乎是凭空长出来的。它们与樱花共生，绚烂而热烈。

简直有种喧宾夺主的态势。

樱花树下，那女孩的脚边，散落着几排黑漆漆的骷髅，它们本来背对着我，但当我把目光投到那女孩身上的时候，它们全都齐刷刷地转过来，瞪着空洞的眼眶，直勾勾地盯着我。

路上仍有血。

血一直在向前流，向前流。

血流过的地方，长出无数用贝壳盛住的绿色小植物，它们酷似蘑菇，有着短短的银白色树干，顶端长着一圈挺括的树叶。

树叶是青色的，闪着荧光。

只看了一眼，我的目光便再也无法摆脱。我僵直着目光，自动忽略周围的一切，径自走向它们，蹲下身，伸出手。

就在我即将碰触到叶子的一瞬间，它们突然开始疯长，颜色也在不停地变幻。各种色彩毫无规律地搅在一起，高速地转动，伸展，让我有种想吐的冲动。

很快，它们又迅速缩回枝叶，浓缩树干，眨眼之间，一切如初。

也许是因为有了这些植物，我终于可以提问，而那女孩也终于可以回答。

“落樱，是吗？”

“是。”

“你已经死了。”

“我已经死了。”

“原来这都是真的……我本来还以为，我们可以活着相见。”

“活着？活着有什么好？”

我无言以对，我本来想说，活着是没什么好，但活着本身就已很好。这世上的事总是千变万化，难以预测，这固然不是什么好事，但这也足以说明，只要活着，也就还会有希望。

可是，我怎么和一个已经死了的人说这些？

于是我只好转移话题，也终于问出我心中最深的疑惑。

“谁杀了你？是不是行者？”

我用着疑问的语气，却有着肯定的预期。一定是行者。怎会不是他？他那么可疑。他作为云游僧人，为什么不穿僧袍，反而穿白袍？那白袍怎会如此干净？他为什么要为落樱做寿衣？还是一件粉色的绸缎寿衣？如果他是云游僧人，自然是寄住在那座寺院里，但那寺院里除了他，为什么没有一个人？樱树下那些黑色的骷髅又是怎么回事？

不是他做的，还会是谁？

那天，惊蛰明明在瞒着我什么，如果她真的只是跟行者去看了落樱的尸体，我听到的几句对话又是怎么回事？惊蛰重新出现后，为什么会变得无比虚弱？她身上的蔷薇，蔷薇的花纹，蔷薇的味道，为什么都会突然消失？

行者。

杀落樱的，自然是行者。

他不仅杀了落樱，还想对惊蛰不利。甚至，当时惊蛰对我说的那些话，也很有可能是被胁迫。

他喜欢落樱？

他如果真的喜欢她，又怎会杀了她？

我看向落樱，我只等着听她认可我的答案，但她的表情忽然错愕起来，语气也变得厌恶而迷乱。

“行者？你说行者？不要提他！他不配做个出家人，他甚至不配做人！他就是个妖僧！他六根不净，爱上了一个樱花精，他还要囚禁我，用我养那个樱花精！”

樱花精？这次轮到我错愕——惊蛰不是说，行者喜欢落樱吗？难道落樱就是那樱花精？可是，如果真是如此，落樱说起行者的时候，又怎会如此愤怒？

“杀你的，到底是不是他？”

“他杀我？他为什么要杀我？我那么乖巧，我那么听话，他让我干什么，我就干什么……他为什么要杀我？不，当然不是他杀的我，不是他，不是他，不是他……”落樱拼命地摇着头，一步一步向后退，退到樱树的树干上，狠狠地撞到那些蔷薇上。

蔷薇爆出强烈的香气，带着淡淡的血腥味。

“蔷薇，蔷薇，都是蔷薇，都是蔷薇……”落樱瞪大眼睛，瞳仁开始变得血红，逐渐吞掉整个眼白。她的冰壳忽然爆裂，露出她里面那件粉红色的长袍。她穿着那长袍，像人偶一样僵硬地走向我，边走边用怪异无比的角度歪着脖子，扭着脖子。

我想拔出花艺刀，我想自卫，但腰畔是空的。我顿时出了一身冷汗，我有些惊慌，但更多的是迷惑。我竟然没有带花艺刀？我竟然连花艺刀都忘了带？我转头想跑，却动不了。我只能站在原地，眼睁睁地看她一步一步接近我，带着浓烈的血腥气和冲天的戾气。

可是我忽然看见阳光，那阳光像烟花一样腾空而起，瞬间绽放。阳光将我包围。我被刺眼的亮白色包围，我感到空气正在逐渐变得清新，我甚至又听到了杜鹃的叫声。

不如归去，不如归去。

第五章　不一样的任生和铭澜

在杜鹃哀伤的歌声中，眼前的一切都渐渐消失。落樱，樱花，蔷薇，无处不在的血……都消失了。我看见一棵大树，一棵歪歪扭扭却无比健壮的大树。我看见一片森林，一片没有枝叶却生机盎然的森林。

它们全都有着墨黑的枝干，那些枝干凌厉地伸向天空。

在这里，天空是永远光明的。

森林里不只有树，还有各种奇形怪状的木头。它们光滑，光亮……它们当得起一切和光有关的词汇，因为它们和光有着不可推卸的关系。在那些木头的下面，铺着一些整齐的丝状物，延展出青色柔软的地面。

踏入这里的一瞬间，我忽然感到一种深切的回归，那是利刃忽然找到了刀鞘的感觉。

“这是歌斐木。”天空中忽然响起任生的声音，那声音洪亮而有力，“这地面上，就是它们的叶子。”

我抬头看向天空，我期待看见任生，又觉得自己很傻。他怎会浮在天上？我转头看向四周，他也不在，但那声音明明清晰得好像就在耳边。

歌斐木，好熟悉的名字。我好像记得它们，又好像忘了它们。我只能依稀地记得，它们是一种神奇的树木，它们在长到一定年纪的时候，会挑选一个晚上，就着月光把自己撕裂，同时发出婴儿大笑般的声音，从折断处喷射出大股大股银色的汁液。

然后，它们会把自己扭曲成各种形状，像什么的都有，只是不再像树。

从那之后，它们再也不是树。

歌斐木，我是在哪里认识它们的？这是哪里？我是怎么来到这里的？任生，他在哪里？他想干什么？

我的脑中刚闪过这些疑问，眼前就呈现出一望无垠的，真正的绿草。它们生机勃勃地随风摇动，繁盛地铺了满地。

天光很刺眼，绿草却反射着欢快的光。距我不到百米的地方，绿草顺坡直下，现出一个深蓝色的大湖。五颜六色又无比凝重的墓碑们竖立着，从我的脚下一直延伸到湖边。

墓碑上刻着奇怪的文字，我一路看过去，可是一个都不认识。

任生就站在墓碑的最前面。他还是穿着那件白袍，脸上却再也没有一点儿戏妆。他的白袍一如既往地柔顺，浑身的阴柔之气却一扫而光。

这是我第一次看见他的脸。

真正的脸。

惊蛰说得没错，他确实和我很像。

他的眉眼并不清秀，身形也并不飘逸，事实上，他和任何中性或者阴性词汇都没有一点儿关系。他的每一分每一寸都棱角分明，英气四射。他刚性，强壮，富有活力，正如炎热夏日正午的太阳。

“原来这才是你……”我喃喃地说着，却感受不到一丝快乐。因为我忽然意识到十分重要的一点。这一点让我再次认识到，自己不过是一个微不足道的提线木偶。

“是你把我带到这里的？”这句话，我根本不用问，如果不是他，还会是谁？

可是，他为什么会知道我正遇到危险？

也许，他早就什么都知道？

蚕丝，惊蛰……难道从一开始，他又什么都知道？

我看向他，他却没有看我，似乎对他来说，我只是一缕微不足道的灰尘。我忽然感到很疲惫，我早就不想再和他玩这场游戏，却总是被他毫不费力地圈住。

我再也不想这样。

我面无表情地转过身。

我再也不想看见他。

“站住。”

他的声音并不大，里面却流淌着满满的威严，像是一道必须服从的命令。

但这对我无效。

我还是在走，头也不回地走。

背后蓦然响起风声，尖厉的风声。大风从天而降，在墓碑间疯狂地穿行。它在森林里呼啸，也在湖面上呼啸。它吹断枯枝，也吹散人心。

风中又响起杜鹃的歌声。

不如归去，不如归去。

这感觉无比熟悉。我终于停下脚步。我忽然想起来，这风声和惊蛰醒的那天的风声一模一样。

“对，就是我。”任生终于看着我，这样说。

我惊讶地看着他，原来，在我转身的时候，他已经脱下白色长袍，将它盖到了最前面的那块墓碑上。

他的里面，已经不再是和我一样的装束，他穿着一件绿色的，由银杏叶编成的，类似铠甲的东西。那铠甲巧妙地缠在他健康结实的肌肉上，从锁骨下面一直垂到脚面之上。

“你真的一直在暗中观察我？”我问。

“对。”任生爽快地承认，也爽快地解释，“但我观察的不是你，而是惊蛰。我很清楚，我甚至比铭澜还要清楚——惊蛰到底有多危险。名义上，是你在守护她，实际上，她已经不需要你的守护。”

“为什么？”

“原因，应该由她自己告诉你。在这一局里，她才是真正的主宰，当你需要知道的时候，她一定会把一切都告诉你。”

“好吧……你总是什么都不能说。”我盯着他的脸，轻轻叹了口气，“可是，你总能告诉我你换装束的原因吧，之前，那白袍不是永远和你合为一体了吗？”

“没有什么永远。”

我还想再问，却突然注意到他的身体。那身体让人触目惊心。虽然隔着弯曲的枝叶，隐隐约约，看不清，但那上面的伤痕实实在在，密密麻麻。它们应该刚开始愈合，因为它们显示出生命最初的粉红色。它们有着很邪门的形状，像极了那些墓碑上的文字。

似乎觉察到了我的目光，任生躲闪着目光，猛然转过身，背对着我，面向湖水的方向，开始大声呼唤铭澜。

这很不对。

他喊着铭澜的名字，竟然用的是一种……主人一样的腔调。

任生怎会成为铭澜的主人？

我又开始意外，一次接一次的意外，我意外地看着铭澜披着一身湖蓝色的轻纱，从湖水中突然冒出来，我意外地看着铭澜带着新鲜的水珠，赤着脚，自然地奔跑在草地上。

那样子，就像一个最纯真的女孩，也像一个最贤惠的小妻子。

她快乐地跑过来，亲密地和任生站在一起，脸上是满满的满足。

天，这一定不是铭澜。

这一定不是她。

铭澜不是这样的。

铭澜，幽冥之主。她高高在上，光芒万丈，她令任何人都不敢直视，她是任生的主人……她怎会变成如此模样？

“差不多了，把他送回去吧。”在我的目瞪口呆之下，任生看向铭澜，又像主人一样吩咐，然后一言不发地离开。

“怎么？觉得不对？”一直等到任生的身影消失在森林深处，铭澜眼里的光彩才稍微恢复了一点儿，也终于意味深长地看了我一眼。

“是不对，很不对。你……”

“就算是神，也要做出一些改变的。”铭澜冷冽地笑着，“我虽是幽冥之主，也逃不出这个规律。”

我站在那里，一动不动地看着她，我什么都说不出来，这真相太令我震惊。这真相比落樱还要令我震惊，比任生还要令我震惊。铭澜，那个叱咤风云，那个敢和神国一决高下的铭澜，到底经历了什么，才会变成这样……

“我知道你在想什么，但是这没什么。难道你一直觉得，神可以随心所欲，无所顾忌？”铭澜的语气很嘲讽，嘲讽我，也嘲讽她自己，“如果真是这样，一切也都不会发生了……”

“到底发生了什么？”

“没什么。欠的债总要还。行者是这样，落樱是这样，你是这样，任生是这样，我也是这样。无论是神是人，在这一点上，至少没什么不同。”

“行者、落樱、你和任生，你们早就知道那些事？”

“是。就像我们早就知道惊蛰的事一样。我们知道，但是我们阻止不了。落樱的灵魂虽然在幽冥里，但她刚死不久，还没有真正归到我的治下，所以我无法控制她，也因为刚死不久，她的记忆，她的行为……她的一切都很容易发生混乱。”

“惊蛰到底是怎么回事？为什么你和任生说到她的时候，感觉都很奇怪？”

“惊蛰……她不是普通的人偶。或者，也可以这样说，她是一个连我都不得不重视的人偶。我知道，你之前怀疑过是我做了手脚，现在我可以告诉你，这手脚不是我能做得了的。感情，无论是神的感情，还是人的感情，都是这世上最难控制的东西。作为幽冥之主，我几乎可以控制一切，但我无法控制感情。”

“惊蛰和感情有关？”

“这世上，又有什么和感情无关……”铭澜笑了笑，“就像任生，难道，你从来没有想过，他为什么不惜一切代价，非要偷幽冥玫瑰，非要造人偶？”

“我想过，但我想不出来。”

“也正常，毕竟，你还没有完全苏醒，等你完全醒过来，就会什么都明白了。”

“你真的越来越不像你，任生也一样。”

“人总是会变的，神也是。就算不是为了自己，也会为了别人。你在乎的东西，永远会成为你的弱点……”铭澜压低声音，脸上现出复杂的表情，“相信我，只要你真的在乎一样东西，为了它，你就会心甘情愿地放弃名声，放弃财富，放弃地位，放弃身份，放弃梦想，放弃生命……放弃灵魂，放弃你拥有的一切。是的，为了它，你什么都能放弃。”

“我不相信。”

“没关系，你很快就会信了。”铭澜望向天空，目光里是满满的平静，“惊蛰的时候，雷声会比较多。但你没必要太在意。你只需要知道，凡事别那么担心就好。女人，那些女人，大多数时间，看起来柔弱，实际却要比你聪明得多。”

第六章 夜游神

我带着笑容醒来，那笑容邪恶而轻松，好像终于抛却了沉重的负担。是啊，铭澜说的一点儿都没错，那些女人，她们确实都比我聪明，立春是这样，雨水是这样，惊蛰更是这样……既然如此，我又何必费尽心机地守护？

我望向窗外，天已经大亮，惊蛰早已离开。我长长地舒了口气，却猛然感受到手里那顺滑的质感。

那来自一件风衣。

通体纯黑的风衣，不明材质的风衣，光滑柔顺的风衣，似脱胎于黑夜的风衣。

酷似忆轩的风衣。

触感一模一样，样式也类似，只是线条更加硬朗，细节上面也稍微做了改动。

我清楚地记得，在把我送回来的时候，铭澜把它递给我，模糊地对我说，以后，尤其是最近，晚上只要出门，就一定要记得穿它。

那种语气，极似当初任生让我戴银戒时的口吻。

他们果然什么都知道。这对妖孽。他们竟然都知道我最近改了习惯。是的。自从雨水离开后，我再也不喜欢白天出门。在惊蛰醒来之前，我确实一直在找雨水，但那都发生在黑夜，不是白天。

我近乎固执地认为，雨水既然在黑夜里离开，也就应该在黑夜里回来。况且，她一直是个湿漉漉的女孩，向来不喜欢阳光，又怎会在阳光充足的白天出现？

可是，细细算来，这习惯也没持续多久。

惊蛰醒来后，为了守护她，我再也没在晚上出过门。

然而……我又想起任生，也又想起铭澜。任生说，惊蛰很危险；铭澜说，惊蛰很特别。综合他们的话，是不是可以推出，惊蛰特别危险？

这站不住脚。是的，但我不需要再守护她，这大概是真的。

任生和铭澜，他们没必要骗我。而如果他们的话没错，我就不得不好好想一想最近发生的事。

那诡异的梦境，惊蛰总会在最后出现，带着要把我逼死的危险；那亮丽的蚕丝，被任生带来，说要留给惊蛰；惊蛰刚醒那天，那么晚才回来，还那样断定行者第二天会来找她；第二天，行者还没有开口，惊蛰就知道他想说什么；行者让惊蛰去看尸体，她想都没想就说不用去看；惊蛰是任生的熟人，却让任生觉得危险；惊蛰是铭澜做出的人偶，却让铭澜觉得担忧……

也许，一直以来，我都怀疑错了人。

也许，杀落樱的，根本不是行者，而是这个我一直以来处心积虑守护的惊蛰！

这样，任生和铭澜的话才都说得通。

“我很清楚——惊蛰到底有多危险。名义上，是你在守护她，实际上，她已经不需要你的守护。”

“就像我们早就知道惊蛰的事一样。我们知道，但是我们阻止不了。”

“惊蛰……她不是普通的人偶。或者，也可以这样说，她是一个连我都不得不重视的人偶。我知道，你之前怀疑过是我做了手脚，现在我可以告诉你，这手脚不是我能做得了的。”

“惊蛰的时候，雷声会比较多。但你没必要太在意。你只需要知道，凡事别那么担心就好。女人，那些女人，大多数时间，看起来柔弱，实际却要比你聪明得多。”

真是笑话。

躺在床上，看着天渐渐由亮变暗，我始终没有再去店里找惊蛰。我突然想起行者，并且就这样想了一天。那灰白色的行者，那沉默的行者。我越深入地想他，就越开始同情他。也许他真的喜欢落樱，不然，他为什么坚持要把惊蛰带到寺院里看尸体？恐怕，看尸体是假，报仇是真。也许当时我就不应该执意跟去，如果我没有跟去，也许行者早就可以如愿以偿了。

不过，其实，就算我跟了去，行者也挡住了我，所以我才会在樱林里听到那几句对话。而惊蛰重新出现的时候，之所以会变得那么虚弱，也正是因为她被行者攻击了。只可惜，行者一定是能力不足，所以才没有一举杀死惊蛰。

行者身上的那白麻袍子，岂不就是服丧人穿的？

除了落樱，他还会为谁服丧?

天越来越晚，天黑透之前，惊蛰按时回来。她照常和我打着招呼，我却没说什么。在想明白这些事后，我不想再和她多说一个字。

我也不想再做什么。

诚然，我现在只是怀疑她，还没有找到证据，但我何必要找证据？也许我的推断本来就是错的，就算我是对的，确实是她杀了落樱，这也是任生需要考虑的事，轮不到我去裁断。而任生，他既然什么都知道，自然也会知道这个。

只是可怜了行者。

可是又能怎么办?

惊蛰，这个恶毒的人偶，从一开始，她就让我压抑，也让我愤怒。无论遇到什么事，她始终都不说一个字，只是沉浸在自己的世界里，想自己的，做自己的，她以为单凭自己就可以解决所有问题，她以为外界根本没必要存在，她以为除了她，其他所有人都是傻子。

她以为，那么多的她以为。

那就她以为好了。

东面的天空上终于升起一轮月亮。月光很清澈。在惊蛰讶异的目光下，我披上风衣，拿上花艺刀出门。

既然已经洞悉真相，又何必要守护?

周围很僻静，行人很少。一切都显示，这是一个无比安静的夜晚。

我信步向前走着，脑子里终于清明了一些。置身于黑暗中，我觉得很熟悉，很安详。那是久违的感觉，这感觉让我清醒。我知道，就在我的身边，围着很多无家可归的孤魂。它们浮在世间，飘在世间，没人管，也没人收。它们离开了人的世界，却去不了铭澜的世界，只能四处游荡，等着彻底消亡的那一刻。

但它们拥有自由，尽管是必将消失的自由。

影子很长，在地上拖着，扭曲而诡异。我微微地低着头，慢悠悠地向前走。

雨水？我会再遇到雨水吗？时至今日，我自然已经不抱希望。但是，就算见不到雨水，我也不希望再看见惊蛰。

真想就这样一直走下去，真想没有开始也没有结束。

真想变成游魂。

天，我怎么会这么想？

一股浓烈的甜香袭来，我猛然抬头，蓦然发现，不知不觉中，我又来到了那些老房子中间。在明亮的月光下，这些房子竟然呈现出一种低眉顺眼的感觉，就像是睡着了一样。

倒是无比静谧。

可是，我却觉得自己走进了那片樱林里。那片下着雪的樱林，那片怎么走也走不出去的樱林。我茫然地看向四周，果然，前面没有路，后面也没有路。

我是怎样走进来的？

不清楚。

我该如何走下去？

也不清楚。

我忽然听见一阵水声，好像有小孩在玩水。哗啦啦，哗啦啦，那声音很清晰，应该离这里不远。可是，当我站在那里，侧耳静听的时候，那声音又忽然消失了。

周围又恢复了一片寂静，好像一切都是我的幻觉。

眼前是密集的巷道，七扭八拐，乱得很。我看着它们，试图找出一些合理的解释，可是，接下来发生的一切，使这件事变得更加不合理起来。

“你来呀，你来呀。”

一个小孩穿梭在巷子里，不停地笑着，也不停地跑着。他赤着脚，啪嗒啪嗒地跑在光滑的青石板路上，跑得很快，异于常人的快，这让我完全看不清他的脸，只能捕捉到他的身形。他剃着古代孩子的那种光头，前额留了一绺头发。他穿着红色的肚兜，肚兜上绣着一条金色的大鲤鱼。他的胳膊和腿白白胖胖，像新鲜的嫩藕，和肚兜交相辉映，显得红红白白，异常好看。

他在对我说话，虽然他没有看我，但他一定在对我说话。诚然，在这种时候，这种地方，出现这样一个小孩，本身就是说不出的诡异，那诡异又能如何？我还需要担心这个？

我不假思索地加快脚步，跟了上去，但他跑得实在太快，巷道又太过密集，我跟着跟着，在一个拐角的地方，他忽然消失了。

我懊恼地站住脚步，又向四周看着。我觉得四周在旋转，每条巷道都是一样。我根本找不出它们的不同，也根本找不出那个孩子。我有点儿头晕，胃里一阵恶心。

“你来呀，你来呀。”

忽然，那孩子清脆如银铃般的声音又在我耳边响起。这一次，那声音并没有移动，而是稳定地停在一处。

我循声望去，只见不远处筑着一个偌大的水池。水池里零散地漂着几朵莲叶，几朵睡莲卧在水上，静谧地绽放。

天气虽已不冷，却远没到睡莲开放的季节。

这是现实？还是幻境？

“鱼神？”

我忽然想起立春和子归，警惕地看向那孩子。此时此刻，他正坐在池边，背对着池水，用白胖的两只小手扶着池沿，歪着脑袋，愉快地晃着双腿。在清澈的月光下，我终于看清他的脸。那张脸长得眉清目秀，如果嘴上没有两撇翘起来的八字胡的话，看起来无疑是个可爱的胖小子。

“真没意思，这就被认出来了。”

那孩子低下头，垂下眼，无奈地叹了口气，忽然往后一仰身子，整个人都掉进了池水里。

没过一会儿，一条金色的大鲤鱼就从水面上跃了出来。

第七章 鱼神·极恶

“你把我引来这里，想干什么？”我问。

“哈哈，哈哈，好玩喽。”鱼神咧开嘴，调皮地笑着，“我在这里已经待了很久，一个神都没见着，忽然见到你，自然想和你玩玩，或者，就算你不想和我玩，能和我聊聊天也是好的。”

“待了很久？你不是住在深潭里吗？怎么会来这里待了很久？”

“是啊，我是住在深潭里啊，但是你看，一寸光阴一寸金，春光稍纵即逝，我又这么爱玩，大好时节，总不能只待在一个地方，不出来转转吧？”

“撒谎的鱼可不是好鱼，也许，过不了多久，就会被人捉去炖汤喝的。”我戏谑地看着他，嘴角露着嘲讽的笑，“你是真当我看不出来，你是趁着春光出来大捞一笔的？”

“你要炖了我，你要炖了我……你是坏人，坏神！”鱼神啪地一甩尾巴，又变回了小孩的模样，重新坐在池边，哭丧着一张脸，故意做出害怕的样子，竟然哭了起来，“吓死宝宝了，吓死宝宝了。宝宝马上就要被吓成死鱼了……”

“好了好了，别演了。”我凑过去，稍微弯下腰，摸上他嘴边的八字胡，稍微揪了揪，“老实交代，这里这么多游魂，最近做了多少笔生意？”

“哎呀，轻点轻点，没生意，真的没生意。”鱼神一边说，一边躲闪着，“最近我倒霉，只做了一笔生意，还是赔本的，差点儿把我自己搭进去。”

“你这么贪，还会做赔本买卖？”

“你这么说我就不开心了。我哪里贪了？替人消灾，哪有不拿人钱财的？分明就是你情我愿，等价交换嘛！又不是我绞尽脑汁，威逼利诱，把刀架在他们脖子上，非要抢他们的。”鱼神看似很有道理地争辩着，一双小眼睛里分明闪着狡黠的光，“再说了，我真没你想的那么贪。我也是一条好鱼，我也会偶尔发发善心。他们有东西能给我的时候，我何必不拿？可是，如果他们实在没东西，再赶上我心情好，就这么算了也说不定。”

“对，你不贪，你最不贪了。没事了吧？没事我可就走了。”

“别别别，有事有事。”鱼神赶紧拦我。

“什么事？”我站住脚步，看向他。

“我虽然一直和那些游魂做交易，却从未真正了解过人。我总觉得他们太麻烦，尤其是他们的感情，那简直又复杂又可怕。所以，我想问问你，喜欢或者不喜欢，真的有那么重要吗？如果喜欢，会喜欢到什么程度？如果不喜欢，会不喜欢到什么程度？为了这些虚无缥缈的感情，他们真的愿意生，愿意死？”

“看来春天是真到了，连你这么条鱼都怀春了。来，让我看看，你长没长情窦，开了多少？”我扳过他的大脑袋，瞥了一眼，“还一口一个感情，一口一个生死，你做过那么多笔生意，还不知道他们是什么样？还是说，你忘了——我也不是人？”

“我知道你是神，但你和其他的神不一样啊。你做过惊天地泣鬼神的事，你和她，你和他们……很长一段时间里，我都觉得，如果连你都没办法回答这些问题，它们就再也没法被回答了。”

“也许我真做过，但是我忘了。”这样说着，我忽然惆怅起来，“忘得很彻底。我现在，对于这些问题的认知，不比你好到哪里去。”

“好吧……”鱼神很失落的样子。

看到他这样蔫头蔫脑的，我竟然有点儿不忍。我没有再提离开的事，而是站在那里，认真地想起来。

“也许，你可以去找行者。关于感情，他一定可以回答你。”

“行者？你怎么会遇到行者？你是说真的行者？你最近去了寺院？”鱼神忽然紧张地问出一连串的问题。

“是啊，是有个寺院，里面开满了樱花。行者带我去的。有什么问题吗？你这么紧张干什么？”

“没什么，没什么。你去哪里，还不是你的自由，和我有什么关系……”鱼神幽幽地叹了口气，忽然像想到什么一样，又变得激动起来，“可是，你真的可以进去？我是说，你真的看到了那些樱花？还有那棵最大的樱树？”

“你怎么知道？你也去过那里？”我忽然警惕地看着他，“你是不是知道些什么？你是不是和行者做了交易？你知不知道落樱？”

鱼神却好像根本没听到我的话一样，只是紧皱着眉，努力地想着什么。一边想还一边喃喃自语。

“如果是这样，一定是她……对，一定是她。真没想到，她还真爱多管闲事。不过，她能管的，应该也不是闲事……看来，这买卖一点儿都不亏，事成之后，她应该也不会亏待我，就是我没必要再插手了……”

说到这里，鱼神忽然通透地笑起来，好像终于想明白了什么。

“你去的时候，寺院里一定多了很多蔷薇吧？”他问我。

“是，而且樱花都落了。”

“这就对了。”鱼神拍手笑着，目光忽然落到我的风衣上，奇怪地夸赞道，“哟，风衣不错，真漂亮，一看就绝非凡品，太贵重了。”

“贵重？你认识它？”

“你应该知道一个叫极恶之地的地方吧？”鱼神神秘地笑着，“我不仅认识它，还可以明确地告诉你，那个人之所以会把它送给你，就是想让你去那里。”

极恶之地……我当然知道。我早就知道。

我来到人间，下到幽冥，灵魂被禁锢于极恶之地……任生为了救我，闯入极恶之地……忆轩来自极恶之地……我和忆轩的身体成就于极恶之地……幽冥玫瑰来自极恶之地，它们生于血腥残暴，长于哀嚎悲声，养于千种邪恶，见于万般残酷……在任生的世界里，我见过那个浩渺的水域，一度可笑地以为，那里就是极恶之地。

极恶之地，极恶之地。

那到底是个什么地方？我总是听说它，我一直熟悉它，而现在，鱼神竟然那么肯定——铭澜之所以送给我这件风衣，就是想让我去极恶之地。

这是真的吗？

铭澜不是对我说，最近晚上出门的时候，一定要记得穿它吗？难道，她已经料定，我最近的晚上，一定会去极恶之地？还是说，她根本没这个意思，鱼神之所以那么说，就是想诱惑我，为了一些不可告人的目的？

算了，算了。

真真假假，虚虚实实，我已经不想去深究。我忽然想起久未谋面的忆轩。她离开花陵渡后，去了哪里？是又落入任生的手中，还是像游魂一样在世间飘荡？我一直在找雨水，竟然都忘了找她。也许，在内心深处，我是默认任生又把她抓了回去，所以觉得找也没用。

可是杜鹃一直在叫。

不如归去，不如归去。

忆轩，她的灵魂来自高处，身体像我一样，也来自极恶之地。不如归去，不如归去，她会在那里吗？

我该归去吗？

我看向鱼神。不知何时，鱼神早已消失，水池和睡莲也一起神奇地隐匿无踪，就像从来都没有存在过一样。这简直比那个关于落樱的梦还要梦幻。我怅然地站在原地，几乎分不清这到底是幻觉还是现实。

也许，鱼神虽然地位低下，但在制造幻境上的本事，真是一流。

我要去极恶之地吗？如果我去，会遇到什么？铭澜想让我知道什么？她为什么不直接和我说？那里那么凶险，如果我去，还能顺利回来吗？可是，如果我不去，会不会错过什么？这一切，会不会只是鱼神的一场恶作剧？

一大堆没有任何意义的问题从我脑子里飞快地掠过，像凶猛的雨点打进浩瀚的大海，看似击穿波浪，实则没留下一丝痕迹。

去，当然是要去的。

心动念动，念动风动，风动花动。

蔷薇，那满墙如巨毯般的蔷薇，周围所有的蔷薇，在我终于做了决定的时候，它们的花瓣忽然如樱花般扬起。它们飞向空中，飞向空中，然后渐渐聚集，卷成龙卷风的形状，开始在空中旋转，旋转，最终如樱花般落到我的脚下，为我铺出一条宽大而鲜红的路。

从始至终，周围明明没有一丝风，这古建筑里的空气流通性并不好，长期待在这里，很容易闷得难受。风是从哪里来的？难道是任生？又是任生？

其实，是任生，还是其他人，对于现在的我来说，都不会再有什么分别。既然如此，考虑这些便很没必要。

我是一定要去极恶之地的，无论如何都要去。

我终于要去见它了，像见一个早有耳闻的名人。

就这样，我怀着无比激动的心情，一步一步踏上那条由蔷薇花瓣堆成的路。厚实，柔软，平坦，触感相当不错。只是不知道哪里才是尽头，它一直向前延伸，一直延伸到我根本看不见的地方。可是，有没有尽头又有什么关系？

只要能去极恶之地，一切又有什么关系？

我知道，那里一定充满黑暗，但是没关系，我喜欢黑暗，我从未像现在这样喜欢黑暗。我知道，那里一定遍地邪恶，但是也没关系，我喜欢邪恶，我从未像现在这样喜欢邪恶。

我开心地笑着，我放肆地笑着，我自由地笑着，我不知道我自己为什么要笑，可是又何必知道？

知道，或者不知道，真的有那么重要吗？

第八章 铁山血河

在我滔滔不绝的笑声中，那蔷薇造就的大路开始流动，像融化的红宝石那样流动。一开始，它还很黏稠，像刚被烧化的糖浆，带着甜腻的味道和植物的芬芳。很快，它流得越来越快，越来越快，像是被人扯着的绸带，又像暴雨后的河流。它好像被稀释，它好像被操控，它的味道开始改变，它从糖浆开始变为血浆，新鲜无比的血浆。

它们带着血腥的气味和杀戮的芬芳。

红色，满眼尽是红色。

古建筑，月光，花瓣，什么都消失了。

红色，只有红色。

血河，只有血河。

滔滔不绝的血河。

可我还是在笑，开心地笑，放肆地笑，自由地笑。我熟悉这种场面，我熟悉它们就像熟悉我自己。我热爱这种场面，我热爱它们就像热爱这世间。我一点儿不觉得担忧，不觉得惊悚，也不觉得害怕。当红色蓦然闪现的时候，我像是听到了生命最初的召唤，我觉得激动，我觉得快乐，我觉得我即将面对最深邃的极乐。

未知死，焉知生?

生是旅程，死是永恒。

河面越来越高，新鲜的血液很快没了我的小腿，我的膝盖，我的大腿……然后是腰，是胸……真痛快，这感觉真痛快，我大半个身体都浸在冰冷的血液里，可是我觉得痛快，前所未有的痛快。

血河里并不平静，它翻着浪花，或大或小的浪花，时大时小的浪花。像刚才一样，周围一点儿风都没有。空气不仅不再流动，气压甚至变成了负数。你绷紧肌肉，你张大嘴巴，但你无论如何努力都再也吸不进一口空气。你觉得自己快要窒息了，你觉得眼前发黑，浑身的力量都在一瞬间被抽走，你觉得全身所有的血都涌到脖子上，涌到脑子里，你觉得你的血管在爆出，你的神经在燃烧，你的灵魂在呐喊，但这不够。

这远远不够。

它们依然不依不饶，那空气，那气压，即便如此，依然不肯轻易放过你。即便你已经贫瘠至此，干瘪至此，它们依然不肯放过你。它们跳上你的身体，它们拼命地挤压着你的皮肤，你的骨头，你的胸腔，你的腹腔，你的内脏……你所有有空隙的地方，它们拼命地挤压你，拼命地想除却你身体里所有的杂质，那杂质包括同情，包括怜悯，包括爱，包括开心，包括兴奋……包括所有的善意和所有良善的情绪。

极恶不欢迎善，一点儿都不行。

可我还是在笑，开心地笑，放肆地笑，自由地笑。因为我知道有些东西谁都拿不走，只要你相信，那些东西，就谁也拿不走。能被拿走的，从来都不属于你，你以为你可以占有它们，你以为你可以拥有它们，你以为它们属于你，这些你以为，不过都是源于别人给你构造的假象。

这世上几乎所有的东西，包括你自己，从来都不属于你。

真正属于你的东西，哪怕零落成泥，滚碾作尘，散落为灰，也是属于你的。

肉泥，骨尘，魂灰。

它们都在血河里，那些被挤压的东西，那些被拿走的东西，都浮沉在血河里。新鲜撕裂的血肉，闪着磷光的白骨，灰暗残碎的人皮，破败无生的灵魂，它们都浮沉在血河里。它们不停地走，不停地忙，它们不知道为什么走，也不知道为什么忙，它们有的还漂着，摇摇晃晃，不知前路，有的却已销蚀，沉入河底，了无踪迹。

杜鹃的歌声始终回荡，在幽暗的世界里回荡。

不如归去，不如归去。

不如归去，不如归去。

我本来以为，这里应该没有杜鹃，杜鹃是令人伤心的鸟，而能来极恶之地的，通常都已经没有心。的确，能犯下极恶之罪的，又怎会有心？可是，就算在这里，也会有杜鹃。

每个人都有来处，也有去处。

当然，这里有乌鸦，也有夜枭，但它们从来不叫，它们沉浮在杜鹃的歌声里，也臣服在杜鹃的泪水里。它们成群结队，黯黑如夜，它们站在月亮上，也站在黑暗里，它们掠过灵魂，也掠过血河。

它们长得一模一样，仿佛是从一个模子里刻出来的。

乌鸦。

任生的乌鸦。

直到那时，我才猛然意识到，原来任生的乌鸦，正是源于极恶之地。

乌鸦，到处都是乌鸦，每只乌鸦的嘴里都叼着一块石头，闪闪发亮的石头，那是鹅卵石，那次铭澜为任生消除罪责时用的鹅卵石。

而月亮，这里自然也有月亮。那月亮大如车轮，永远不升，永远不落，那好像是月亮，又好像根本不是。因为它不是红色，不是黄色，不是绿色，而是暗沉的黑色。它像是用精铁铸成的，冒着寒气，闪着寒光，只要看它一眼，你就会身陷寒冬，再也走不出来。可你摆脱不了它。无论你在哪里，在干什么，那月亮都矮矮地悬在你的头上，好像随时都会压下来，让你粉身碎骨，万劫不复。

风衣，那风衣，其实到目前为止，与其说那是风衣，不如说那是一件黑袍。当血河淹到我的胸口，我突然感到浑身迸发出一种奇怪的力量，这力量像火苗一样点燃风衣，使它发出一圈淡淡的金色光芒。在这种柔和的金色光芒下，我眼睁睁看着那件风衣逐渐变成一艘金色的小船，毫不费力地把我盛在上面。

船不大，只是一叶孤舟，却足以容身。

越往前漂，血肉的味道越浓，可是这味道很好，因为并不腐烂，连低温下的腐烂也没有。没有污血，没有腐肉。这里的每一团血肉，它们都无比新鲜，散发着源源不断的甜味，腥甜。这是最新鲜的血和最新鲜的肉才会发出的味道。

然后我听见哀号。两岸层峦叠嶂，高耸入云。哦，不对，这里没有云。于是可以稍微换个说法——那尖利的山峰无情地刺入深不见底的黑暗。这血河没有河滩，一点儿都没有，它的边缘就是那些山峰，那些寒铁铸就的山峰，黝黑，坚硬，冰冷，淡漠。

山上寸草不生，异常陡峭，自然是如此的，极恶之地，难道还会莺歌燕舞，鸟语花香？山上没有路，一条路都没有，哪怕只能容纳一只脚的路都没有。可是山体并不平滑，在近乎直上直下的坡度上，生着一些尖锐微小的铁刺，那就是通道，必将灭亡的通道。

为他们准备的通道。

他们在哀号。

每一只手，每一只脚，都紧紧地蜷缩着，妄图抓住那些微铁刺。那铁刺远看很小，实际却足以穿透手掌，于是无数新鲜的血顺着铁刺流下，如血雨般从天而降，滴入血河里。

即便如此，那铁刺也出人意料地滑，无论如何都无法抓住，想要不掉下去，只能把自己的身体像肉干那样牢牢地刺到上面，然后再一点一点拔出来，一步一步，逐渐往上移动。

于是血更多。

全是人。山上全是人。他们无助地挂在上面，大部分已经不再移动。是的，既然都已经来到这种地方，何必还要苦苦挣扎呢？就算真的爬到了最上面，又有什么用？那不会是出路。

是的，没有出路，毫无价值。

可是不能不爬。

在这铁山血河中，所有的人，所有的灵魂都只能不断向上爬，就算不知道上面有什么，也要努力向上爬，拼命向上爬，如果不向上，就会被血河残酷地吞噬。

我眼睁睁地看见，那些停滞不前的人，他们被血河的浪花打着，就像被一条恐怖的长舌一下一下地舔着，每被血河沾到一块，他们的身上就会快速地腐蚀掉一块，于是大块大块的血肉沉闷地脱落，沉入血河。

越往前，浪越大，红色的血液奋力地打在黑色的精铁上，轻易溅起半山的高度。于是无数的人，无数的人，不管是正在向上爬的，还是停滞不前的，都像被食蚁兽舔掉的蚂蚁，绝望地脱离，也绝望地坠落。

一入血河，烟雾四起。

灰白色的烟雾。

不断有人坠落，于是不断有灰白色的烟雾弥漫。

尖叫，痛哭，悲号，挣扎，求救……我乘在金色的小舟上，惊涛骇浪，一路向前，血河没有尽头，而我听见各种各样的声音，我看见不计其数的忆轩。我猛然看见，那些被挂在铁山上的灵魂，每一个，每一个都是忆轩，我看见数不胜数的忆轩，成千上万的忆轩。我看见她们尖叫，我看见她们痛哭，我看见她们悲号，我看见她们挣扎，我看见她们求救。

“救我救我。”她们扭曲着一张脸，声嘶力竭地喊着，“救我救我。”

一声喊，声声喊，成百上千的喊，不计其数的喊。那喊声排山倒海，震彻寰宇，那喊声针针见血，针砭人心。那喊声带着满身的戾气和冲天的怨气，汇聚成强劲的风，恶狠狠地扑向我。

真大，比任生的风还要大上千百倍。错了，这两者根本就不能相提并论。她们喊着，她们哀号着，她们都想上船，可是如何能上船？

第九章 蛛丝马迹

巨大的风声带来巨大的震动，巨大的震动使更多的灵魂更快地坠入河中。而剩下的那些，她们忽然都开始不顾一切地松手，于是你能看见成千上万的人从天而降，带着必将砸死你的结局。

她们都想来到这艘船上，她们张牙舞爪地扑向你。

“救我救我。”她们依然扭曲着一张脸，声嘶力竭地喊着，“救我救我。”

忆轩，忆轩，每张脸都是忆轩。一个忆轩，两个忆轩，千百个忆轩。她们都等我去救，她们都只能等我去救。

我要怎么救？

可又怎能不救？

就算她们没有长着忆轩的脸，我又怎能不救？

忆轩，忆轩，每张脸都是忆轩。一个忆轩，两个忆轩，千百个忆轩。那么多的忆轩以那么快的速度从天而降，我抬头看着她们，我终于开始悲悯，她们带着这么大的勇气，她们拼死一搏，可又能如何。

她们，也许只有百分之一，千分之一的概率可以扑到小船上。

甚至更小。

扑通扑通，扑通扑通……耳畔全是绝望的落水声，我张开双臂，我袒露胸膛，我想接住她们，我想拯救她们，但我一个都接不住，一个也救不了。我只能眼睁睁看着她们绝望地落入河中，眼睁睁看着她们绝望地变成一股又一股灰白色的烟雾。

烟雾越来越多，笼罩小船，也笼罩我。像被万千的冤魂缠住，小船忽然开始沉没，沉向深不见底的深渊。我却不觉得有什么，我只是闭上眼睛，我又开始笑，开心地笑，放肆地笑，自由地笑。是啊，多么自然的灭亡，多么必需的灭亡。

我喜欢这沉没，也喜欢这灭亡。

可是花艺刀开始闪光，像我试图毁掉花陵渡那次一样，那蓝色的光芒再次出现，它依然像柔媚的鞭子，又像妖艳的水蛇，它轻飘飘钻入血河，轻易地修复好风衣，又如绸带般围住我，系上我的腰，带我一路向上，一路向上，直到铁山的顶端。

我忽然什么都看不见。我的眼睛肯定没有问题，可我的周围忽然漆黑一片也空旷一片。

渐渐地，地上开始泛起金光。

那来自一把长柄斧子。

其实雨水一直说错了，那不是斧子，那是钺。

那是我的东西。

我想不起来这是怎么回事，却非常能肯定，这一定是我的东西。因为当我第一眼看见它的时候，一种温暖的熟悉感就慢慢从体内涌起。

我大步走上前，把手握在上面。

有点儿凉，却很光滑。

当我终于触碰到它的时候，它忽然发出万道金光，像一轮初升的太阳，用自己的光芒和热量照亮整个极恶之地。

时间静止了，世界安静了。血河不再翻腾，那些在铁山上苦苦挣扎的灵魂也忽然变得沉默起来。他们无比平静地抬起头，敬畏地看着那些金光，也敬畏地看着我。

原来，这才是真正的拯救？真正的安抚？

而铭澜，她让我来这里，就是想让我重新见到自己的武器？为什么？我需要自己的武器吗？我的武器为什么会在这里？

我想出这些问题，却想不出应该怎么回答。可是我明白，只要此钺一出，一切的平衡都会被打破，一切现有的东西，必定荡然无存。

最可怕的是，我控制不了它。

或者说，以现在的我的能力，还远远控制不了它。

我一把手放上去，就感受到一种强劲的力量。它霸道地注入我体内，让我无所抵挡，欲罢不能。我的理智告诉我，我应该缩回手，我应该阻止它，但是我的感觉告诉我，这很好，这不应该被阻止。我试着去控制它，却根本是徒劳。很快，两种力量在我的身体里打架，也在我的脑子里打架。不用说，钺占了上风，它侵入我，吞噬我，它让我觉得我会忘掉一切，它也让我觉得我能记起一切。

所有的一切都混乱了。我想跑，却迈不开步；我想叫，却发不出声。我整个人似乎都被封闭住，只能呆呆地站在那里。

也许，只在下一秒，我的身体就会爆裂，血肉横飞。

就在我濒临绝望的时候，一个圆规，一个巨大的古朴的圆规，忽然从天而降，发出剧烈的绿光，像是生命的颜色。

绿光笼罩住金光，渐渐抚慰我，渐渐使我平静下来。

绿光也带来生命。在绿光笼罩的地方，铁山上忽然长出漫山遍野的植物，绿色的植物，那些植物一出现，灵魂们的脸上立刻浮现出幸福的笑容。他们幸福地放开双手，幸福地向上升，一直升到再也看不见。

我看着他们，我忽然想起，为什么这极恶之地里竟然没有一朵幽冥玫瑰？这不正常，这一定不是最终的极恶之地。或者说，这里就算是极恶之地，也只是最初的层面。

幽冥玫瑰，一定在更遥远的地方。

我忽然想找到它们，我忽然想看一看它们。我也忽然想看一看忆轩。我不知道铭澜为什么忽然让我来这里还不告诉我原因，我也不知道鱼神说的话是真是假，但我无比明确，当初驱使我来这里的原因，就是忆轩。

只有忆轩。

如果这里没有幽冥玫瑰，自然也没有忆轩。我抬起头，我也想向上升，可是我升不了，不知道什么时候，挂在我头顶的那轮月亮已经变成了两扇黑铁铸成的大门。大门紧闭，连一点儿缝隙都没有。

我的第一个念头，是毁掉大门，但我听到了落樱的声音。就在我抬头的时候，那些爬在铁山上的灵魂都消失了。

只剩下一个落樱。

“你来了。”她飘在半空中看我，目光中带着欣慰也带着失望，“你终于来了。”

“你一直想让我来这里？”

“不是我想，是你必须来。”

“为什么？”

“因为你该做回之前的你了。”

“之前？我之前是什么样子？你知道？”

“我不知道，但是有人知道。”落樱虚空地伸出手，画了个半圆，将大半个极恶之地都笼罩进去，“他们都知道。”

“这不像是你。”我忽然意识到什么，微微地皱眉，“你对我说这些，是不是有人让你说的？”

“是或者不是，都没那么重要。”落樱依然在说，目光中却充满了躲闪，“你只需要知道，你做自己就好。”

“到底是谁杀的你？”我忽然想起一个可怕的假设。这假设让我震惊也让我绝望。如果这假设真的成立，那落樱自然必死。

铭澜。

这无所不为的幽冥之主。落樱现在的一言一行，像极了一个提线木偶，一切都像是被排练好的。这很不正常，作为一个已经死了的人，她为什么要和我说这些？可是，如果真的是铭澜做的，铭澜又为什么要这么做？她贵为幽冥之主，何必和一个小小凡人一般见识？

我紧紧盯着落樱，我期待从她嘴里说出答案，但我也有点儿紧张，因为上次我们谈到这个问题的时候，她不可避免地开始失控。我不希望这次她也失控，尤其还是在这种地方。

还好，她的神志还很正常，至少没有疯狂的前兆。

但是，她吐出的两个字，让我陷入深深的迷惘。

惊蛰。

“是惊蛰。”她看着我，这样对我说。

似乎终于印证了一个悬而未决的猜想，我的心猛然落下去，又猛然提起来，我现在的感觉很奇怪，我早就认定惊蛰是凶手，但当真的听见落樱这么说的时候，我忽然开始不再相信这个事实。

也许这根本就不是事实。

“为什么？”我追问。

落樱却没有再回答，她忽然什么都说不出来，她一个字都说不出来。她开始着急，她开始号哭，但是，所幸她没有做出其他出格的举动。

“不如归去，不如归去。”她这样说着，她只能这样说着。

“不如归去，不如归去。”她这样唱着，她只能这样唱着。

她说着，她唱着，她从身上长出羽毛，赤褐色的羽毛，带着白色斑点的羽毛。

杜鹃鸟。

她变成了一只杜鹃鸟。

难道，我一直听到的声音，杜鹃的歌声，就是她？

我却没有再问，眼看她要飞去，或者说，她要被风带走，不知带到何处。于是在最后的关头，我终于问出最重要的问题。

“我能为你做什么？”

“谢谢你，叶梓，你陪了我这么久，你已经给了我平静。其他的，你做不了，你什么都做不了。死亡。之前，我一直是惧怕死亡的。但当我真的死了之后，我看见红色，穿越黑色，从此陷入深不见底的深渊。直到那时，我才发现，其实这一切远没有想象中那么可怕。因果循环，报应不爽。一切都是如此循环，也是如此公平，哪怕是极恶之地的设立，也是如此公平。”

她在我头上盘旋，也在我头顶笑着。

“而你，我在黑暗中看见了你，我在深渊中看见了你。四周明明是一片黑暗，你在的地方却有光，强烈的光。我看见你坐在满满一船的鲜花中，有樱花，也有蔷薇，你的手里拿着花艺刀，你的色彩迷人，你的香味也迷人。最重要的是，你的心里有一团火，永远都不会熄灭的火。”

“你的血是热的，烫的，沸腾的。”我忽然想起铭澜的话。

“你真的看见，我的身体里有一团火？”

“是的，那像是火，又像是花，像玫瑰，对，就是玫瑰。它代表生命的红色，血液的颜色，它那么强大，那么完美，它孜孜不倦地跳动着，支撑着你的躯体，制造着旺盛的生命，也吸引着所有挣扎于黑暗与寒冷中的灵魂。”

是它。

原来是它。

全明白了。

花陵渡，以花为陵，以叶为渡。

以我为渡。

幽冥玫瑰。

那团火，正是幽冥玫瑰。

当初，铭澜造就我的身体，也造就我的心脏。

那心脏，正是幽冥玫瑰。

第十章 花非花

不如归去，不如归去。

杜鹃已经离开，叫声却还在。

不如归去，不如归去。

我带着满身的哀伤，重新睁开眼睛。我不知道这哀伤来自哪里，也不知道我以后到底应该怎么存在。

我是什么？叶梓，还是别的什么？一缕轻烟？还是一具木偶？我不喜欢这样的自己，这根本不是我自己。我自己是什么？我不知道，也许像空气一样，看不见，摸不着，却又实实在在地存在，可这真的是存在吗？连我自己都触碰不到的存在？

这种存在，难道不是一种最大的讽刺吗？

而惊蛰，那个惊蛰，最后，竟然真的是她杀了落樱。这结果让我迷惘，也让我无力。

关于我自己的一切，也让我不知道应该怎么办才好。

是，不知道怎么办才好。

原来这才是守护的真正意义。

原来从一开始，一切都已经被设定好了。

可是惊蛰，惊蛰应该怎么办？

我看向四周，我好像已经离开了很久，但我不知道究竟过去了多长时间。应该是不算短的。因为所有的樱花和蔷薇都开始枯萎，那些花瓣，红的，白的，粉的，纷纷掉落，纷纷干瘪，一地的鲜花中，只剩下光秃秃的枝干。

外面的天色很昏暗，身边没有惊蛰。花陵渡里的一切都蒙上了一层薄薄的灰尘。这是前所未有的事。

很不对劲。

鱼神，极恶之地，风衣，寺院，行者，落樱……都很不对劲。

我一定要做点儿什么，在一切还没发生的时候。

惊蛰，惊蛰她在哪里？

不管她是不是凶手，我都要找她问个清楚。

我飞快地起身，离开花陵渡，跑向惊蛰的小店。一路上我很焦急，有种浓重的末世感。那种末世感又来了，真让人绝望。我在守护人偶，可是我到底守护了什么？

立春消失了，雨水失踪了，惊蛰呢？等待她的又是什么？

我看见路上有很多人，这些人让我怜悯。我之前从来不会有这种感觉，但在去了极恶之地以后，尤其在摸到钺之后，我就好像完全变了一个人。这改变是如此明显，明显到连我自己都能强烈地体会到。

那些人，他们会去极恶之地吗？他们知道他们在干什么吗？他们想过吗？如果想过，如果知道，他们还会那么做吗？

街景飞快地掠过，我跑得很快，我再也不顾忌什么，我终于明白，原来我的心脏可以承受任何的强度，原来我甚至已经无所谓死亡。我死不了，我无论如何都死不了。我早已成为夹缝中的存在。神国和魂国的夹缝。

而我的心脏，它来自最黑暗最邪恶的地方，却注定要以最光明最悲悯的姿态，拯救所有挣扎于苦难与寒冷中的灵魂。

守护，当然不止是守护。

如果不是为了拯救，守护又有何用？

我冲进惊蛰的小店，在路上人们惊诧的目光下，但我不在乎，我终于可以不在乎。我终于可以告别之前那个想东想西、畏首畏尾的叶梓，我终于可以摒弃那个如烟灰色一般朦胧的叶梓，我感到无比的通透，好像全身的血液都被换了一遍。

也许，这就是铭澜想让我去极恶之地的真正目的。

苏醒。

更快的苏醒。

但我还不知道，我一直都没有想过这样一个问题——如果任生想要唤醒我，是因为我们是兄弟，而他和神国签了一份重要的契约，那铭澜，她和我并没有那么亲密的关系，如果不是因为任生，我们可以算是根本没有关系，她为什么要那么千方百计地唤醒我？

而且，在唤醒我这方面，她向来有一套自己的方法。

一套与任生背道而驰的方法。

铭澜，这如迷雾般的幽冥之主，她到底想干什么？

任生，他当初和神国，又究竟签了什么契约？

我的脑子里灵光一现，却又一闪即逝。我站在惊蛰面前，惊蛰惊讶地看着我，醒来这么久，她几乎是第一次显出惊讶的神色。

还好，惊蛰还在。

还在就好。

在迷蒙的夕阳中，她安静地坐在那里，像一尊圣洁的神灵，她坐在狭小的空间里，坐得像一棵树一样笔直。她低垂着眼，一板一眼地在包着什么，像在处理一件极其重大的事。她的表情很凝重，很坚决，好像要去面对一个非面对不可的人，做一件非做不可的事。

我看向她的手。

她的手里，提着已经包好的寿衣。

“你要送过去？你还要去那个寺院？”

“是。”

“可是天已经快黑了。天黑之前，你肯定赶不到那里，不如明天再去。”我拦到她面前，阳光斜下我的影子，几乎将她完全笼罩进去。

“明天就来不及了。”她垂下眼睛，站起身，固执地想绕开我。

“你要清楚，天黑之后，人偶必须回到花陵渡里，这是规则。”我还是一动不动地挡在那里，像一座山般岿然不动。

“可我不是人偶。”她忽然抬起头，一字一句地对我说。

“什么？！”我不由自主地叫着，我实在无法接受这样一个事实。雨水不是人偶，她也不是人偶，这到底是怎么回事？雨水不是人偶，是一个来自古代的女子。惊蛰不是人偶，她又是什么？难道真的是活人？难道真的是江河的妹妹？铭澜，那个自大的女人，女神，她到底在搞什么？

“我说我不是人偶。”惊蛰又清晰地说了一遍，然后语气缓和了许多，“可是，你别紧张，我的意思是，我不完全是人偶。”

“你到底想说什么？”我急促地呼吸着，一把抓上她的肩膀，“我知道，你一直在藏着什么，一直在瞒着什么，我一直想知道那到底是什么，却又觉得只要你不愿说，我也就不该问。可是，现在，好，现在，你终于打算说了？来，那就干脆说个痛快——你刚醒那天，为什么那么晚才回来，你为什么早就预测到行者第二天会来找你做寿衣？第二天早上，为什么行者还没有开口，你就知道他想说什么？行者让你去看尸体，你为什么想都没想就说不用去看？”

“是，我一直在藏，可是，我之所以这么做，只是因为，这件事本来就和你没有多大关系，所以我才一直觉得，没有必要让你知道。而且，这件事和落樱的事也完全是两件事。不过，既然你已经问出来了，到了这种时候，便是说说也无妨——其实，在这个局里，我一直扮演着假想敌的角色。我被所有人当成假想敌。你，任生，铭澜，落樱，行者，你们都把我当假想敌。”

“怎么会？别人我不知道，但是我……”我本来想辩解，却终于不再辩解。

是，她说得没错，我确实不喜欢她，不知从什么时候开始，我确实就对她再也没有任何好感。

我确实在不知不觉中，已经把她当成了假想敌。

“你？你怎么？不说了？是啊，你确实不该再说了。你的确应该明白一切。你没有怀疑过我？你没有想远离我？也许，就在前一秒，你还在心里认定，我就是那个杀死落樱的凶手。我说得没错吧？”

我默认。

“看啊，人们就是这样。他们是那么吝啬，他们就是不肯付出哪怕一点点的信任，他们就是不愿相信别人。因为害怕被伤害，他们总习惯于先把别人想得罪恶滔天，十恶不赦，却没想到，这世界，这本来十分美好的世界，正是因为这种龌龊的想法，才真的变得罪恶滔天，十恶不赦。”惊蛰轻轻地说，每一声却都重如雷钧，“你怀疑我，却并没有找到我杀落樱的动机，对不对？实际，只要你仔细想想，就会发现，我根本没有任何动机。可是，只是因为你不喜欢我的作风，你不喜欢我这个人，所以你宁愿相信我就是凶手，所以，你宁愿相信，很多时候，一个人杀另外一个人，虽然需要动机，但是，在更多的时候，也很可能完全不需要任何动机，是不是？”

“是，可是，如果落樱不是你杀的，她又是怎么死的？”我折服于她的睿智，却真的不喜欢她的直接。

“落樱和行者的事，我们可以稍后再说。这件事实在太过复杂，不是三言两语就能说清的。”

“好，那就稍后再说，现在，你可以先说说，其他人，他们是怎么把你当假想敌的？”

“任生和铭澜把我当假想敌，其实都是因为差不多的事。差不多的旧事。因为，在多年以前，我真的威胁到了他们，也真的伤害到了他们——你应该知道，惊蛰的时候，雷声会比较多吧？”

“我知道，但这有什么关系？多年以前，你们有什么恩怨？”我自然而然地问着，却又难以相信自己心中的猜想，“难道，你是比他们更高的存在？否则，你又怎会威胁到他们，伤害到他们？”

惊蛰的时候，雷声会比较多。任生对我如是说。

惊蛰的时候，雷声会比较多。铭澜对我如是说。

惊蛰的时候，雷声会比较多。现在，惊蛰也对我如是说。

这到底是什么意思?

“当然不是，怎么可能?如果我真的那么厉害，现在又怎么会成为人偶?”

还好，惊蛰否认了。

“那又是怎么回事?”

“我在做人偶前，是掌管闪电的女神。”惊蛰慢慢地说着，似乎就连她自己也不愿相信这个事实，更不想把这种事实说出来。

“日升月落，风火雷电，万千自然，万千神灵。”我轻声地念着，像念着一条永世无法撼动的规则，也像在揭示一个迷茫无比的谜团，“如果你说的都是真的，那么，你的地位应该并不低。既然如此，你又怎会成为人偶?”

“是啊，你说得没错，一点儿都没错。只是，你大概已经忘了——神国到底是怎样一个神国了……它看起来光辉无比，实际只是金玉其外败絮其中，而魂国，铭澜的魂国，却一直都是无比强大的存在，既然如此，她，作为魂国的女王，又有什么是得不到的?而为了和魂国搞好关系，只要铭澜开口，神国又有什么是不能牺牲的?小小一个任生，又算作什么?”惊蛰清楚地说着，但她的语气里明明有着怀念，也有着惘然。

“牺牲?你是说，当初，为了拉拢魂国，神国将任生献给了铭澜?”

“其实，也不是完全的被迫。任生和铭澜，虽然有这样一层关系，但如果仔细追究起来，其实也是你情我愿，互不反感。实际上，不管怎样，这件事本来和我都没有什么关系，但是……”

“但是，你喜欢任生?”看着她纠结无比的表情，我终于明白一些什么。

“对，没错。但是，这种喜欢并不算什么。当初，你们兄弟高高在上，光芒万丈，几乎横扫整个神国，在那片国土上，无数神明为你们倾倒，无数神明甘愿仰望你们，我，我又算什么？我很清楚，任生就算不和铭澜在一起，也不可能和我在一起。所以，我虽然喜欢他，却从来没有把这种感情说出来。当然，我之所以没有做什么，还出于一些更加理智的理由。”

“什么理由？”

“我了解任生，我和任生在一起的时间，远比他和铭澜在一起的时间更长。正因此，我了解他，其实，我也了解你。你们虽是兄弟，脾性却大不相同。你可以醉卧百花，万花看过，洒脱地面对一切；而他，他却总是思想前后，畏首畏尾，视感情为洪水猛兽，但这不怪他，神国本就如此，像你这样的存在，在神国才是异类。而且，他在出生的时候，还得到了一个不太好的预言，后来，也正是这个预言酿成的后果，使他终于下定决心，从那以后，再也不碰任何感情。”

第十一章 重回寺院

“什么预言？”

“那是机密，甚至可以说，是神国的最高机密。我不知道，也许就连任生自己也不是很清楚，那机密藏在神国最秘密的地方。”

“可是，他没有下定决心，他还是碰了感情。”我想到任生和铭澜的那些事，微微有些怅然。

“是，他没有做到，没人能完全脱离感情，神也一样。他一直在拼命控制自己，可他这样做，造成的后果却不是让自己远离感情，而是使自己的感情变得更加难以捉摸。这，就是铭澜把我当假想敌的原因。我苏醒后，她一直处于隐隐的恐慌中，她知道自己太过强势，太过自我，她害怕任生会离开她，哪怕只是短短的十五天，她也不敢去赌，她不敢冒这个险，她可以豁达地看待任何事，却无法忍受这件事。她可以控制一切，但控制不住任生的感情，所以，在我醒来的时候，她只能尽量控制自己，让自己尽量变得弱一点儿。可她不愿那么做，她那么做，只是摆出一种姿态。那不是真的她，她那样做一点儿都不快乐，于是，在这种扭曲中，她自然会下意识地把这一切都归到我头上。可是她又不能不让我醒过来……”

铭澜把惊蛰当假想敌……

“就像我们早就知道惊蛰的事一样。我们知道，但是我们阻止不了。”

“惊蛰……她不是普通的人偶。或者，也可以这样说，她是一个连我都不得不重视的人偶。我知道，你之前怀疑过是我做了手脚，现在我可以告诉你，这手脚不是我能做得了的。”

“惊蛰的时候，雷声会比较多。但你没必要太在意。你只需要知道，凡事别那么担心就好。女人，那些女人，大多数时间，看起来柔弱，实际却要比你聪明得多。”

其实，关于这件事，铭澜早就这样说过。只是，我之前想得太多，竟然把这些话和落樱那件事联系到了一起。

现在，一切都将被揭开。

“叶梓，你真的很像任生。”惊蛰总是这样对我说。

晚上，她很少睡觉，只是一言不发，一动不动地看着我。

是啊，惊蛰的确是很喜欢任生的。

就算看不到任生，看我也好。

可是，她为什么会看不到任生?

铭澜，自然是因为铭澜。

这个睿智的幽冥之主。

难怪她会变得那么小鸟依人，难怪她会变得像个最贤惠的小妻子。

“所以，你刚醒那天，之所以那么晚回来，就是去见任生了？”

我问惊蛰。

“是。但我并没有和他说话。我甚至没有让他发现我。我去了他的世界，却只是远远地看着他，其实，我一直要的也就是这样，我从来没有奢望自己可以站在他身边，也从来不想和他多说什么话，我就是想远远地看着他。能看着他，就已经够了。至于铭澜，她一直在乎太多，想得太多。她一定不知道，其实我很希望她能和任生在一起，他们两个人，不管从哪个角度看，都是极般配的。”

“可是，既然如此，任生又怎会把你当假想敌？”

“因为我对不起他，因为我伤害了他。”惊蛰凄然地笑着，“时隔这么久，叶梓，你还记得十年前立春时的雷声吗？”

“那雷声，十年前，立春那晚的雷声，你也在？你参与过围攻任生？”

“对，我不仅参与过，他身上最重的伤，也正是我打的。是啊，我那么喜欢他，我自然是不忍下手的，但我不能不动手，我不能违抗神国的使命，我不能削掉自己对他的感情，也不能不去扮演好我自己的角色。而当时，当时的情况十分危急，神国下的是死命令，如果我有些许迟疑，他一定会死在别人手中，又怎会撑到铭澜赶去的时候？对，我知道，铭澜一定会去救他。她那么爱他，她又怎会坐视不管？而我，我除了能做出一种姿态，又能怎样？是，我很懦弱，我不敢反抗，因为我不像你们，我根本没有反抗的资本。也正是因为我的软弱，我虽然那么喜欢他，却不得不冷着脸，咬着牙，像其他人那样伤害他，甚至比其他人还要猛烈地伤害他。我看着他受伤，我看着他喘息，我简直想比他受更重的伤，简直想为他承受那所有的一切，但我不能，我甚至连表情都无法由自己控制。天，这和人偶又有什么区别？我是人偶，我早就成了人偶，神国的人偶。后来，我眼睁睁看着他被铭澜带走，我终于松了口气，但是，我也知道，他一定不会再看我了，也不会让我再看他了。可我又觉得开心。是啊，只要他还活着，只要他逃过这一劫，那我付出的这一切，也便有了价值。只是，从那以后，我再也无法说服自己面对这样的自己。我永远无法忘记他当时看我的眼神。如果眼神可以杀死人，不，杀死神，其实，我早就死了。”

“我很清楚——惊蛰到底有多危险。名义上，是你在守护她，实际上，她已经不需要你的守护。”

任生这样对我说。

他早就见识过她的威力，也早就自以为看穿过她的面孔。

但，不过只是自以为而已。

“所以，你才会离开神国，去到魂国，宁愿做铭澜的人偶？”

“对。本来，铭澜的惊蛰不是我，但我下来找她。我对她说，我不想再做闪电女神，我对她说，我想看看任生。于是，我们便达成了默契。”

“什么默契？”我想起雨水的遭遇，忽然紧张起来，“你会消失？再也不存在？你为了任生，真的愿意这样做？”

“别担心，我和雨水不同。她是人，被做成人偶之后，自然会灰飞烟灭，我是神，于是后果便会好很多。我不会消失，只不过，这十五天过后，我会永远失去神的身份，堕入轮回，从此做个普通人。其实，这都没什么，做个普通人，不错，你说是不是？”

我不知道自己应该怎么回答这个问题。我从来没有做过普通人，除了雨水给我的那些安稳时光，我也从来没过过一天安逸的日子。

我也不知道，当一个神说出这些话的时候，到底是出于真心，还是迫于无奈。

普通人。

普通人应该是个什么样子？

我不知道。

但是，看惊蛰一脸憧憬的神情，应该是不错的，只是，为什么这种憧憬中，会带着一种崇高的、献祭般的热情？

外面的天色越来越暗，东边和西边已经明确划分出界限，这致使天已经快变成两个颜色，只是那渐变的颜色很好看。

“好了，现在，我大概明白之前的事了。可是，落樱和行者的事呢？”我问，“落樱到底是怎么死的？”

“这件事，还是要先留着。现在，我想知道，在我讲明白这一切之后，你还愿意和我一起去寺院走一趟吗？”惊蛰轻轻叹口气，继续说，“其实，就算你没来找我，我也想让你和我一起去那里走一趟的。因为，这一趟，必须有你。不明白真相的，其实不止你一个。那些人，那些被情所困的人，永远兜兜转转，不知归途。”

我当然跟她走了。

当时，我真的不知道，一走，便是永恒。

我们带着寿衣出门，按着之前的路线，一直向前走着，但是，和上次惊人的相似，我们没走多远，便又走进了一大片一模一样的雾气中。

越往前，雾气越浓，能见度也越低，到了最后，无论望向哪里，都是一片雾蒙蒙的白。

然后我们就又看见了行者。

其实从始至终，他都没说过自己真正的名字，也许他本来就没有名字。

也许他生来就是行者，也许他生来注定漂泊。

行者，那个灰白色的人。他还是站在一片灰白的雾气中，几乎与之融为一体。

浓重的雾气仍在弥漫。熟悉的味道也在弥漫。

香火的味道，樱花的味道，血的味道。

惊蛰的脚步声在响，我的脚步声在响，杜鹃的叫声，低沉的箫声，呜咽的埙声，若隐若现的诵经声……也都在响。

不如归去，不如归去。

不如归去，不如归去。

不如归去，不如归去。

樱花林，一大片樱花林。我们又走进那片樱花林，和梦里一样的樱花林。成千上万棵樱树，不计其数的樱花……像一场漫天的大雪。白的，粉的，红的，凉的，温的，热的……它们被风交缠到一起，源源不断地落下来，模糊了我的视线，也模糊了我的思维。

雾气很大，我却已毫不关心来路。

从哪里来，已经不是很重要。

到哪里去，也已经不是很重要。

答案，不是从来都如此简单吗？

从来处来，到去处去。

可是，为什么杜鹃，那只哀伤的鸟儿，还是在拼命地唱着那些哀伤的歌谣呢？

不如归去，不如归去。

不如归去，不如归去。

杜鹃的叫声越来越低沉，声音并不大，却像穿透力极强的钟声，一声一声，结结实实地撞在无数的樱花上，也结结实实地撞在人的心里。

随着一声重似一声的叫声，那些樱树忽然变了模样，所有的樱树都在一瞬间变了模样。它们变得通体漆黑，如同最沉静的黑夜。它们的枝干似乎被一股邪恶的力量所操控，变得异常虬曲怪异，像从地底伸出的，来自最黑暗也最邪恶的地方的利爪。

虽然空中樱花翻飞如雪，但它们的枝头没有一片樱花。

只有红色。

鲜红色。

没有尸体，也没有血。

但是有鲜红色。

那来源于怒放的蔷薇。它们像是被嫁接的，又像是凭空长出来的，它们疯狂地生长，疯狂地爬满樱树的枝头，疯狂地绽放出绚烂而热烈的生命。

没有叶子。

没有一片叶子。

只有红色。

鲜红色。

鲜红色的蔷薇。

所有的樱树都一样，那棵最大的樱树也一样。它有很多柔软的枝条，像柳树一样垂下来的枝条，但它的每根枝条也是漆黑如墨，上面同样开满了如火的蔷薇。

喧宾终于夺主，喧宾终于灭主。

那棵最大的樱树下，我的脚边，还是散落着几排黑漆漆的骷髅，它们本来背对着我，但当我把目光投到樱树上的时候，它们全都齐刷刷地转过来，瞪着空洞的眼眶，直勾勾地盯着我。

可是，那个如冰块般透明的女孩，她再也没有出现。

她有着光滑的额头，鹅蛋脸，桃花眼，眼里灌着满满的风尘，她的嘴唇有点儿厚，但是笑起来很好看。

可是她再也没有出现。

“你们来了。”行者看向惊蛰。

“我们来了。”惊蛰看向行者。

“衣服好了？”

“衣服好了。”

“你看，这么多蔷薇。”

“是啊，这么多蔷薇。”

“叶梓，我知道你一直疑惑，我为什么要用绸缎为落樱做寿衣，是的，普通人都不会这样做，因为他们忌讳断子绝孙，但落樱不一样，她早就不需要受这些条条框框的羁绊。”行者轻轻地说着，一边说一边捻动着手里的佛珠，“就算没有这件事，她也不会再有后代了。实际上，有没有后代，真的那么重要吗？如果人这一世尚且糊涂，本身尚且糊涂，有了后代，岂非是让孩子延续自己的糊涂？”

随着他手的动作，我听见骨头相互摩擦的声音，我看见轻微的骨粉随风飘散。

“对，她不会有后代，因为她本来就是个风尘女子，她跌落到红尘中，迷茫在红尘中，也终结在红尘中。在她短暂的一生中，她见过很多男人，年轻的，年老的，英俊的，丑陋的，有钱的，有权的，多情的，无情的……她像一朵美丽的樱花那样，不停地流转于不同的男人中间，享受着，放纵着，放荡着，却像洋葱一样，从来都没有心。她不知道她为什么存在，也不知道她为什么要过这种生活，好像她本来就该过这种生活，这本来就是一种宿命一样。”

惊蛰满怀感情地讲述着，好像她亲眼看见落樱，好像她亲身经历过那些。

“实际上，这确实是一种宿命，铭澜为她安排的宿命。”她叹口气，很快补上这样一句。

第十二章 消散

宿命?

为什么是宿命?

为什么是铭澜?

怎么又是铭澜?

“当然是铭澜。她是幽冥之主，这些事，自然都要由她处理。”惊蛰轻易地看穿了我的疑问。

“可是她为什么要这么做?”

“因为因果。”惊蛰残酷地答。

“因果?你说因果?”行者忽然抬起眼睛，紧紧地盯着惊蛰，“你说这世上有因果?你说这世上还有因果?什么因果?你告诉我，这世上还有什么因果?她为了生存，不得不出卖自己；她为了生存，不得不被无数人买下；她为了生存，又不得不被无数人抛弃。你说这是因果?前不久，她刚刚靠上一个有钱人，本来以为终于可以有个归宿，没想到没过几天，就又被那人像甩一张卫生纸那样甩开。你说这是因果？”

“当然是。”惊蛰清醒而果断地打断他，“看来你果真在世间游荡得够久，你真的已经忘了很多事，也已经混淆了很多事。你忘了她是怎么遇上你的？也忘了她是怎么对你的？”

“遇上，我们遇上；对我，她怎么对我？”行者皱起眉，努力地回想着，“我记得，我当然记得。我记得我一直都在这座寺院里，而她有一天突然来了，我不知道她是怎么来的，但是这寺院一直在这里，她就算来了也很正常，她来了之后，对我很热情，她说她喜欢我，她说她本来已经不想再活下去，在看到我的那一瞬间，她才真正明晰生命的价值，她说她忽然觉得，她现在之所以还活着，其实就是为了遇到我。她说她从来没有这样喜欢过一个人。她说她很喜欢我，她说她爱我。她那么热情，热情得简直可怕。我不敢相信这是真的，这怎么可能是真的？我是个出家人，我不能那样做，而她不过是个风尘女子，她说的话怎能当真？我没想到那是真的，我真的没想到那是真的，如果我早知道那是真的，后来的一切，也都不会发生了……”

“你一直都在这座寺院里？她突然来了？这寺院一直在这里？你是个出家人？她不过是个风尘女子？行者，你到底在逃避什么？你何必要逃避这些？不要再蒙骗自己了。你真的想不起落樱是怎么死的吗？行者，你逃不了，以前逃不了，现在也逃不了。”惊蛰轻轻巧巧地问出一连串问题，却明显知道所有的答案。

她在逼行者。

像逼一只困兽。

像猫在逼爪下的一只老鼠。

“我不知道。我不知道你在说什么，我不知道你是什么意思。我也不想知道。对，我不想知道。但是我没有逃避。是因为你，都是因为你，是蔷薇，都是蔷薇，到处都是蔷薇，是蔷薇害死了落樱，是蔷薇。是你害死了落樱，是你！”在巨大的压力下，行者终于开始迷乱，他忽然冲过来，紧紧地抓住惊蛰，高高地把她提了起来。

我自然想出手，却被惊蛰的目光拦住。

我忽然明白那次我在迷雾中听到的。

“樱花？”

“樱花。”

“蔷薇？”

“蔷薇。”

“不！不该有蔷薇！”

惊蛰那么平静，行者却在嘶吼。

低沉的嘶吼。

绝望的嘶吼。

原来，行者的逻辑竟然如此可笑。他竟然真的把落樱当成了实在的樱花，他竟然真的以为落樱的死和蔷薇有关，他竟然真的只凭惊蛰身上的蔷薇气息，就这样轻率地断定——惊蛰就是杀死落樱的凶手。

于是也便懂了。

我们第一次来这里那天，行者本来带着惊蛰去看落樱的尸体，但是，在独处的时候，他注意到了惊蛰身上散发出来的浓烈的蔷薇气息，在那种逻辑的操控下，他受到了严重的刺激，为了让行者平静下来，惊蛰不得不消除了自己身上所有关于蔷薇的印记。

包括花，也包括香气。

所以，她重新出现在我面前的时候，才会变得那么虚弱——她本来有两种代表花，这两种代表花组成了她的生命，她的代表花少了一种，自然是相当于去了半条命。

她变成那样，根本不是因为行者的攻击，而是因为她自愿那么做。

他很可怜，他们都很可怜。

她这样对我说。

而行者，那犯痴的行者，其实，一直以来，根本就攻击不了她。

现在也是。

如今，行者把她高高地提起来，死死地掐着她的脖子，可是，惊蛰的表情是那么安详，她的脖子上没有一点儿淤血的印子，她的呼吸一点儿都没有受到阻碍，她的脸上没有一点儿痛苦……她和平常的样子，可以说，其实并没有任何区别。

也许，这正是她执意拦着我，不让我出手的理由？

因为，她很清楚，行者根本伤不了她？

行者在不断地用力，他咬着牙，握着拳，他额头上的青筋尽数露出，他卡着惊蛰，就像卡着自己今生最大的仇人。但是，无论他如何用力，都无法伤到惊蛰一丝一毫。

最终，行者绝望地放开手，无力地跪倒在地，伏在地上，伏在绵延不绝的樱花里，终于不顾一切地哭起来。

他光明磊落，他顶天立地，他是个招人喜欢的男人，他本应该站在巅峰，集得万千崇拜，获得万千荣耀。但是，他现在像个最没出息的窝囊废一样，跪在那里，为了自己的无能而哭泣。

如果他本来就是一个彻头彻尾的窝囊废，也就罢了。这一切也便没什么稀奇。但他原本是完全相反的存在。于是，你看着那样一个男人那样哭泣，哪怕是天地都会为之震动，哪怕是山河都会为之变色。

他是痛苦的，他自然是痛苦的。贪嗔痴，戒定慧，他全都知道，却全都违背，他无法控制自己，也无法控制落樱，他能拥有什么，又能操控什么？

什么都没有。

什么都没有。

一片虚空。

一片虚空。

出家？云游？一切不过是个身份，一切不过都是铭澜安排的一场戏。

而且漫不经心。

他爱落樱，他看着惊蛰，他自以为那是杀害他最爱之人的凶手，他看着她，他眼里的怒火简直要把她烧成灰烬，但那完全是虚妄之火。对于真实的惊蛰，他完全无能为力，对于最后的真相，他也完全无能为力。

他就算把她抓到手，他就算用出自己所有的本事，也对惊蛰无可奈何。他只能眼睁睁地看着她，他只能任由这一切不可挽回地发生。

他什么都不能做。

他什么也做不了。

这是很不正常的事。惊蛰虽有着光辉的背景，但她现在不过是一个幻化成人的人偶，任何一个正常的人，一个正常的男人，只要能把她举起来，自然也就具备弄死她的能力。

行者为什么没有？

事已至此，其实这个疑问早已不成其为疑问。因为，那漫天飘散的樱花，那樱花漫天飘散，但那数不胜数的樱花，一点儿都没有落到他的肩上。

也没有落到我的肩上。

更没有落到惊蛰的肩上。

它们那样飘着，却好像根本不存在一样，一点儿都沾不到我们。

一朵都没有。

一片都没有。

“幻境！这寺院，这樱花，这一切都是幻境！”我终于明白，也终于决定违背惊蛰的意思。我拔出花艺刀，那刀亮如秋水，利如电光。

我要遵从自己的本心，我要守护惊蛰，我不能让任何人伤害惊蛰。

“是，这正是幻境，鱼神造的幻境。”眨眼之间，惊蛰轻易脱离行者的掌握，一边说着，一边慢悠悠地走到我面前。

幻境，自然是幻境，不然，这寺院中怎会除了行者，一个人都没有？

鱼神，自然是鱼神动的手脚，不然，行者出现的时候，为什么每次都会带来那么大的雾气？

可是鱼神为什么要帮行者？鱼神从不轻易出手。这一次，他们做了什么交易？行者用什么来换取鱼神的帮助？行者要达到什么目的？

“最近我倒霉，只做了一笔生意，还是赔本的，差点儿把我自己搭进去。”我忽然想起鱼神的话。

我忽然想起鱼神，我忽然想起我遇到鱼神的那个晚上。

“行者？你怎么会遇到行者？你是说真的行者？你最近去了寺院？”

我忽然明白鱼神为什么会那么紧张，因为他知道他能力有限，他造出的幻境也有限，他十分害怕这幻境会像子归的那个笔记本一样，只要我一进去，整个世界就会马上崩塌。

也正因此，他才会向我再次确认。

“可是，你真的可以进去？我是说，你真的看到了那些樱花？还有那棵最大的樱树？”

在得到我肯定的答案后，他无比激动。但是，他也很清楚，这幻境之所以没有崩塌，并不是因为他的能力增强了，而是因为有人在暗中帮助他。所以，他才会问出下面的话。

“你去的时候，寺院里一定多了很多蔷薇吧？”

这是最简单的道理。如果想让一个幻境起作用，进入幻境的人的级别就一定要比制造幻境的人低，或者，至少要差不多。在神国，以我的级别，如果一个幻境可以对我起作用，那么，这个幻境到底是被谁制造的，也就一目了然。

再加上，蔷薇和玫瑰本为同种，有幽冥玫瑰的地方，蔷薇生长起来，自然不会小心翼翼，颓然处世。

鱼神正是想到了这一点，才会这么说。

“如果是这样，一定是她……对，一定是她。真没想到，她还真爱多管闲事。不过，她能管的，应该也不是闲事……看来，这买卖一点儿都不亏，事成之后，她应该也不会亏待我，就是我没必要再插手了……”

她，除了铭澜，不会再有别人。

虽然鱼神不明白铭澜为什么要帮他加固幻境，但他觉得，能让铭澜出动的事，自然不会是什么小事。

铭澜为什么要这么做？

第十三章　信与不信

我看向行者，我一把拎起他，我用花艺刀紧紧地卡着他的脖子，我把他死死地顶到樱树上。

“别逼他，他什么都不知道。他甚至不知道这是鱼神做的手脚。”惊蛰喊着。

“什么？他竟然什么都不知道？”我倒真是被惊讶到了。

“手脚？什么手脚？”还没等惊蛰回答，行者就急促地问道，他的目光茫然而迷乱，那不是可以装出来的目光，“你们是说，这寺院，这樱花都是不存在的？那么落樱呢？她是不是存在的？我呢？难道我也不存在了？”

“你真的想知道这些？”惊蛰走过来，眯着眼睛问行者，酷似一个高高在上的神灵，又像一个功德万丈的祭司，“如果我告诉你，你只有消失，真相才能被呈现，你会不会消失？”

“消失？什么是消失？如果我消失了，又怎么知道真相？”行者拼命地挣扎着，像一只可笑的木偶，“你在骗我，你一定在骗我！”

“放开他。”惊蛰伸手拿下我的刀，平静地看向我。

她说放，也便放。

可是，让我万万没有想到的是，行者一恢复自由，就以迅雷不及掩耳之势夺过惊蛰手中的刀，狠狠地划向惊蛰的脖子。

破风声，流血声。

这不是幻境吗？怎么还会有血？

我惊讶地看着惊蛰，也惊讶地看着行者。

因为太过紧张，行者的下刀并不准。他没有割到惊蛰的大动脉，但那伤口还是很深，血汩汩地流出来，染红脖子，也染红衣服，那血像忽然流出来的糖浆那样黏稠而绝望。但惊蛰没有喊叫，也没有呻吟，她没有发出任何声音，只是轻微地皱起眉，后退了两步，疲软地靠到光滑的树干上。

她的表情很平静，前所未有的平静。

可我怎能平静下来？

这怎么可能？刚刚，他还不是无法动惊蛰一丝一毫吗？

我狠狠地抓住行者，我狠狠地把他顶到树上，我如法炮制，我刀刀致命，我想让他血债血偿，但是，无论我怎么刺向他，都是刺向一片虚空。

最后，他竟然渐渐地消失了。

与子归消失前一模一样。

“他是游魂？”

望着他的身影渐渐消失，我终于垂下手，看向惊蛰。

“是。”惊蛰微微地点头，慢慢地滑坐在树下，她的脸色越来越苍白，几近透明的苍白，“我的时间不多了。不要问问题，专心听我说。”

“好，好……我听你说，我听你说……”我扔下花艺刀，我扑到她面前，我跪在她面前，我伸出手，我捂住她的伤口。

可那伤口已经捂不住。

血，一点一点从我的指缝间渗出，一点一点染红我整个手掌，一点一点染红整个世界。

“其实，这都是安排好的。那蚕丝，那寿衣，行者，落樱，一切必须这么发展。最后，我必须死于他手，我必须自愿死于他手。只有这样，他才会魂归铭澜。这是我和铭澜的默契。也正是因为这个，我才什么都知道，我知道行者是游魂，我知道落樱的死因，我知道行者会来找我做衣服，我知道要做什么样的衣服。我也知道我会被他们当假想敌，但我还是要帮他们，他们很可怜，行者很可怜，落樱也很可怜……他们都很可怜，像任生一样，像你一样。”

“不，不……我要守护你，我本来就是要守护你的。我要守护你。我可以治好你，我一定可以治好你……”我的手更用力，可那血管的跳动也更加剧烈，那带走惊蛰的生命，也带走我的希望。

“守护……你，你真的很像任生。”她忽然歪了歪脖子，目光落到我的风衣上，粲然一笑，“多好的风衣……铭澜把它给你，就是想让你去极恶之地。只有那样，你才知道什么是真正的守护，也才能更快地苏醒，而这风衣可以在那里保护你。这是你的命运，因为你的心脏，你的心脏……真相，真相就在树……”

她没有说完，因为那蔷薇，满树的蔷薇尽数抖动起来。带着粗重的喘息和绝望的尖叫，它们忽然喷出大股大股的鲜红色液体。然后我看见大群大群的蚂蚁，黑色的蚂蚁，大得吓人的蚂蚁。它们被液体喷出，被液体冲刷，最终奄奄一息地伏在土地上，拼成一朵黑色的樱花。

与此同时，地下响起窸窸窣窣的声音，一株血红色的幼苗飞快地钻出来，飞快地长大，飞快地爬上樱树，飞快地绽放出满树血腥的花朵。

雾气虽已消散，空气里的水分还是很多，到处都是湿乎乎的。每一次呼吸，都能感受到空气中残留的浓重的腥甜。

惊蛰死了。她安详地闭上了眼睛。或者说，她并不是死去，只是灵魂脱离了人偶，像一片樱花般飘上了天，我可以看见她，我知道，她也可以看见我，因为她微笑着向我招手，然后越升越高，越升越高，一直到再也看不见。

像那些无限挣扎的灵魂，但我知道，她的内心远比任何人都平静。

行者也已经消失，带着游魂消失后特有的痕迹。也许，他是永远消失了。但很可能完全不是，惊蛰说，铭澜要他的灵魂，可她为什么非要通过这种方式？如果行者作为游魂消散，她还能将他收入幽冥吗？这深不见底的幽冥里，到底藏着什么秘密？

他的灵魂到底有多么重要，才会让铭澜如此重视？

我微微地笑着，我觉得这一切都太过荒唐可笑。

他们都走了，他们都离开了，那么，我，我还要这真相干什么？

真相。

其实，这世上，什么都是真相。

什么也都不是真相。

很多年后，我依然会记得那个一片空灵的夜晚。那夜晚飘满樱花，那夜晚开满蔷薇，那夜晚充满月光。

那夜晚只有我一人。

我看着惊蛰离去，我知道，她一定是入了轮回，也许，以后我再也看不见她，也许，以后我每天都会看见她。她会变成什么人？不清楚，可是，也正是因为这种不清楚，人们才会更加珍惜，才会燃起希望。

我看着惊蛰的人偶一点一点变小，我看着她重新萎缩到一个人偶的大小，我看见行者留下的那些痕迹一点一点飘散，我看见整座寺院像樱花一样散落，融化到空气中，消散在大风里。

各得其所。

那段时间，我总想找人说说话，但是找来找去，已经找不着任何人。也许我的身边本来就没有任何人，也许就连人偶和任生，也本来就是一场宏大的幻境。

可是，还是要活在现实里。

现实里，在的还在，不在的始终不在，每个人都有优点，每个人也都有缺点，世界就这样照常运行，一切照旧。有人清醒，也有人喝醉；有时清醒，也有时喝醉。清醒的人总觉得喝醉的自己过于绚烂和可耻，平时一切都是好好的。是啊，都是好好的，只有我被阻碍在时间的河流里，看见一切，也见证一切，然后所有人呼啸而过，留下一地尘土和一地鸡毛。

鸡毛，鸡也是鸟类。而天空，天空很蓝吧，就算是鸡毛，也应该是怀念天空的吧。可是为什么要怀念天空？当然是因为生活，没人知道，好好的生活怎么会变得如此不堪，如此黏稠，真让人沮丧。

我逐渐变回那个自由的、大刀阔斧的自己，我虽然不知道在那么长的时间里，那个自己被丢到了哪里，但到现在的时候，我还可以逐渐把他找回来，这可真是一件幸事。

每个人都如此正常，正常到不忍去打扰；每个人都是如此不正常，不正常到歇斯底里，我是什么，什么都不知道。灵魂永远翱翔在看不见的气体中，身体永远承担无尽的痛楚。无数的事实向我呈现，存在一片虚空，结束不过是时日问题，就像感官，既是刺激也是负担，可是，为了别人去死，为了一些莫名其妙的理由去死，真是对自己的最大不屑。

可是自己又在哪里?

安静，很安静。

周围一片安静。

这就是当时落樱的状态。当一切都消失殆尽，我终于可以渐渐地感受到落樱的状态。

她总是这种状态。

鱼神说得没错，他这次的确干了一个彻底赔本的买卖。他根本没和行者做任何交易。实际上，行者作为游魂，之所以会存在那么长时间，完全是因为，他把自己附在了那棵大樱树上。

是，那大樱树不是幻境，那是真实存在的。除了它，一切都是虚幻。而鱼神，他没有骗我，他本来真的只是想出来看看春光，却无意间路过那个已经残破的寺院，见到行者不断在附近徘徊，才不由得动了怜悯之心，没有和行者打招呼，就按照行者脑子里的景象，为他建了一个宏大的幻境。

实际上，早在很多年以前，那寺院便已毁于战火。

断壁残垣，一片焦土。

但是，行者看不到。

第十四章 前尘

游魂们都看不到现实中的东西，只能看见自己想看到的东西。

所以，在行者的眼里，寺院依然完好无损，一派欣欣向荣。

建好幻境后，鱼神又处心积虑地把落樱引来，想让行者见落樱最后一面。

鱼神知道，行者的气息非常微弱，马上就要消失了。鱼神也知道，行者一直想着一个女孩，那女孩就是落樱。

只是，那时候，行者的记忆已经发生严重的混乱。或者说，当年那件事对他的刺激实在太大，而生死的距离又将这种刺激放大了无数倍。所以，他见到落樱后，只是表现得和正常人没什么两样，而落樱在见到他后，心中才会产生一种特别的感觉。正是因为这种感觉，让落樱疯狂地喜欢上了他。

在落樱强烈的攻势下，行者自然没有把持住。但是，到了最后，行者竟然摆出一副正人君子的样子，大言不惭地说，自己是出家人，没法和落樱在一起。

落樱，那个如樱花般美丽的女子，其实，是死于自杀。

在行者的目光中，她绚烂地死在樱花树下，和惊蛰差不多的死法。只是她去意已决，所以下刀自然很准。她一刀便割开了自己的动脉。

血液，新鲜的血液，炽热的血液，因为找到了合适的出口，飞快地脱离她，飞快地喷上去。

一朵樱花，刚好被冲下。

是时，樱花即将凋零，洁白如雪，但是，因为她的血，那樱花又被染上了鲜艳的红色。

那樱花在半空翻飞，最终默默地落下，而落樱也终于在此时颓然倒下。

那樱花，刚好落到她的心脏上。

一花，一心，一生。

落樱死后，马上去了幽冥，所以她没有发现行者已是游魂，作为灵魂，她也已经知道，只要自己甘愿变成游魂，就可以一直守着行者，只是，想要变成游魂，需要付出莫大的代价，她没有那个勇气，也不想面对事实。

因为她想起了之前的一切。

而行者，之所以说不出落樱的死因，也是因为在潜意识中，他无法接受落樱再次为他而死，他可以接受落樱的死亡，却不能接受这死亡是因为他。他无法面对事实，他没法说出落樱的死因。正是为了摆脱这种负罪感，他才会把这一切都归罪于蔷薇，归罪于惊蛰。

落樱，之所以说不出自己的死因，也是因为无法面对自己再次因为行者而死。本来，她什么都记不清了，也不想记清了，后来，在我的多次逼问下，她不得不把矛头也指向惊蛰，因为她也很清楚，一个人死了，总要有个理由，她在那段时间里除了见过行者、惊蛰和我，根本没见过其他人。她不会迁怒于行者，也不会迁怒于我，自然就迁怒于惊蛰。

是的，落樱确实因为行者而死。

他没有杀她，但她确实死了。

之前是，现在也是。

杜鹃，这哀伤的鸟儿还是在不停地叫着。

不如归去，不如归去。

不如归去，不如归去。

杜鹃，杜鹃。

“既然你没有名字，那我以后就叫你鹃，好不好？好不好？”花园里，闺阁中，落樱总会这样对行者说。

“不好，不好，这明明是女孩儿的名字。”花园里，闺阁中，行者总会这样对落樱说。

那时候，天还很蓝，云还很白。那时候，时光还很慢，樱花开得还很好。那时候，行者还是个刚刚长成的小沙弥；那时候，落樱还是个古灵精怪的大小姐。

“小师父，你，你长得真像我哥哥，你念经的时候，尤其像他。他读书的时候，也总是这么认真。可我总是希望他不要这么认真才好，若非如此，他就不会这么早就走了……”

哥哥的丧礼上，伤心的落樱这样对行者说。

而行者，自然是目不斜视，潜心念经的。

因为他师父就在旁边。

他从小被亲生父母抛弃，多亏师父善心收养，收作弟子，留在寺中，才能长到如此光景。也正因此，他虽素来不喜青灯古卷，却一直谨遵师父教导，潜心奉佛，潜心读经。

心性却总是压不住。

本来，他一直在盘算，等做完这场法事后，就告诉师父自己想还俗的事，只是，还没等说出口，他就遇到了落樱。

一言一行，落落大方；一颦一笑，极尽妍态。

落樱，她像樱花一样明丽，像樱花一样灿烂。

这样的女子，谁又能不欢喜？

虽然自己不久会还俗，但落樱出身何等之高，就算还俗，以自己的能力，恐怕拼尽一世，也永无可能攀上如此高门。也许，错过这个机会，以后便是永别。

惶恐，情欲。

血光，新生。

法事如期结束，行者随师父、师兄回寺，将一切对师父和盘托出。心中却还残留一些幻想。

“既然事已至此，也许，他们会同意这门亲事吧？”

“那等高门大户，徒儿，你太天真了。”

“那又如何是好？”

“如此……也罢，你们私奔，可好？只是，需要你先去一个很远的地方，随后，我再想办法把她送到。”

行者便这样信了。

他又怎会料到，他最敬重的师父，竟然策划了一场深重的谎言？

他又怎会明晰，这深重的谎言，竟都是为了保住他一条新鲜的生命?

那地方离这里很远，行者到了那里后，怎么等都等不到落樱。

却等到了噩耗。

落樱的噩耗。

师父的噩耗。

原来，他走之后，落樱有孕在身，身形渐显，事情终于败露，落樱难面众人，最终羞愤难当，自缢而死，那家人找到寺院，要血债血偿，处死行者。

于是，便真的血债血偿。

行者的师父，血债血偿，以命换命。

落樱临死前，让人给行者带信，说今生无缘，来世再见。行者见落樱已死，本也想一死了之，但事已至此，他也终于明白师父的一片苦心。情欲虽盛，养恩何存?师徒一场，大祸一场，他又怎能忍心让师父白死?

思想前后，他脱下僧袍，穿上白麻袍，开始为落樱服丧。

没多久，战火四起，行者为保护一个酷似落樱的女孩而死。行者死后，虽记着和落樱的约定，却还是觉得，孽缘如此，还是相忘更好，于是，他没入轮回，甘愿变成游魂，回到原来的寺院，一直守在那里。

那些黑色的骷髅，正是在战火中逝去的枯骨。

这一世，落樱死后，恢复了前世的所有记忆，这让她不想变成游魂永远陪伴行者，又觉得自己应该那么做。在理性和感性的双重挤压下，她把罪名都怪到行者身上，她说他破清规，她说他囚禁她，她说他用她养樱花精，实际根本就没有什么樱花精，也根本没有囚禁，她之所以这么说，只是因为，她只能用这个说服自己不离开，她只能用这个说服自己依然和行者在一起，她只能用这个说服自己也许应该考虑一下，就这么干脆变成游魂也不错。

其实，那所谓的樱花精，正是她所谓的尸体。

是的，那树下埋着她的尸体。

而那疯长的蔷薇，确实如我之前所想，它们之所以会变成那样，是因为树下有幽冥玫瑰的成分。

那就是她的吊坠。

那个吊坠，里面封印着一片沉睡的幽冥玫瑰花瓣。那本是行者生来所携之物，由铭澜在行者转世前送给他。

落樱一度很喜欢这个吊坠，行者一直想送给她，但落樱没要。后来，行者临走前，把吊坠留给了方丈。

方丈把它埋到了树下。

后来，落樱的家人找上门来，方丈代行者受过，死在树下，无意间用自己的纯阳之血镇压住了幽冥玫瑰的阴气，前不久，落樱自杀于树下，她的血中和了方丈的血，幽冥玫瑰自此解封，蔷薇也开始疯长。

而惊蛰，在她死前，终于变回了最初的模样。原来任生说的一点儿都没错，本来就是相由心生，你希望什么，就会看到什么，其实，惊蛰，一直和那个白色的女孩，没有一点儿相同。

你看，原来我们大家都是游魂。

诱惑，那无法抵制的诱惑，那足以致命的诱惑，第一次，他诱惑她，而第二次，她诱惑她，果然公平。

遗忘，那可以抚平一切的遗忘，那可以挑起一切的遗忘。他遗忘她，她也遗忘她，但是，那心里最初的感觉，无论如何都是遗忘不了的。

回归。他们都回到了他们该回的地方，只剩下我自己，坐在这里，坐拥真相，却觉得一切都是幻境。

爱恨，很多时候，我们已经分不清那到底是爱还是恨，爱是因为恨，还是恨是因为爱？至少，落樱并不恨行者，但她只能让自己恨他，借此留在他身边。

苦难，我们没必要去感谢苦难。苦难可恶而丑陋，而光明，那无处不在的光明，才是我们生命的根本。它们藏在最黑暗的角落，却总会放出异样的光彩。无论沉入多么深刻的苦难，光明始终都会降临。

信任，那最可爱的信任。我们总想找到最真实的纯粹，却不知道，我们本身就是最纯粹的纯粹，我们总是在怀疑所有事，却完全忘记了要去相信。

相信别人，相信爱。

（全书完）